公元787年，唐封疆大吏马总集诸子精华，编著成《意林》一书6卷，流传至今

意林：始于公元787年，距今1200余年

恋 恋 古 风
念 念 有 声

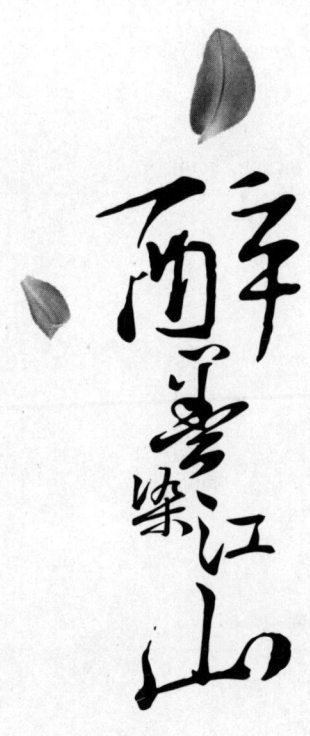

醉墨江山

包小拳 / 著

吉林摄影出版社
·长春·

图书在版编目（CIP）数据

醉墨染江山 / 包小拳著 . -- 长春：吉林摄影出版社，2018.4
（恋恋古风）
ISBN 978-7-5498-3542-3

Ⅰ . ①醉… Ⅱ . ①包… Ⅲ . ①长篇小说 – 中国 – 当代 Ⅳ . ① I247.5

中国版本图书馆 CIP 数据核字 (2018) 第 061952 号

醉墨染江山　ZUI MO RAN JIANGSHAN

著　　者	包小拳
出 版 人	孙洪军
主　　编	顾　平　杜普洲
责任编辑	施　岚　胡晓路
总 策 划	蔡　燕　康　宁
统筹策划	康　宁
设计总监	资　源
执行编辑	孙　静
封面设计	资　源
美术编辑	孔凡雷
发行总监	王俊杰
开　　本	700mm×1000mm 1/16
字　　数	250千字
印　　张	15
版　　次	2018年4月第1版
印　　次	2018年4月第1次印刷
出　　版	吉林摄影出版社
发　　行	吉林摄影出版社
地　　址	长春市泰来街1825号
	邮　编：130062
电　　话	总编办　0431-86012616
	发行科　0431-86012602
网　　址	www.jlsycbs.net
经　　销	全国各地新华书店
印　　刷	北京嘉业印刷厂
书　　号	ISBN 978-7-5498-3542-3　　　　定　价：32.80 元

版权所有　翻印必究
（如发现印装质量问题，请与承印厂联系退换）

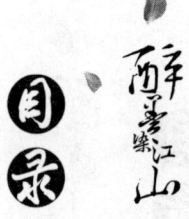

目录

（一）莫眠	001
（二）参选	013
（三）进宫	018
（四）义女	022
（五）中毒	036
（六）计划	047
（七）变化	056
（八）天牢	067
（九）反转	083
（十）微服私访	094

目录

（十一）武林大会　　105

（十二）风流债　　114

（十三）双面密探　　129

（十四）实验对象　　142

（十五）新蕾公主　　157

（十六）后位之争　　168

（十七）真假凤凰　　183

（十八）百密一疏　　196

（十九）凤临天下　　211

（二十）以身相许　　224

（一）莫眠

舒墨坐在桌前，深情地望着面前那只被打开的黄花梨木雕刻而成的盒子怔怔出神。

英俊潇洒，风流倜傥，诸如此类的形容词根本不必多说，舒墨只觉得穷尽所有的赞美之词，都不能描绘出这副容貌的万分之一。

"唉，咱们的圣女又在做日常活动了。"侍女甲端着洗脸盆站在门外，一脸忧郁地扫了一眼房中。

"你都服侍圣女一个月了，怎么还没习惯？"侍女乙倒是一脸淡定，手上的托盘里放着服饰发饰，似是已经习惯了这种等待，"咱们圣女哪点都好，就是在迷恋'莫眠'这件事情上有些偏执，为了这，教主都不知道发过多少回脾气了，最后不也都不了了之嘛。"

要她说，圣女每日起床后的第一件事，就是坐在桌前默默地欣赏"莫眠"一个时辰，这件事绝对是一种变相的自恋行为。

想当初她初进教时，一直以为"莫眠"是一位让圣女暗恋的对象，直到后来她才发现，"莫眠"原来就是圣女最伟大的"作品"，并且没有之一，至于那张脸到底长成什么样，她服侍了圣女三年，都没能瞧个清楚。

想到这儿，侍女乙不禁面露惋惜。

"阿初，我的凝露脂去哪儿了？"舒墨拿起面前的白玉小樽，倒了两下，发现空空如也。

"教主说因为凝露脂的原材料价格大涨，所以最近停产了呢。"被唤作阿初的侍女乙赶忙端着托盘走了进去。

"那怎么能行？"舒墨皱着眉头，仿佛遇到了什么天大的难题。

　　须知道,这"莫眠"可是她花费了数载才辛辛苦苦做出来的,从她学习易容以来,就一直悉心呵护,每日的日常护理必不可少,凝露脂是护理当中必不可少的东西,这上好的面具就犹如娇艳欲滴的鲜花,不精心呵护,枯萎了可如何是好?

　　想到"莫眠"可能因为缺少了凝露脂而出现皱纹或是裂痕,舒墨就觉得完全无法忍受,看来很有必要去找教主大人谈一下人生了!

　　任何事情跟"莫眠"沾上边,舒墨都会马上变身为行动派,于是不过片刻的工夫,她就已经来到了主殿前,果然不出她所料,教主正坐在大殿之上,往日里充满威严的脸上此刻却挂着满满的笑意,看起来心情十分不错。

　　很好很好,看来是个提条件的绝佳时机。

　　"教主。"舒墨在殿外甜甜地叫了一声,而后就朝着殿内跑去。

　　"墨儿,快来见过谢公子。"被唤作教主的中年男人闻言脸上的笑容顿了片刻。

　　那名被唤作谢公子的男子此刻正坐在不远处,穿着一袭银色长袍,头上戴着镶着金边的玉冠,身上挂着的香囊全都是由金线织成,更别提那块腰间挂着的青翠幽绿的翡翠,一看就价值不菲,只可惜他的脸上不知为何戴着一张镂空的银色面具,让人看不清楚容貌。

　　舒墨有些目瞪口呆地看着那位"谢公子",仿佛看到了一个移动的小型金库。

　　她脑子里不由得飘过早上阿初说的话——"凝露脂的原材料价格大涨……"果然是皇天不负有心人,看来老天爷一定是把这"金库"送到她的面前,来拯救她心爱的"莫眠"呀!

　　"公子这是怎么了?大夏天的还戴个面具,对皮肤不好呢。可是脸上受了什么伤?"想到这家伙一定很有钱,舒墨看向那个人的眼睛里都开始泛着幽幽的绿光,本来走向教主的脚步也拐了个弯,朝着那个人走去,"不要紧不要紧,咱们花容教天下闻名,且不说您脸上的伤能不能治好,就算治不好,重做一张也不是不可以的。"舒墨说完还特地朝他眨了眨眼睛,想要表达自己此刻真挚的感情。

　　不知为何,她话音刚落,就瞧见那银色面具的色泽仿佛暗了两分。

　　这面具还是能变色的高级货?舒墨不禁暗暗咋舌,对这位谢公子的有钱程度不禁又刷新了一番。

"听闻舒姑娘的易容术天下第一，今日一见，算是明白原因何在了。"谢公子拿起桌上自带的白玉盏喝了一口，缓缓又道，"原来人们常说的缺什么补什么，是这么个道理。"

"什么？"舒墨有些没反应过来。

"意思就是，舒姑娘必然是爱美之人，长相平庸的女子对美貌大多有无限向往，如此一来，我倒是对姑娘的手艺有点儿信心了。"谢公子颇有耐心地解释。

所以，他这番话的中心思想就是说她长得丑咯？

"还真是多谢公子谬赞。"舒墨咬牙切齿地说，"人说相由心生，公子既然以真面目示人都没有胆量，想必一定是有什么隐疾了，不过公子别怕，所谓术业有专攻，我最擅长的便是帮丑人变美，只要有钱，您想变成什么样都可以，至于收费嘛，也是跟难度系数挂钩的，您这张脸，我粗略地看了一下，修复难度应该是四颗星以上了。"

"五十万两起，公子改日带够了钱再来吧。"舒墨伸出小手在他面前晃了晃。

她话音再落，那银色的面具就仿佛又暗了两分。

"我要的东西送来了吗？"对于舒墨的挑衅，谢公子倒是直接选择了无视。

"已经派人交给公子的随从了。"教主乐呵呵地开口。

得到满意的答案，谢公子便也不多留，若有所思地看了舒墨一眼后，就扬长而去。

哼，跟她斗嘴，简直是不自量力，舒墨朝着那离开的背影挑衅地吐了吐舌头，而后就朝着教主身边跑去。

身为一教圣女，自然是江湖中人关注的对象，江湖中一直都有许多奇奇怪怪的榜单存在，诸如"兵器长度排行榜""异性缘最好排行榜"之类，而其中关注度最高的，自然当数"各教圣女排行榜"了。

圣女这种作为各门各派的门面招牌，不需要任何渲染，就已经有足够的噱头了。

犹记得十岁那年她刚刚当上圣女，而与她同年一起坐上圣女之位的，还有拈花秀斋的骆碧璇，如此一来，会被放在一起比较自然是再正常不过的事

情。

榜单的排名方式是由知晓江湖百事的百晓生对各家圣女的容貌进行描述后,再由江湖人士进行投票。

舒墨至今仍然记得百晓生对骆碧璇的评价,洋洋洒洒地写了近万字,全是赞美之词,诸如"娴静似娇花照水,行动如弱柳扶风""指如削葱根,口如含朱丹。纤纤作细步,精妙世无双"之类的古诗词句数不胜数,据说那篇评价还被不少学堂命名为《赞美女子的古诗词句集合》,以做教学之用。

结果到了她这儿,评价就只有四个大字——中等偏上。

评选结果自然也不用说,她作为第十名挂在榜尾,号称"史上最让人失望圣女"。

事后虽然百晓生的各种糗事被爆,类似收受贿赂更改评价之类,却也没能挽回"中等偏上"四个字对舒墨的影响。

"教主叔叔,那人是哪儿来的暴发户?"回想起不堪往事,舒墨愤恨地开口。

"你知不知道刚才那个人身边跟了多少高手藏在咱们殿上?随随便便出来一个,都打得你满地找牙了。"中年男人看着站在面前一脸无畏的少女,威严的脸上不免泛起些许无奈。

"我才不怕他,反正有师父保护我。"舒墨撒娇地笑了笑。

"说吧,来找我什么事?"对于自己的宝贝徒弟,卢鼎铭是再了解不过的,绝对是无事不登三宝殿的类型,这会儿连称呼都从"教主"改成"师父"了,那绝对是有事相求了。

"那个……凝露脂用完了。"舒墨一脸讨好地往前凑了凑。

"我就知道没事求我,你这丫头是不会来看我的。"卢鼎铭面色一沉。

"哪有哪有,我还不是在潜心钻研,听说最近原材料价格大涨,我也是努力地想要研究出新产品来减轻教中负担嘛,我觉得原材料这块总是用束心草价格太高了,也大大地限制了咱们面具的产量,我最近在研究如何用面粉代替束心草呢,虽说持久力和自然度都要大打折扣,但是胜在便宜嘛,咱们可以推出那种时效一日至七日不等的一次性面具。"舒墨卖力地解释,力求证明自己真的有对教派的未来规划做出贡献。

"行了,只要你答应一件事,凝露脂要多少有多少。"卢鼎铭摆了摆手。

"什么事？"听到无限量供应，舒墨的眼睛都跟着亮了起来。

"卖掉'莫眠'。"卢鼎铭话音刚落，舒墨已经连连摆手表示拒绝。

"不行！杀了我也不会卖掉'莫眠'的！"舒墨仰起头，为表立场，还配合着做了个抹脖子的动作。

"那我要是卖了呢？"卢鼎铭眯了眯眼睛，神色认真地说。

"我死给你看。"舒墨凑到他面前，也一脸认真地回答。

"大胆，我辛辛苦苦培养你十多年，把毕生所学都教与你，难道你为了区区一张面具，竟要与我断绝师徒之情不成？"听到答案，卢鼎铭大怒着拍案而起，对于这个徒弟，他是从小悉心教育到大，没想到今天居然会以死相逼。

"师父，'莫眠'是我辛辛苦苦做出来的，陪我度过这么多个日夜，你真的忍心卖掉它吗？"见硬的不行，舒墨赶忙转变策略扮可怜。

"哼，说什么都没用，我已经卖了。"卢鼎铭冷哼一声转过头去。

"什……什么？"舒墨闻言，惊得倒退了两步，小手捂在胸前，小脸上血色尽失，两只眼睛瞪得大大的，满脸的不可置信，"多少钱卖的？"

"五十万两。"卢鼎铭看她一眼，冷冰冰地答道。

想到"莫眠"不久的将来可能会被用来做坏事，舒墨就心痛不已。

不行不行，我一定要阻止邪恶势力利用"莫眠"的绝世容颜去做坏事，舒墨暗暗地在心底告诉自己。

翌日清晨，卢鼎铭的房门突然被急促地敲响了。

"什么事？"当卢鼎铭看到来人是舒墨的贴身婢女阿初的时候，顿时心下了然，"是服毒、撞墙、上吊，还是有什么新花样？"

"是……是圣女她离教出走了！"阿初说完赶忙跪下，将圣女留下的书信高举过头顶，大气也不敢出地等着教主发落。

那轻飘飘的宣纸像是有意识般朝着书案飞去，不过片刻就已经安安稳稳地躺在了桌面上。

只是下一刻，却又随着桌案一起，四分五裂地消散在了空气中。

左护法眼尖地趁着纸片还没完全消散的时候瞅了一眼，上面只写了四个大字：有缘再见。

啧啧，这舒丫头的胆子真是越来越大了，左护法悄悄看了一眼卢鼎铭那黑如锅底的脸色，只觉得今天自己不能轻易脱身了！

离教出走这件事情,舒墨虽然是第一次做,但是身为江湖儿女,对这种话本里必须存在的桥段还是有一定的了解的。

书里的女主角们大多都是名门闺秀养在深闺,谁还没个叛逆期呢?这叛逆期的最好体现自然就是离家出走啦,并且一定要是男装出行,而这一走自然就要遇上命定的男主角,继而展开一段或凄美或甜美的爱情故事。

虽说舒墨对爱情故事没什么兴趣,但是女扮男装这一要素还是记得很清楚的,身为易容高手,自然不会做出只是把头发绾起来穿件男装就假装自己是男人的事情,她离教前特意带齐了易容工具。

此时此刻坐在望江楼里竖起耳朵听着周围的人讨论的"男子",自然就是舒墨了。

至于为什么要坐在酒楼里打听,舒墨实在是无奈至极,她本以为那"莫眠"的买主得了如此出色的面具,必然要戴着招摇过市,这样一来,自然寻找起来就容易得多了,毕竟"莫眠"是她做的,没人能比她更清楚那容貌的一丝一毫,想要画幅图给人端详实在是手到擒来的事情。

但她没想到的是,这买主居然十分低调,这一路打听过来,竟然连半个见过"莫眠"的人都没有,舒墨没有办法,只好到这人流聚集的望江楼来,想要看看有没有什么新鲜事是跟"莫眠"有关的。

只可惜这听八卦也是个技术活,连坐了好几天了,来来往往的武林中人倒是不少,讨论的却都是些她完全不想听的话题。

有人说拈花秀斋的圣女骆碧璇前些日子去武当送剑,结果被武当掌门下面的大弟子孟书文瞧见了,自此惊为天人,魂牵梦萦。

也有人说最近中原武林不大太平,西域邪教来犯,据说那教中也有个妖女,长得妖艳绝伦,并且心狠手辣,有不少人死在了她的手下。

"我可是还听说了一件事呢,前段时间崆峒派的少当家上花容教,想要请他们圣女出山给自己的未来媳妇做个疤痕修复,结果可好,人家圣女连面都没肯见,直接开了价说要十万两,崆峒少主气得不行,打道回府了。"某个驼背男兴致勃勃地说道。

"哎呀!要不说丑女的心思难猜呢?当初那中等偏上的评价,怕都是花钱买来的吧,不然怎么这么贪财呢?"另外一个肥头大耳的男人一副了然的表情。

"对了,最近新来了一个花魁,但是我苦苦等了这么多天,连面都没见到!结果可倒好,今天听说不知道从哪儿来了个小白脸,她就直接巴巴地送花帖去邀人赏月,真是气死我了!"粗嗓门说完还拍了下桌子以示愤怒。

"行了行了,不就一个花魁嘛,让你这么上心,我可听说那公子不是一般人,有钱就不说了,那腰上挂的玉佩据说可是宫里的东西,也是咱们能比的?再说了,就算人家没钱,可不是还有脸呢?长成那样,别说人家姑娘看了心动,男人怕是都要动心!"坐在他对面的瘦子倒了杯茶,推到那个男人的面前,示意他淡定。

女人心动,男人也心动!

舒墨激动了,除了她的"莫眠",这世间哪里还有男人的容貌能够这般出色?

"两位兄台,刚才听二位说的花魁,不知道是哪位呀?"舒墨赶忙凑了过去,满脸笑意地问道。

"关你何事!"胖子看了一眼舒墨,发现是瘦小身板的自来熟,顿时语气更恶劣了。

"实不相瞒,我是受人之托到各地寻访美人的。"舒墨嘿嘿一笑,拿出一锭银子放在了桌上。

"哎哟!兄弟一看就是好人,我跟你说,我们说的这个人呢,是淮陵楼新来的花魁,名叫染念,至今还没有人见过呢,据说长得那叫一个倾国倾城,还弹得一手好琴,只可惜我们哥俩在那淮陵楼蹲了四天,也没能见到,兄弟若是有兴趣,不妨去蹲蹲点,听说今晚有她的客人要去,说不定运气好也就瞧见了。"瘦子动作敏捷地把银子塞进袖中,想了想又道,"不过听说她那个人幕之宾长得十分出色还挺有钱,你家主子……"

瘦子话还没说完,就只觉得一阵清风飘过,回过神来,那小身板已经消失了。

"小身板"舒墨一边疾驰,一边在脑海中整理思绪。

目标地点:淮陵楼。

目标人物:"长得"跟"莫眠"一模一样的男人。

终极目的:带回"莫眠"。(顺便惩治毛贼!)

身为行动派,当三大项都已经确定之后,舒墨火速制订好了作战计划。

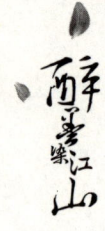

　　花容教虽说不是靠武功出名的教派，但是身处江湖之中，对武功的教学自然也是不会落下的。

　　舒墨其他的功夫只能算是一般，但偏偏轻功学得还算不错，卢鼎铭时常说她这是因为平日里狮子大开口黑心钱赚得太多，生怕有朝一日被打击报复，所以潜意识里就把逃生的本能放在了第一位。

　　此时此刻，舒墨就凭借着她那过人的"逃生本领"，轻轻松松地避过那些看守的耳目，进到了淮陵楼之中。

　　舒墨看着面前的两个女人，觉得所谓的"天助我也"，大概就是说的现在这种情况。

　　瞧瞧那个年岁颇大，穿得十分暴露的，看那标志性的打扮，十有八九是老鸨没跑了，至于旁边那个嘛……

　　"我的好姑娘，平日里那些人你说不见也就不见了，今天这个可是兵部尚书的公子哥，有钱有权不在话下，人家可是说了，只要能当你第一个客人，马上为你赎身，价钱随你开！"老鸨一边说一边转动身体，脸上满是讨好的笑。

　　"嬷嬷，我已经说了今晚有约，不会接客的。"姑娘声音冷若寒冰，说完便把头一转，似是不愿意再多说的模样。

　　啧啧，像这种冷艳孤高性子的十有八九是花魁没错了！

　　当看到那位姑娘的正面时，舒墨的脑袋里只有八个大字飘过：倾国倾城，魅色惊艳。

　　对于容貌这件事，舒墨其实是有执念的。

　　犹记得当年她被评为"最让人失望圣女"之时，愤怒不已的她夜袭拈花秀斋，就是想要瞧瞧那位传说中的武林第一美人长得有多漂亮。

　　当见到骆碧璇之后，她有些失望，怎么说呢？确实是难得一见的美人，远远瞧见，都能感受到那股清冷孤傲的气质，隔着十里都能把人冻住。

　　只能说美则美矣，却总给人感觉是故意端出来的架子。

　　这样的才能叫美人嘛！舒墨看着不远处那张美得放肆又张扬的脸，简直是恨不得直接把她带回去研究一下，到底是怎样才能长得这么漂亮。

　　按照原定计划，舒墨是打算直接把美人敲晕，然后再易容成她的模样守株待兔的，等到那买家来了，美人计使一使，小酒灌一灌，直接就把"莫眠"

顺走了。

只是没想到这染念姑娘长得如此漂亮，倒让舒墨纠结起来。

一来，这种辨识度过于鲜明的容貌不是短时间能够伪装完成的；二来，她身上所带的易容材料也所剩无几了。

看着包包里仅剩的最后一张面具，还是她新研制成的一次性产品，用的是面粉打底，实用效果到底如何还未可知。

约莫两个时辰后，舒墨看着手中相似度只有六成的花魁面具，心情有些复杂。

而这六成的相似度，还是舒墨倾尽全力才折腾出来的，在这么短的时间内还能有这个还原度，舒墨不禁在心底默默佩服自己果然是易容界的不二天才。

只是这新材料果然还是质量不过关，透气度没法跟束心草熬制出来的材料相比，贴合度更是差了几个档次。

暮色将沉，淮陵楼也开始打扫卫生，准备迎接晚上的生意，白日里寂静的巷子里也渐渐热闹起来，趁着大家都忙碌的工夫，一抹黑色的身影悄悄地溜上了二楼。

不用说，这身影自然是舒墨，趁着现在人还不算太多，她决定先下手为强。

舒墨深吸了一口气，敲响了房门。

"嬷嬷，你不用说了，今晚无论如何我也不会接客的。"染念冷冰冰的声音从房内飘来。

对于这个答案，舒墨有些头痛，她不开门，自己总不能大摇大摆破门而入吧？

"刚才有位公子派人送了封莲帖来，说是今晚有事不能赴约了。"舒墨眼珠一转，计上心头，掐着嗓子说道。

果然话音刚落，就听到房内传来了轻微的脚步声，听到声音，舒墨会心一笑，简直要为自己的机智点赞，谁知笑容还没完全展开，一道凌厉的掌风已经把门推开，朝着她的面门而来。

舒墨万万没想到这房里居然有个练家子，反应过来时，身子已经慢了片刻，只得就地一个驴打滚，狼狈地滚进了房中。

"你是谁？"染念见一击未中，正想补上一掌，谁知却瞧见了对方那跟

自己有六分相似的容貌,心下顿时大骇。

这个人容貌跟自己如此相似,是身份暴露了,还是公子另有安排?

脑中思绪千回百转,无数种可能从脑子里飞掠而过,手上的动作自然也跟着慢了半分。

突然一阵诡异的香味就从鼻子钻进了胸腔之中,想要再运功已经太迟,染念看着那个跟自己容貌相似的女子狼狈地从地上爬了起来。

"好在我准备充分,把师父的宝贝如梦散带在了身上。"那女子拍了拍身上的尘土,一副心有余悸的模样,而后一步步地朝着染念走去,"想不到美人你倒是深藏不露,功夫不错,放心啦,我不会对你怎么样的,你安安稳稳地睡上一觉,等我拿回'莫眠',再给你赔罪唷。"

她话音刚落,染念只觉得漫天的倦意袭来,然后就陷入了无边黑暗之中。

许是今天下午染念的态度把那嬷嬷刺激到了,她居然真的没再来找碴儿,对于这个结果,舒墨万分满意,现在万事俱备只欠东风,她坐在镜前,打算稍微补一下妆。

结果这不看还好,一看差点儿没吓个半死,镜中出现一张明媚的脸庞,本该是张艳光四射的容颜,却不知为何从嘴角处一点点地裂了开来,猛地看去就像是长了一张无比巨大的嘴巴一般。舒墨伸手碰了碰那因为湿度不够而破裂开来的面具,简直欲哭无泪。

果然便宜没好货,是这世上不变的真理,一到关键时刻就掉链子,这副模样,还怎么用美人计?

就在舒墨纠结之时,门外却已经传来了敲门声。

"念儿,温公子来了。"嬷嬷的声音柔情似水地从门外传了过来,几乎是同时,房门也跟着"吱呀"一声被推开了。

"你们聊,你们聊。"嬷嬷看着自己的头牌面覆纱巾,站在不远处,一身碧色的广袖罗衫,美得像是西湖里走出的西子一般。

嬷嬷临退出去前,瞧着舒墨脸上的薄纱,满脸都是"我懂你"的表情。

只可惜这表情直接被舒墨无视了,因为她所有的注意力都落在了门口那位白衣公子的身上。

这是她第一次见到"莫眠"被人戴在脸上,即便是之前制作它的时候,每日用于摆放的模具都是一日一换,更别提如何舍得真的把它戴在脸上了。

此刻它活灵活现地出现在了自己面前，这种感觉……真的是妙不可言。

身为一名易容师，她见过不少好看的男人，那些人有的俊朗如风，有的温润如玉，却都不如现在站在不远处的这一位。

那个人穿着一身白衣，身上并无任何装饰，仅仅是站在那里，就让人隐隐有种晕眩感。

舒墨有点儿想哭，就像是自己见到了自己含辛茹苦养大的儿子一般，随之而来的还有一股怨念。

一想到"莫眠"后面的那张脸可能丑陋得不忍直视，她就恨不得冲上去把那个人暴揍一顿。

"公子好。"舒墨想要露出示好的微笑，但是想到面具已经裂开，越多的面部表情带来的裂痕就会越多，于是只好摆出一副冷艳高贵的模样。

那个人并未答话，只是兀自走了进来，目光冷冷地扫了她一眼。

舒墨被他看得有些发怵，明明只是个逛花楼的纨绔子弟，却不知为何周身都散发着一种骇人的气场，仅仅是一个眼神，就让人有些不知所措。

"公子想要喝些什么？茶还是酒？"舒墨走上前去。

"你不是染念，你是谁？"那公子终于开了口，只是说出口的话却让舒墨的心凉了半截。

什么情况？原来不是初相识，而是老相好！

"哼，我是替天行道，揭穿你真面目的人！"既然被揭穿，舒墨也懒得虚与委蛇，只想速战速决。

她化拳为掌，本想给那人一记手刀，谁知那个人身形一闪，直接躲开了。

他也会功夫？舒墨心下一惊，对方的攻势已经到了面前。

"说吧，谁派你来的？"那个人反手一抓，将人禁锢在了自己的怀中。

"你猜。"舒墨仰起头，嘿嘿一笑。

再然后，那公子就瞧见了一幅极其诡异的画面，那张跟染念有些相似的脸竟然一点点地破裂开来，裂纹从嘴角蜿蜒而上，不过片刻，就成了一张支离破碎的面庞。

这场面太过诡异，以至于连一股诡异的香气飘来都没有注意到，等到反应过来之时，身子已经绵软无力。

"你！"伴随着"砰"的一声闷响，他直挺挺地倒在了地板上。

"哼，让你不自量力！"舒墨走到那个人身前，抬起他的手腕笑得满脸狡黠。

嘿嘿，让我瞧瞧你的真面目到底有多丑！

舒墨咧嘴一笑，拿出早已准备好的药水涂抹在了那个人的脸部轮廓周围，开始耐心等待着面具与人脸分离。

由于花容教制作的面具都具有相当长的使用年限，戴上之后都需要经过药水的浸泡才能够正常摘下，浸泡的时间一般不需要很久，等到面具和皮肤呈现分离的状态之后再取下即可。

只是这个等待的时间略微有些……过长了。

舒墨半蹲在地上，从最初的满心欢喜到此刻的满心焦躁，已经小半个时辰过去了。

怎么还没分离？

她看着那张依旧贴合得完美的"面具"不禁有些烦躁，是不是这厮使用方法错了？还是用了什么特殊药水直接给粘上了？

她伸出手去，想要一探究竟，却在手指触碰到那张脸庞的瞬间愣在了当场。

有温度？居然有温度？"莫眠"怎么可能会有温度？

舒墨像是见了鬼般，一屁股坐在了地上。

不可能，不可能的！

她不甘心地倾身向前，近距离观察那人的面庞，那个人均匀的呼吸声就像是无声的宣战。

原来这世上竟然有人跟她的"莫眠"长得一样。

原来她花费十载心血做出来的面具居然不是这世间独一无二的完美存在。这就像是一个从小就自认为是个大美人的姑娘，有朝一日出门之后却发现大街上遍地都是跟她同等水平的美人，这种打击，简直是致命伤害。

舒墨看着那张跟"莫眠"一模一样的脸庞，只觉得心中万念飞过，世间沧海桑田。

约莫半炷香后，她终于回过神来。

"莫眠……"她擦了擦脸上的泪，而后"嗷"的一声消失在了淮陵楼中。

（二）参选

圣女因为受了情伤而回到了教中的新闻，很快就传遍了花容教上下。

据说圣女本次下山后遇到了一位心爱的男子，本想表白之际却发现对方已经成亲，心灰意冷的圣女发现天大地大，竟无她的容身之所，只好灰溜溜地回来了。

对于这段凭空捏造的爱情故事，教中上下，特别是以女性成员为首，都对舒墨抹了一把同情的眼泪。

"咳！"

舒墨正愣愣出神，却听到一个威严的声音飘进了耳中，抬头望去，才发现是教主大人。

对于这个师父，舒墨一直是很敬重的，所以才会在她回教的第一天就跑去认错，只是当时教主估计余怒未消，她连面也没见到就被打发了回来。

现在师父主动来看她，也就是说明气消了。

"师父。"舒墨站起身迎了上去，声音里泛着些许委屈。

"怎么舍得跑回来了？不是应该天大地大，从此浪迹天涯？"见到舒墨那委屈的模样，卢鼎铭的心也跟着软了下来，只是装腔作势一番还是很有必要的。

"徒儿知道错了，之前不该因为一张面具令师父寒心，还请师父责罚。"舒墨说完就"扑通"一声跪了下去。

"行了，起来吧。"卢鼎铭努力抑制嘴角的笑意，板着面孔继续道，"我今天来是有事要与你商量，因此事事关教中发展，为师希望你务必慎重考虑。"

"什么事？"听到卢鼎铭严肃的语气，舒墨只好跟着打起精神来。

"为师前几日收到了密诏，皇上想要挑选一名'密探'入宫，给出的奖励十分丰厚，最近教里缺钱你也是知道的，所以为师打算派你前去一试。除此之外，我教当年被盗的圣典《药月残页》据闻也在皇宫中出现过，最好也能将它找回来。"卢鼎铭清了清嗓子又道，"从上次你为了'莫眠'离教出走的事情上，为师才发现对你实在是太过宠溺了，身为一教圣女，如此任性实在是前途堪忧，如果这次能够成功进宫，也算是对你的一番历练了。"

一大段话听下来，也就一个中心思想：教里缺钱，打算派你出差，圣典丢了，顺便找回来。

不过，找回圣典嘛，她能理解，可是……"皇上坐拥天下，为什么要从江湖中选择密探？"舒墨狐疑地开口。

"所谓术业有专攻，而朝中各方势力盘根错节，个中深意，等你选上了之后自己去宫里体会吧。"卢鼎铭摸了摸胡子，露出了一副高深莫测的表情，"我最近也托各方势力打探了一下，据说为了方便密探入宫之后行事，所以各门各派间也不知道哪些人收到了邀请，考虑到这次选拔的条件苛刻，你一定要精心准备。"

"选拔条件是什么？"听到"苛刻"二字，舒墨突然有了一点儿兴趣。

"只有一条：要求长得好看。"卢鼎铭煞有介事地答道。

师父，你这么黑你的徒弟真的好吗？其实你就是想说我长得太过一般吧？

对于这个答案，舒墨简直无语凝噎。

舒墨虽然对于进宫当密探并没有什么兴趣，但是由于之前"莫眠"事件的打击太过巨大，这次的选拔倒是激发了舒墨的斗志。

她确实不是绝色容貌，不过做一张姿容绝色的"脸"也不是什么难事嘛！

秉承着这样的信念，舒墨投身到了积极备战的状态中。

制作一张能够以假乱真的面具其实需要耗费相当长的时间，光是在处理毛孔和面部的绒毛上就需要花费将近一个月的时间，要是再加上研究面部构造的合理性，及五官如何拼凑才是最完美的这一系列的工作，没有一年是绝对不可能完工的。

要是换在平时，有买主要求在一个月内拿到成品，舒墨绝对会直接让他滚蛋。

可是这次,教主大人为了表示对这次任务的重视程度,联合了左右护法,加上他亲自出马,四个人强强联手,再加上舒墨心中对面具的轮廓已经有数,以至于花容教自创教以来,耗时最短的一张面具横空出世。

看着那张跟染念姑娘有九成相似、精美绝伦的脸,舒墨觉得自己胜出的把握提高到了八成!

碧波池上,一叶扁舟缓缓而来,一名白衣少女站在船尾,湖风掠过,衣带上下翻飞,像是马上就要踏云而去一般。

"商圣姑真是美呀。"站在河边围观的教众甲红着脸蛋感叹。

"那不是废话吗?圣姑隐居之前可是武林第一美人呢,可惜早早嫁人了。"教众乙眼中透着惋惜。

两个人边说边看向还站在船上"搔首弄姿"的舒墨,然后深深地叹息了一声,圣女就是圣女,就算戴着那倾国倾城的面具,也没办法遮挡四肢僵硬的死穴啊……

"罢了罢了,既然这种理论教学不行,那么我们就实战训练吧。"商金金伸出手轻轻地点了点她的额头。

清晨的紫竹林里雾气弥漫,白蒙蒙一片间,一座竹棚悄然而立,些许竹简挂在棚外,很有几分世外桃源的意味,舒墨低头看了一眼手中的字条,再抬头看了一眼竹棚外龙飞凤舞的"遗世屋"三个字,终于确定自己没有来错地方。

舒墨一边在脑子里默背昨天商金金教她的"秘籍",一边朝着竹棚走去,谁知刚刚走到门外,一柄飞剑就从棚中飞了出来。

这面试官是个暴力狂吧?舒墨一个后跃躲开那道剑光,眼角的余光就瞧见了两个身影出现在了棚内。

时机到了!

她默默地在心底呐喊一声,而后拿出一直藏在身上的道具——小白兔。

"软软,你没事吧?"舒墨蹲在地上,说出一早背好的台词,手中捧着洁白的兔子,贝齿轻轻地咬着下唇,大眼睛眨了又眨,美眸中满是怜惜。

她话音刚落,就瞧见棚中二人的身影微微一滞。

这一幕,就是昨天商金金所说的"天真无邪派",商金金表示这世间的

男子无论老少，对美人都是有特殊照顾的，而由于男人们对美人的审美不同，也就衍生出了各种类型的美人，而她最开始想要让舒墨速成的，就是娇弱型，一来这种美人受众广泛（大多数男人都喜欢），二来其特征明显，面部表情不多，只需要对固有的几种姿势加以揣摩，就能够得其精髓，是在短时间内最好模仿的一种。

奈何由于舒墨的"先天不足"，商金金只好退而求其次，力求以"天真无邪、心疼万物"的无邪派来取胜了。

看来姑姑的法子果然奏效！舒墨心中一阵暗喜。

就在她想着要不要再下一剂猛药的时候，竹棚内却飘来了一个男声，那声音像是一泓清泉，飘荡在空荡荡的竹林当中。

"花容教圣女舒墨？"男人有些狐疑地开口。

"嗯哼。"舒墨将小白兔从草地上抱起，轻哼一声。

"那就说说你有些什么优势吧。"

明明是没有太多情绪夹杂的语句，听在舒墨的耳中，却不知为何有种不太好的预感，这声音怎么感觉有些耳熟？

"长得好看。"舒墨一边皱着眉头思索，一边老老实实地回答。

姑姑说了，偶尔适当地表现出对自己容貌的自信，拿捏得好的话，可以在短时间内提高印象分，关键之处在于真挚的眼神、略微扬起的下颔，眉眼间浅浅的笑意，如果能配上一对梨涡最佳。

这种多个表情的组合技其实有点儿超出舒墨的表演范围了，以至于她回答的时候心情有点儿忐忑。

"我费尽心思挑选出来安插在淮陵楼里的眼线，因为舒姑娘的缘故现在还处于昏迷状态，而你顶着她的脸出现在这里，还大言不惭地说自己长得好看？"男子的声音充满嘲讽，他一边说一边从棚内走了出来，而后舒墨就再次看到了这张这辈子都不可能会忘记的脸。

那个人穿着一身皓白的锦袍，头戴金冠，但比金冠更夺目的却是他的容貌，无论何时何地多少次见到这张脸，舒墨都没有办法抑制那股从心底翻滚而出的喜悦。

然而此刻，她却感觉不到那股喜悦了，因为太多的震惊充斥在她的脑袋里，根本没有办法顾及其他情绪。

怎么会是他？那个在淮陵楼中被她弄晕，却发现跟"莫眠"一模一样的温公子，舒墨觉得整个人都不对了。

然而很快她体会到了更不对的情绪，因为一直站在一边的那位唇红齿白的小哥突然向前一步，朝着她怒喝道：

"大胆！见到当今圣上还不跪下！"

完了，要死要死要死。

舒墨"扑通"一声跪了下去，默默地在心底哀号。

而那只刚才一直被她抱在怀中的小兔子似乎也意识到了"这个主人不太靠谱"，蓦地就从她的怀中跳了出去，蹦蹦跶跶地跑到了那个人的脚边。

（三）进宫

舒墨回教时的容貌可以用一个成语概括：灰头土脸。

她去面试时的打扮商金金可是费了不少心思，从妆容到衣裙搭配无一不精，再配上那张美人皮，还在教中引起了小小的轰动，各教众纷纷感叹原来自家圣女也是可以美到这种境界的！

结果不过一天时间，那个水灵灵的大美人就变了模样，好好的蝶戏水仙纱袖裙，也不知道是何原因弄得破破烂烂的，白皙的脸蛋上也沾染了不少尘土，着实有些狼狈。

本来见到圣女一扫颓废，打扮得漂漂亮亮欣然出教，大家都以为舒墨走出了失恋的阴霾相亲去了，就在大家都为她的励志鼓掌的时候，舒墨却又灰溜溜地回来了。

看来圣女的情路颇为坎坷啊！

舒墨鼓着腮帮子，在接下来的半个时辰内，愤恨不已地对商金金描述了整个事件的起因经过结果。

"姑姑你说，他一个天下至尊，怎么可以这么小气？"舒墨郁闷地把面具卸下，露出自己的本来面容，往日里娇俏的小脸此刻已经皱成了一团。

"你呀，还是太年轻了。"商金金听完叹了口气，纤纤玉指在她的额头上轻轻一点，"你们有美丽的误会在前，标准的不是冤家不聚头范本，这一点你就已经比其他参选者有优势了，你却没有好好利用。"

"优势？"在听到"美丽的误会"这五个字的时候，舒墨觉得自己出现了幻听。

"最大的优势，就是你这张脸。"商金金莞尔一笑，"他说他费尽心思挑选出来的眼线，因为你的缘故现在还在昏迷不醒，而你又有着跟那位姑娘一模一样的脸……"

听着商金金意味深长的话，舒墨简直觉得自己新世界的大门都被打开了！

圣上谢恒溪说淮陵楼的染念姑娘是他的密探，而染念却不知何故一直昏迷不醒，在那之后谢恒溪就开始在江湖各门派中物色密探，也就是说寻找的人是要替代染念的？

想到这儿，舒墨的小手不由自主地伸向了刚才被她大大咧咧搁置在桌上的"脸"。

就在她的小手刚刚触碰到面具的时候，房门外突然传来了一阵豪气干云的笑声，抬头看去，卢鼎铭笑容满面地走了进来。

"成了！"卢鼎铭言简意赅。

虽然不知道谢恒溪的选定标准是什么，但是对于他真的挑选了她入宫这件事，在商金金的引导下，舒墨也觉得是理所应当的事情了。

似乎是为了让她跟染念的形象更加贴合，谢恒溪还特地给她宽限了一个月的时间，要求她在这段时间内学会抚琴跳舞等基础技能，以便入宫之后应对各种各样的变故。

"姑姑，我进宫不过是个'密探'，有必要这样吗？"舒墨头顶着青花瓷碗站在墙角，嘟着嘴颇为不满。

对于舒墨的每日一问，商金金也不搭理，只是我行我素地进行课程训练，而这些训练自然都是得到了卢鼎铭的大力支持。

而由于这些令人崩溃的训练，舒墨陡然间对入宫充满无限的"向往"，好歹不用每天吹拉弹唱样样来呀！

在这种无限的期盼中，她终于迎来了进宫的日子。

在各色各样的教导声中，舒墨哼着小曲愉快地朝着一早约好的淮陵楼奔去，也不知道谢恒溪用了什么手段，淮陵楼上下对于她的突然出现都没有表示出任何的异样，反倒亲切得很。

"今个儿真高兴呀！"

在她的哼哼声中，圣上的随从简竹出现了，不同于上次相见时的便装打扮，他这次是穿着太监服来的，一同而来的还有四名同样打扮的小太监与十

余名护卫,抬着轿子招摇过市地停在了淮陵楼的大门外。

圣旨的中心思想很简单:淮陵楼染念姑娘美貌与智慧并重(美貌占主要成分),朕特下旨召她入宫。

在四面八方汹涌而来的目光下,舒墨举步维艰地走向了轿子,那短短的十余步的距离,却让她无比庆幸自己今天戴了帷帽,不然一定会被这各式各样的目光审视致死吧?

眼见只差最后一步就要进入安全范围,却不知道从何而来的一股怪力,将她头顶上的帷帽一分为二,帷帽"啪嗒"一声落在了地上。

这就是姑姑所说的"绝色美女出场必定会自带一段特殊剧情"吗?听到周围瞬间袭来的"惊叹声",舒墨简直是想死。

"静悄悄地入宫,努力做好兼职"这一"远大理想",目前看来已经是破灭一半了。

舒墨沮丧地坐在轿子里,在脑子里重新规划入宫之后的计划,谢恒溪这一步棋算是将了她一军,想要默默无闻短期内应该是不可能了,怎么样才能在短时间内将自己的存在感降到最低呢?

就在她想得头痛欲裂之际,却听到轿外传来一阵嘈杂之声,掀开轿帘一看,数名穿着朝服的老头子横成一排站在宫门外,在他们的身侧,站着的则是一群表情复杂的侍卫。

"你们让开!老夫今天就站在这里,要是陛下真的不顾朝纲率性而为,我就当场自刎!"为首的老头子情绪颇为激动,朝着侍卫们一阵咆哮,花白的胡子也跟着一翘一翘的。

舒墨正想着该怎么补救的时候,一阵齐刷刷的跪拜声就飘了过来,微风将轿帘轻轻吹起,就瞧见一行人浩浩荡荡地朝着宫门外走来。

即便还有些距离,舒墨还是一眼就认出了走在最前方的谢恒溪。

他穿着一身玄色的朝服,金线绣成的飞龙在黑色的锦缎上十分耀眼,原本过于俊美的脸庞也在这龙袍的映照下,显得比平日里多了两分坚毅。

这就是传说中的霸王之气?舒墨坐在轿中腹诽。

为了表现自己真的是"洗尽铅华呈素姿",她今天特地穿了一条青色莲花纹裙衫,头梳倭堕髻,简简单单地斜插了支玉钗,便再无其他装饰,走的就是"清水出芙蓉,天然去雕饰"的路子。

"皇上万岁。"见谢恒溪走到了不远处，舒墨才终于走出了轿子，正想下跪，却被谢恒溪扶住了。

"在朕面前不需要行这些虚礼。"谢恒溪握住她的手，英俊的脸上泛着淡淡的宠溺。

与此同时，舒墨毫不意外地感受到了从不远处飞射而来的数道幽怨的目光。

"我们走。"谢恒溪转过头来对她温柔一笑，像是换了一个人一般。

"皇上，您这样做，不怕寒了我们这帮老臣的心吗？"

"皇上，先皇在天之灵也不会安息的！"

"皇上……"

那此起彼伏的呼唤声听得舒墨揪心无比，恨不得干脆冲上去跟那些人坦白了算了。

我不过是进宫做兼职的探子，真的不是你们口中说的祸国妖女啊！

"怎么，心生不忍，想要放弃任务了？"谢恒溪的声音冷不丁地从耳畔飘了过来。

"没有。"舒墨被说中心思，却还要表现出一副"我很有职业素养"的模样。

谢恒溪对她的答案没做评价，只是兀自带着她来到了一座华丽的宫殿前，但见木梁之上，一块匾额高高挂起，"念染宫"三个镏金大字龙飞凤舞地落在上面。

染念，念染，所含之意简直不能更明显。

要是换在平常，一个跟"莫眠"长得一模一样的男人用情深似海的眼神看着她，并且如此豪气地建造了一座宫殿，舒墨只怕早就两眼一翻，幸福得晕过去了。

只是当对象换成了谢恒溪，她却反倒没了那份悸动。

虽然面貌相同，画风却实在是天差地别了。

"念儿，这是朕专门为你建造的住所，以后我们就可以日夜相对，长相厮守了。"谢恒溪牵起她的手，眸中满是绵绵情意。

皇上，你别这样！

我只是进宫做个任务，一点儿也不想跟你长相厮守，你不要当真啊！

虽然你跟"莫眠"长得一模一样，但是在我心中，"莫眠"是无可替代的！

（四）义女

就在舒墨挣扎得无以复加之际，四名身着粉色宫装的宫女突然鱼贯而入。

"奴婢云翡、流梨、春凌、素晚，参见皇上，参见染念姑娘。"

整齐划一的跪拜和问好声在殿中响起，听着那一个个充满诗意的名字，舒墨脑子里自动掠过了商金金在给她特训时曾说过的一段话。

她说在这世间，有一些女人是天生自带女主光环的。

她们也许姿容绝色，也许天赋异禀，也许在你看来她们并无任何长处，但是偏偏这世间的男人就是爱她，拼个你死我活也要得到她，宫里水深，你此去说不定就会遇到这种人，如果真的遇到了，那一定要小心防范。

虽说如何防范，需要随机应变，但是总的而言，此类特殊群体还是有迹可循的。

根据名字判定条件如下：

可能她们的名字听起来就跟常人不同。

也许她们的名字听起来就特别粗鄙没有文化。

总而言之，就是要有一双善于发现的眼睛，要善于发现自己周边人的优点，而后如果有一点点不对劲儿的苗头，就要在悲剧发生之前，将其扼杀在摇篮里。

"即便不能成为女主，也一定不能成为替罪羊！"临行前，商金金耳提面命地对她说。

那个时候舒墨还不大能理解替罪羊的真正含义，不过这一刻，她却突然有些开悟了。

就是成为别人的垫脚石，而后变成了渣渣咯？

看着面前四位如花似玉的美人，舒墨顿感压力巨大。

云翡、流梨、春凌、素晚……感觉都有点儿像判定条件啊！

舒墨正想得出神，谢恒溪的声音就从耳边飘了过来。

"她们四个里，有两名敌人，战斗开始了，我的密探。"

湿热的气息喷在她的耳畔，惹得她的面色一阵绯红，剪水秋瞳滴溜一转，顾盼间皆是颜色，别有一番风流妩媚。

谢恒溪走后，舒墨就陷入"谁是敌人"这一问题的深刻思考中。

可惜她刚刚进宫，对于情报的了解实在有限，所以舒墨决定从"敌人"处获取情报。

"我刚刚入宫，对于宫中的规矩、人情都不甚熟悉，不如你们给我讲解一下。"舒墨素裙曳地站在殿中，仿若出尘之仙，神情淡然。

对于她的这个要求，四位姑娘都相当配合，并且十分有默契地进行分工讲解。

云翡负责分析后宫形势；流梨负责讲解规矩及流行服饰；春凌负责概括前朝形势；至于素晚，负责补充。

在经过一系列的详细讲解之后，舒墨对于目前自己身处的环境及形势有了一个大致的了解。

当今的皇帝陛下谢恒溪，目前登基刚刚满一年，后宫十分不充裕，加上她这个"新宠"在内，一共只有四名妃子，其余三名分别是：骆昭仪，罗婕妤，秦美人。

年轻美貌指数：秦美人两颗星，罗婕妤三颗星，骆昭仪五颗星——骆昭仪胜。

才情指数：秦美人善舞，罗婕妤善歌，骆昭仪琴棋书画皆有涉猎——骆昭仪胜。

受宠程度：秦美人暂未见过皇上，罗婕妤"偶遇"过皇上一次，皇上曾在骆昭仪处过夜一晚——骆昭仪胜。

至于朝政方面，目前朝中势力最大的把控者是国师贺鼎，个中缘由春凌也支支吾吾说不大清楚，只是简简单单的几句赞美翻来覆去地咀嚼。

国师大人英明神武，乃是百年难得一遇的奇才，上通占卜风水之术，下

解排兵布阵之法，先帝六旬之际与其相遇，自此引为忘年之交，只可惜没过多久先帝就驾鹤西去，临终前将皇上托付给了国师，命其照看。

看着春凌脸上略微浮起的红晕，舒墨暗暗在心底给她贴上了一个"疑似敌人"的标签。

当着她的面如此大肆宣扬贺鼎的英明，简直是不把谢恒溪放在眼里嘛！

听了整整一下午的情报，舒墨只觉得脑袋有点儿昏昏沉沉的，不过总体而言，还是收获颇丰的。

总共获取有价值情报两条。

一是她在后宫最大仇恨值目标锁定：骆昭仪。

二是谢恒溪在朝中疑似最大仇恨值目标：贺鼎。

知己知彼，百战百胜。就在舒墨汲取情报完毕，打算小憩一会儿之际，一行人却浩浩荡荡地从不远处朝着念染宫走来，为首的那个人昂首挺胸，正是不久前才刚刚打过照面的简竹，再看看跟在他身后的那十余名低眉顺眼端着托盘的小太监，舒墨知道一定是谢恒溪又来刷存在感了。

"皇上口谕，为了庆贺染念姑娘进宫，会在今夜夜宴群臣。"似乎嫌她还不够心塞，简竹顿了顿又继续说道，"还请染念姑娘好好准备一下。"

坏人，都是坏人！等到我的翅膀硬了，再好好收拾你！

"皇上说的是。"舒墨深吸一口气，努力挤出一抹瑟然的微笑。

简竹静悄悄地来，带来了一室名贵的珠宝，转瞬却又静悄悄地离开，留下了一个让舒墨无比心塞的旨意。

"姑娘一入宫就得此厚赏，可见皇上对您是真爱！"云翡笑容满面地拿出砚台，开始研磨。

"还为了您特地宴请群臣，也不知道会不会当场宣布您的位分。"流梨拿着笔，仔仔细细地记录着刚刚送来的赏赐。

"晚上只怕其余的三位娘娘也会赴宴，姑娘一定要艳压群芳！"春凌说完就开始在方才送来的赏赐里面寻找今晚赴宴可以派上用场的装备道具。

"姑娘最好事先准备一两个才艺，以备不时之需。"素晚淡定地提醒。

说到最后，四个人统一给了舒墨一个"我们看好你"的眼神。

相对于四个人不同的备战状态，舒墨只觉得无比心塞。

这不过才入宫第一天，为什么她已经有一种战斗了一年的错觉？

舒墨垮着一张小脸，幽怨无比地腹诽。

在经过"拿人钱财，替人消灾""我是有职业素养的密探""花容教数千名教众还在等着我的出差费用吃饭"等一系列的自我暗示之后，舒墨决定静下心来面对晚上的战斗。

值得一提的是，谢恒溪给她的这四名宫女，确实是各有各的长处。

云翡一双妙手善于化妆，流梨绾发技术一级棒，春凌对于服饰搭配很有心得，至于素晚嘛，除了适时地提醒她一些注意事项之外，暂时还没有发现其他特别突出的技能。

经过约莫半个时辰的装扮，看着镜中的自己，饶是见过美人无数的舒墨，也不得不感叹一句：实在是太美了！

她依旧穿着一身素衣，只不过却已不是早上入宫时穿的那件，白色的裙子仿若用千朵白莲织就，只有裙摆处一朵艳丽的红梅花悄然盛开，乌黑的发间，一支凤尾流苏珠钗斜斜地插在发间，饱满的珊瑚珠落在她的脸颊边，跟那裙摆的红梅相得益彰，将本就妙丽的容颜衬得殊色无双。

舒墨知道，今晚是她入宫以来真真正正的第一场仗，并且，只能胜不能败。

无论往日里画过多少张美人皮，易过多少次美人颜，她今晚要演好的人有且只有一个——淮陵楼花魁，染念。

宫廷盛宴，自该盛装出席。

当看到那些按照小群体各自坐在一起的百官时，舒墨的心情着实有些紧张。

活这么大，第一次见到这么多官呢！

不过当她看到谢恒溪的时候，她的心情似乎又放松了些：最大的那个都见过了，其余的又有什么好怕的呢？

谢恒溪似乎是跟她心有灵犀一般，也穿着一身月白色的便服，他慵懒地坐在宴席中间，修长的手指摆弄着面前小巧的白玉杯，对坐在下面百官们的脸色仿若未见。

"爱妃。"谢恒溪朝着舒墨伸出手，示意她坐在他的身旁。

"臣妾参见皇上。"女子的声音很好听，像是冬日里初落的新雪，澄澈动人。

臣妾？看来是三位"敌人"之中的一位了。

舒墨循着声音抬头望去，的确看见一张她实在是不怎么想看见的脸，一张她曾经不计代价地做过的一张一模一样以便放在房中扎小人的脸——拈花秀斋骆碧璇。

骆碧璇居然就是传说中的一号敌人骆昭仪！

这是各大门派圣女组团来宫里做兼职了吗？这任务的难度系数跟之前预想的差太多了吧！

看着骆碧璇那张冷若冰霜的脸蛋，舒墨只觉得太阳穴隐隐作痛，这简直就是所谓的：久旱逢甘霖，一滴；他乡遇故知，死敌！

经过商金金一段时间以来的洗脑，舒墨对于各种各样的美人及其所属的类别已经有了充分的认识。

比如骆碧璇这种类型，就曾被商金金当作典型案例分析过。

首先，骆碧璇容貌十分出色，即使不能算是国色天香，但是放在以男人为主要群体的武林之中，也可以称为绝色了。

其次，身份比较特殊，武林中名门正派的圣女，在称谓上就已经要领先于他人了。

最后，对于如何将自己的美貌最大化，骆碧璇很有一套，人人都有猎艳之心，越是触不可及，越觉得如云似雾般神圣不可侵犯，于是便有了享有盛名的第一圣女。

结论：此女较有手段，需要当心。

不知道她是不是也是被谢恒溪召进宫来的，如果是，那以后岂不是盟友？

但是看刚才谢恒溪那冷冰冰的态度，又不像是有什么特殊照顾。

难道之前种种秀恩爱的行为都是为了让我在前面冲锋陷阵，真正想要保护的其实是骆碧璇？

种种阴谋诡计在舒墨的脑袋里来回翻滚，直到震耳欲聋整齐划一的问好声传来，她才回过神来。

此起彼伏的"贺大人好"以及程阁老那呼天抢地的告状声冲击着她的耳膜，抬眼望去，之前还安坐在各自位置上的大臣们已经全部站了起来，众星捧月般地围绕着一名男子。

男人穿着一身墨色锦袍，月光洒落下来，将那袍摆边缂着的银边衬得熠熠生辉，他就静静地站在那里，眉目如画，眼睑下一颗红痣平添性感，本如月下谪仙的面容也因为这小小的泪痣而沾染了些许的尘气，像是一朵孤生之莲，遗世独立。

舒墨本以为这世间谢恒溪的容貌已经是极致，其余人站在他的身边都像是米粒之珠与月华争辉，今天见到这位贺大人，才发现这世上竟然还有能与其相当的容貌。

"贺大人，你快劝劝陛下，陛下被这妖女迷了心窍，为了堵住吾等之口，竟不惜采用暴力！老臣这副老骨头横竖也坚持不了多久了，今天就是命丧于此，也断不能看到我朝百年基业毁于这妖女之手！"程阁老歪着脖子，声泪俱下地控诉。

他的一席话引来了不少附议之声，那群大臣也瞬间炸开了锅，声泪俱下地形容着舒墨的十恶不赦，仿佛她不是从淮陵楼来的歌女，而是杀人不眨眼的女魔头。

看着大臣们对那贺大人的推崇之意，完全忽略了在场的正牌皇帝谢恒溪，舒墨下意识地去看他的脸色。

谢恒溪静静地坐在席中，眸光淡敛地看向前方，似乎对那些朝臣忽略了他的行为视若无睹，仿佛早已司空见惯。

他定力极好，无论那些人如何叫嚣，他都只是自顾自地喝着酒，舒墨开始还竖着耳朵听那些人怎么形容她，听到后面也渐渐没了兴趣，干脆跟着谢恒溪一起喝起酒来。

"这酒真好喝，不知道是什么酿的？"舒墨喝了几杯，白皙的脸上渐渐泛起红晕，为本就艳丽的脸蛋更添颜色。

"是用朝露配合青梅酿成，你若喜欢，朕以后为你建一座酒池，专门摆放各季酒酿。"谢恒溪的声音清若泉水，潺潺滑过耳畔，只觉得分外好听，"简竹，明早命御膳房加紧酿制十埕。"

明明他的声音并不大，却不知为何让刚刚那些还在喧闹的大臣们都安静了下来，几名告状告得口沫横飞的言官似乎听到了什么不可置信的谣言一般，瞪大了眼睛转过头来，用一种十分诧异的眼光看向他们。

"进宫第一日，就已经祸害宫人们夜不能寐，长此以往，国必亡啊！"

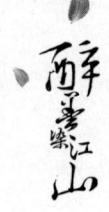

一名大臣率先反应过来，仰天长啸一声后瘫坐在地上，扯着贺鼎的袍摆号啕大哭。

而被各位大臣包围着的贺鼎，自始至终却一言未发，他就静静地站在庭中，似乎在等待着些什么。

大抵是大臣们刚才的表演并没有能达到什么效果，皇帝陛下完全没有因此而感到惶恐，而国师大人也迟迟没有表示，一时间，吵闹之声消停了不少。唯独刚才那位反应最机敏的告状精此刻有些下不来台，其他人都安静了下来，用一种审视的目光看向他，刚才还撕心裂肺的干号声也跟着显得颇为可笑起来。

当气氛越来越诡异之际，有人打破了这份尴尬，贺鼎终于抬起脚步，朝着前方走去。

方才那抱着他大腿的告状精不知为何就松开了手，那本来一直牵扯着贺鼎袍摆的手此刻却不由自主地微微发颤，似乎遇到了什么令人极为惊恐的力量。

"臣，贺鼎，参见陛下。"贺鼎走到二人面前，单膝跪了下去。

他跪得干净利落，完全没有丝毫迟疑，精致到有些妖冶的面容上却仿佛泛着一抹坚毅的光，这抹淡光柔和了过分漂亮的容貌，让人觉得无比干净。

完美到无懈可击的恭敬表情，听不出半点儿不屑或者不满情绪的语调，仿佛就是这世上最忠贞的臣子，心甘情愿地跪拜着自己的主人。

只可惜，这声"参见陛下"，终究是来得太迟了。

人们都快忘记这本该是他见到谢恒溪时就该做的第一件事，而并非是他想起来了才去做的一件事。

贺鼎的这一跪，似乎让那些大臣终于想起来了自己的主子原来是一直坐在上面喝酒的那位，以至于纷纷作鸟兽散，老老实实地坐回到自己的位子上。

传说中的国师大人果然是名不虚传，这排场，简直比谢恒溪还要大嘛。

"简竹。"就在所有人都以为谢恒溪必定会说"爱卿请起"之时，他喊的却是另外一个人的名字。

简竹闻言立刻向前一步，手上拿着一摞不知从何而来的宣纸，上面密密麻麻地写满了字。

"天兴三年，六月初九怡春楼，吏部侍郎左怀宗痴迷于怡春楼花魁牡丹，连宿三月流连忘返，直至九月初牡丹暴毙身亡，左怀宗悲恸欲绝，欲与其共赴九泉，最终被左尚书以死相逼，在家中休养月余方才赴任。

"同年三月，左都御史沈秋池纳一美妾姜流云，乃是罪臣姜满之女，为掩人耳目，沈御史为其更换户帖，改名刘芸，至今琴瑟和鸣，育有一子。"

随着简竹一字一句的朗诵，方才那群告状的大臣一个接一个地低下了头，舒墨这才发现原来刚才那个扯着贺鼎袍摆哀号的人名叫左怀宗，官拜吏部侍郎，其父礼部尚书，算是个官家子弟。

渐渐地，面有惭色的人越来越多，到最后无论是否有被点到名，都是满面的心虚之色。

"启禀皇上，方才各位死命进言的大臣中，除程阁老之外，其余人皆有档案在册。"简竹念完手上的这摞，又从怀中掏出一册，似在询问是否还要继续念下去。

"原来朕竟不知在这朝中，竟有如此之多的多情之人，不知各位大人听完这些，对于朕要染念入宫一事，可还有异议？"谢恒溪语调嘲讽，目光顺着那些低眉垂首的大臣们转了一圈，最终落在了面前的贺鼎身上："贺卿怎么跪在这儿？简竹，还不扶国师起来？"

他话音一转，分外严厉，那些被质问的大臣动作统一地低下了脑袋，饶是心中有惊涛骇浪翻过，面上却也不敢表露分毫。

"看来朕真的喝多了，竟没发现贺卿何时来的，夜寒风重，爱卿可别受了风寒，去将朕的暗锦大氅取来为贺国师披上。"谢恒溪眉头微皱，修长的手指抚在额间，似是有些不胜酒力。

看着谢恒溪那微蹙的眉头，舒墨暗暗在心底竖了个大拇指，原来这厮才是最佳演技啊！

"多谢皇上关爱，微臣愧不敢当。"贺鼎在简竹的搀扶下站了起来。

"既然在座诸位除了程卿之外均无话可说，那不知程老还有什么话想要对朕说？"谢恒溪看向坐在不远处的程茂。

程茂一早已经没了初时的激动之色，眸中愤然之意却不减分毫，只是对象却变成了那群坐在他身侧的同僚们。

他肩颈偏斜，面上一片哀痛之色，像是一只年迈的苍狼，在叹息狼群的衰败不堪。

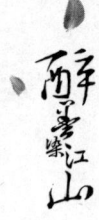

"皇上,他人之作风臣无法可管,只求自己问心无愧,或许老臣对染念姑娘确实心存偏见,但其身份低微是不可争辩的事实,老臣只希望陛下顾念皇家体面……"程茂说完,就"扑通"一声跪了下去,年迈的面庞上泛着满满的悲戚,让人不忍直视。

看着他跪拜在下面略带乞求的模样,舒墨也陡然间生出许多不忍来,她转头看向谢恒溪,却发现对方正若有所思地打量着贺鼎。

"贺卿,你怎么看?"谢恒溪眸光一转,把问题丢给了站在一旁的贺鼎。

"臣以为程阁老所言甚是。"贺鼎往前迈出一步,站在了两个人的面前。

难道他也要死谏?看着贺鼎那副正经的模样,舒墨的心里陡然间没了底气,从今天的酒宴不难看出贺鼎在臣子中间的分量,若是他也带头反对,只怕自己这兼职还没开始就要夭折了。

也不知道静默了多久,贺鼎终于再次开了口,与此同时,还有一声膝盖触地的闷响。

"皇家体面确实不可忽视,所以臣有个不情之请。"黑色的大氅被夜风吹起,翻滚而起的边角像是看不见底的深渊,他的声音敛沉如墨,听不出喜怒,"臣与染念姑娘一见如故,希望能将染姑娘收为义女,还望陛下成全。"

他话音刚落,满朝文武皆目瞪口呆愣在当场,包括一直坐在席中充当活靶子和吉祥物的舒墨。

刚才贺鼎的话还未说完之时,她的心几乎要跳到嗓子眼来,那句"一见如故"的开头,实在是太像话本里的台词,就在舒墨担心"难道是因为我的美貌太过惊人,导致国师大人也不惜冒犯圣颜要同皇上抢人"的时候,后面的"收为义女"四个字,却让剧情急转直下,超出了所有人的意料。

国师之女儿,皇上之女人?

舒墨陡然间发现自己的身份瞬间就高出了好多个档次来。

所有人都在等待着谢恒溪的回答,刚才还满是凄凉之色的程茂也不可置信地抬起了头来,年迈的脸上表情十分复杂,似是对贺鼎的行为十分不解。

"所以说无论何时,都是贺卿最得朕心。"谢恒溪点了点头,俊秀的脸上扬起一抹笑意,那笑容犹如春风拂过,将所有的景色都沦为陪衬。

"念儿,我们终于可以在一起了。"他转过头来,牵起舒墨的手,本来一片清明的眸中似是泛上了些许的酒雾,充满了迷离。

"嗯。"舒墨转过头来,低头莞尔一笑,满面娇羞之色。

那仿若闲庭落花的娇羞面庞之下,掩盖的却是满满的无奈之声。

皇上,您入戏太快,臣妾有点儿跟不上啊!

除却入戏过慢之外,舒墨还用一天的时间了解了什么叫作真正意义上的"名扬天下"。

几乎是一夜之间,大街小巷里讨论的都是她这位刚刚晋升为"国师之女"的未来娘娘,酒楼茶肆里据说已经有了跟她相关的传奇故事,讲述着她跟当今圣上从相遇相知再到相爱的故事,更有甚者,听闻淮陵楼的嬷嬷在大门口挂起了一条大红横幅,上书"有凤来仪"。不仅如此,就连她曾经住过的那间房也派人看守了起来,称为"娘娘故居",想要入内必须要付高额的参观费。

听着素晚的汇报,舒墨只觉得眼皮跳了又跳,故居是个什么情况啊?

由于她现在的身份不同往日,身为贺鼎的义女,入宫仪式自然不可匆匆了事,为了表示对这名"义女"的看重,贺鼎特地调动了一百名精卫护送她入宫。

没错,就是入宫。

似乎是为了宣誓她已经改头换面重新做人了,礼部尚书向谢恒溪建议由贺鼎派遣一支送嫁队伍,让她从国师府出发,浩浩荡荡地进宫,以正声名。

最让舒墨无解的是:谢恒溪居然答应了。

于是一支堪称史上最声势浩大的送亲队伍出发了,百余名精兵铁骑,浩浩荡荡地围绕在轿子周围,那画面震撼感十足,只是气氛有些诡异,精卫们个个面容严肃,不带半点儿喜气,不像是送嫁,反倒像是押解什么重犯进京一般。

"素晚,你说这是什么情况?我怎么觉得气氛怪怪的,弄这么多人护送我入宫,光天化日,朗朗乾坤,难道还怕有什么江洋大盗来抢亲不成?"考虑到反正也只是出宫走个过场,舒墨也就只带了素晚一个人出来,原因无他,只因为她话最少。

舒墨话音刚落,就听到外面突然喧闹起来,素晚反应迅捷地挡在了舒墨身前,小心翼翼地将轿帘掀开一条缝隙。

方才还整齐划一的队伍不知为何有些散乱开来,并且以包围的形势将轿子护在了中间,见到素晚探视的目光,一名铁骑说道:"前方似有疑阵,务

必保护好染念姑娘。"

疑阵?

坐在轿子里的舒墨听在耳中,不禁有些好奇起来。

当今武林之中,靠布阵吃饭的门派并不多,大多数也混得并不怎么好,而且布阵这种事情大多放在战场上,用于迷惑敌人让其自相残杀,居然胆敢在城中布阵,这是演哪出啊?

让舒墨意外的,却是此时此刻压在她手腕上的那只手,一只女人的手,并且这只手还带着内力。

原来素晚的特殊技能竟是会武功!

而更让她意外的是,她发现在素晚的压制下,一时间她竟然真的无法动弹,这说明对方的武功绝对在她之上。

"等会儿若是有人杀进来,你就装受惊过度晕了过去。"素晚神色淡然地吩咐。

看着她那冷静自若的模样,舒墨的脑子里不由自主地掠过了一张熟悉的面庞。

"谁要杀我?"舒墨问出口的同时,脑子里出现的是武林中的各方人马,一一排除后发现也有可能是外部势力。

"贺鼎。"

素晚话音刚落,轿顶就被人劈了开来,来者穿着一身精卫铁甲,面戴银色面具,手中长剑朝着舒墨的面门劈去。

只听"当"的一声,素晚手中不知何时多了一把短刃,迎着剑锋而上,硬生生地将剑锋撞偏了寸许。

身为武林中人,舒墨对打斗场面其实并不陌生,眼前的这幅画面虽说险象环生,却也并不是最危急的,她惨叫了一声身子往旁边一歪,那长剑顷刻间扎入了身后的软垫之中,而后伴随着一声惨叫,她就两眼一翻"晕"了过去。

百名精卫送嫁队,无名疑阵布前方。

打斗持续的时间很短,外面的精兵就已经发现原来所谓的疑阵不过是故弄玄虚,瞬间加入战局之中,那名蒙面精卫见状不妙,也无心恋战,撒腿就跑,由于服装本就相似,场面又混乱无比,最终也没能将其抓住。

一行人轰轰烈烈地从国师府出发,却在半途遇袭,虽然伤亡并不惨重,却也没能抓住元凶。

怎么感觉就像是一出专门为了打皇帝陛下脸而做的好戏呢？

被抬回到轿中继续装晕的舒墨优哉游哉地闭着眼睛暗忖。

对于舒墨入宫途中遇袭这件事，谢恒溪自然发了一通好大的雷霆，一边命礼部尚书回家面壁思过，一边将那一百名精兵尽数关押，要求务必审出嫌犯。

反观身为"苦主"的舒墨倒是十悠闲。

由于"受惊过度"，她进宫之后就被抬回了念染宫，御医诊断之后说是"惊恐导致，需要静养"，这诊断甚合舒墨的心意，于是便老老实实地"休养"起来。

经过方才那一役，舒墨对素晚倒是生出了些许革命友谊来，起码从目前来看，她应该不是谢恒溪所说的两名敌人之一，那么用排除法来看的话，就只剩下两个人了。

她正躺在床上想着，谢恒溪就走了进来，姿态雍容，步伐稳健，也不知道是不是刚发完了脾气，看起来情绪居然好像还不错的样子。

"爱妃。"谢恒溪走到她的身边，摆出一副关心的模样，"有答案了吗？"

舒墨本以为他好歹会寒暄两句，问一下她的身体状况如何，是否有被吓到，记不记得歹人的模样之类的常规问题，结果他倒好，如此单刀直入，让她刚才准备好的客套话都没有用武之地。

"皇上对待真爱可真是凉薄，我刚刚被那个贼人吓得魂飞魄散，有好些事情好像记不大起来了。"舒墨皱了皱眉头，一副"我很认真"的表情。

"哦，太凉薄？"谢恒溪若有所思地想了想，随即突然倾身向前，"那我来看看是不是受了什么内伤。"

舒墨万万没想到一代帝王居然如此轻浮，她赶忙一个翻身，躲了过去。

"身手如此敏捷，看来是没什么大碍了。"谢恒溪挑了挑眉，英俊的脸上泛着些许嘲讽之意，"欺君可是大罪……"

最后一句话，他意味深长地只说了一半。

"大概是陛下身上的天龙真气感染了我，您刚坐一会儿，我就好像好起来了呢。"舒墨十分识相地坐了起来，为表自己所言非虚，还特地像模像样地揉了揉太阳穴。

谢恒溪被她滑稽的样子逗笑了,露出一副"看你怎么说"的表情。

"四个侍婢里,不是自己人的应该是云翡和流梨。"舒墨说出了自己的答案。

谢恒溪没有立即给出回应,反而给了她一副继续说下去的表情。

"夜宴群臣那天,是春凌负责帮我打扮的,那条素白绣梅的裙子是她帮我挑选的,而那天晚上你也穿了同样色系的锦袍,排除掉偶然发生的可能性,那就是有人给你通风报信,或者是一早就已经商量好了;而不久前发生的那场闹剧,素晚说派来杀我的人是贺鼎,并且让我装晕,我想大概是为了不让我暴露身份,那她应该也不是贺鼎的人了,最后使用排除法,你说敌人有两名,那就只剩下云翡和流梨了。"舒墨胸有成竹地说着自己的推测。

"就算是春凌帮你挑选的裙子,难道就不能是别人给我通风报信了?就算是贺鼎派人去杀的你,也许目的就是让素晚保护你,获取你的信任?"谢恒溪俊眉微挑,表情颇不以为然。

看着舒墨那张美艳绝伦的小脸上蛾眉微蹙,他的心情莫名又好了两分,好像看到她不开心吃瘪的模样,他就很开心呀!

谢恒溪恶趣味地想。

不过舒墨的眉头并没有皱很久,几乎是转瞬就又恢复了平坦。

"不会的,素晚不可能害我的,从她看我的眼神就能看出来。"舒墨摆了摆手,一脸笃定。

"那春凌呢?"谢恒溪往前凑了凑。

"皇上不会懂的。"舒墨微微侧目,脸上的表情无比认真,漂亮得犹如星辰的眼眸里似有流光滑过,嘴角微微牵起,露出一抹狡黠的笑容,"这是专属于女人的第六感。"

看着她那满脸小阴谋得逞的笑容,谢恒溪发现自己竟无言以对。

"这次算你蒙对了。"谢恒溪调整了一下面部表情,"那对今天的事你有什么看法?幕后主使是谁?"

"回答附加题我可是要额外收费的。"舒墨手上拿着不知道从何而来的小册子,拿着一截短短的眉笔,在上面画了一笔,"应该是贺鼎吧,精兵队是他派的,想要在里面安插人手只有他最方便了,而且那个最开始让其与精兵们陷入混乱的布阵也太可疑了,布阵往往需要事先确定是否天时地利人和，看来礼部尚书应该也是他的人了，至于目的为何，我还没有想清楚，按理说要杀我的话机会大把，没必要这么兴师动众的嘛，我想来想去，觉得最大可能性还是为了打你的脸。"

她每说一句，谢恒溪的俊颜就更黑一分，这丫头什么意思？这是在明目张胆地表达"贺鼎就是比你势力大""贺鼎就是看你很不爽""贺鼎就是要打你的脸"吗？

"很好，我竟不知道我的爱妃除了有一技傍身，对于推理也如此娴熟。"谢恒溪阴沉着一张脸，拍了拍手，"看来倒是我多虑了，爱妃如此冰雪聪明，应该也不需要素晚在你身边相助了。"

伴随着他的拍手声，素晚从殿外走了进来，不过数十步的距离却让舒墨见证到了极其恐怖的一幅画面。

伴随着她的靠近，那张洁白无瑕的脸蛋竟然开始自动脱落，每走一步，白皙的皮肤就掉落些许，直到走到她的面前，才终于露出后面那张庐山真面目来。

"姑姑。"舒墨觉得自己的脑袋停止运转了。

"哼，我看那些天在教中对你的特训是白做了，一点儿也没有长进，没有认出来我就算了，方才遇袭途中还想强出头？你真当这是在江湖上，打得赢就厉害了？"商金金戳了戳她的额头，美艳的脸上满是宠溺，"贺鼎如此劳师动众，不过就是想看看你到底有几斤几两，你要真是冲出去跟人对打，不是正中他的下怀？"

商金金的话让舒墨陷入了沉默，她一双妙目眨也不眨地盯着商金金的脸蛋，仿佛想要看出一朵花来。

也不知道盯了多久，舒墨才终于开了口。

"姑姑，你竟然练成了自动脱皮大法？教我教我！"她用满怀期待的眼神看向商金金，小脸上似乎泛着梦幻的光芒。

她话音刚落，站在一旁的谢恒溪恨不得要吐出血来。

喂喂喂，关注点错了好吗？

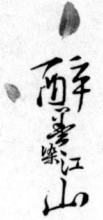

（五）中毒

　　流光溢彩的念染宫内，一名绝色美人正神情凄婉地跪在地上，她的面前坐着一名表情严肃的女子，细细看去就会发现跪在地上的美人身上的穿戴首饰无一不精，反倒是坐在她面前的那名女子，穿的不过是最普通的宫女服。

　　"伸出手来。"商金金手上拿着一条细细的白色绸缎，面无表情地说。

　　"姑姑……"舒墨颤颤巍巍地把手伸了出来，美丽的小脸上满满的全是委屈，漂亮的眼睛里亮晶晶的，像是下一秒就要哭出来一般。

　　商金金手上的那看起来丝滑柔软的绸缎名为"骨碎"，从名字就能听出来其威力非同一般，是由一名练剑大师用三十根金刚软锁熔炼而成，原本是金光闪闪的颜色，商金金觉得太过招摇，就在外面织了一层雪缎。

　　对于它的威力，商金金再了解不过了。

　　想当初她年幼顽皮，偷了骨碎去捉弄左护法，一个力道没控制住，左护法手腕险些被她抽碎，因此她被师父处罚关了整整半个月的禁闭。

　　如果不是谢恒溪此刻正一副看好戏的模样坐在后面，舒墨毫不怀疑自己这会儿已经抱着商金金的大腿痛哭求饶了。

　　"姑姑，墨儿知错了，我以后一定会小心小心再小心的，绝不会中了敌人的阴谋诡计。"舒墨采取苦肉计大法，往前挪动了两步，跪在了商金金的跟前，朝着她一阵挤眉弄眼，压低了声音又道，"你当着他的面揍我，人家好没有面子的。"

　　舒墨扁着嘴，湿漉漉的眼睛眨了又眨，像是一只无辜的小鹿一般。

　　看着她这副模样，商金金终是无奈地翻个白眼，伸出手在她的额头上弹了一下，手中的骨碎到底还是放在了一旁。

"以后还自作聪明吗？"商金金从上而下地俯视着舒墨。

舒墨闻言，小脑袋立马跟拨浪鼓一般地摇了起来。

商金金见状，满意地点了点头。

只是这厢满意了，那厢倒是有人不满意了。

谢恒溪原本坐在窗前，正神清气爽地等待着看一出好戏，那出尘的容貌在皎皎月光的映照下显得愈发英挺非凡，俊朗如画，可惜表情太过戏谑，否则真是一幅活脱脱的《月夜谪仙下世图》。

"所谓棍棒底下出孝子，严师方能出高徒，我瞧圣姑还是太心慈了些。"谢恒溪放下手中的葡萄，看了一眼商金金那被放在一旁的"武器"，一抹惋惜之色从眼底掠过。

"皇上倒是看热闹不嫌事大。"舒墨回过头，恶狠狠地翻了个白眼。

"朕也是用心良苦啊。"谢恒溪摆出一副"朕也是为了你好，可惜你孺子不可教也"的模样。

"这次的事情我暂且记着，下次你要是再做这种蠢事，我就教你这自动脱皮大法。"商金金此刻早已恢复素晚的容貌，但是妙目一扫，仍是满目风情，让人不由得觉得她的美已经刻进了骨中，跟容颜已经没有太大关系。

"自动脱皮大法？姑姑你肯教我？"听到惦念已久的技能，舒墨的智商瞬间恢复了。

"当然，"商金金莞尔一笑，摸着舒墨的脸颊，柔若春风地又道，"让你戴着自己的皮脱。"

舒墨愣了片刻，随即脑补了一下画面，整个人顿时又萎靡了。嘤嘤嘤，姑姑好可怕，师父快来带我走吧！

舒墨低下头，默默地腹诽。

"哈哈哈，圣姑真是风趣。"见到舒墨吃瘪的模样，谢恒溪忍不住哈哈大笑起来。

"皇上，时辰也不早了，今晚是否要留宿念染宫？"商金金站起来，朝着谢恒溪行了个标准的请安礼，又恢复了那副低眉顺眼的宫女模样。

"朕想起还有许多奏折未批，今夜就不留宿了。"谢恒溪走到舒墨的身边，牵起她的手，情深似海地又道，"爱妃今日受了惊吓，朕就不打扰你休息了，咱们来日方长，爱妃不要心急。"

　　谢恒溪在她耳畔说完，还恶意地朝她的耳廓吹了一口气，湿热的气息和他身上的龙涎香弥漫在她的周身，舒墨的脸蛋顿时不争气地红了。

　　谢恒溪昂首挺胸地走了出去，商金金抬头看了一眼自己那像是顶着一颗红苹果在脖子上的侄女，不由得叹息了一声，这样就脸红了，怎么在深宫后院里混啊。

　　商金金也转身离去，留下舒墨一个人面红耳赤地坐在殿中。

　　她抬起手摸了摸自己还在微微发烫的脸颊，心底犹如一万只蚂蚁轰然而过。

　　晚上舒墨做了一个梦，一个绝无仅有的美梦。

　　琉璃碧瓦下，有一抹嫣红意兴阑珊地倚在鸾椅上。

　　"啊……"当舒墨毫无淑女风范地打起了第十八个哈欠，她终于忍不住朝身边的商金金开口了。

　　"姑姑，我觉得我的'姐妹们'可能是知道我最近身体不适，所以决定还是不要来打扰我静修了，你看咱们要不回去补个眠吧？"舒墨压低了声音，无精打采地说。

　　"春凌，娘娘看起来精神不大好，你给她捏捏。"商金金面无表情地驳回了舒墨的请求。

　　"不用不用，我就这么随口一说，我精神好着呢。"舒墨闻言，一下坐直了身子，目光炯炯地看向前方，瞧不出半点儿犯困的模样。

　　说起春凌，舒墨便有种想要把谢恒溪这厮丢到十八层地狱去蹂躏的冲动。

　　赏给她的四个婢女里，两个敌对分子身份被识破后，便被分配到其他地方，至少不能在身边留下隐患，可剩下的两个婢女里其中一个是自己的姑姑也就罢了，也就只有春凌能使唤，可偏偏她还有一手绝活：大力金刚指。

　　每当她想要以装病来躲避某些应酬的时候，春凌的大力金刚指就派上用场了，被她那么一捏，简直是"病痛全消，精神抖擞"。

　　舒墨心酸地看了一眼一左一右站在自己身边的两名"婢女"，顿时有种自己才是"奴婢"，她们才是主子的错觉。

　　就在舒墨思量着如何才能翻身做主人之际，殿外就传来了小路子悠远洪亮的声音。

"奴才参见罗婕妤、秦美人，我家主子受了风寒，这会儿还没醒来，只怕要劳烦两位主子稍等片刻，奴才去通传一声。"小路子的声音浑厚无比，几乎都能听到回音。

罗婕妤和秦美人被他的大嗓门一糊弄，顿时有些尴尬起来。

"你去吧。"罗婕妤率先反应过来，云淡风轻地摆了摆手。

看着小路子退下去的身影，秦美人显然就没有罗婕妤那么好的涵养了。

"姐姐，你是婕妤，她是贵人，不出来迎接也就算了，居然还把咱们晾在这儿，到底是烟花女子，一点儿规矩都没有。"秦美人恶狠狠地看了一眼面前的殿门，怨气冲天地说道。

"染念妹妹身感风寒，我们原本就是来探望她的，等一等也是应该的。"罗婕妤嘴角挂着浅浅的笑意，并没有被秦美人的情绪波动干扰。

"哼，就数姐姐脾气好。"秦美人冷哼一声不再说话。

约莫半炷香的工夫过后，两个人终于踏进了念染宫，前脚刚踏进殿门，就瞧见舒墨施施然走了出来。

"没想到姐姐们会突然造访，染念风寒未愈，总是昏昏沉沉的，今天也就睡得晚了些，让两位姐姐久等了。"舒墨不轻不重地解释着，语调不卑不亢，自然也听不出半分歉意。

说起来这还是她和这两位美人的第一次见面，之前入宫那天的夜宴，这两位美人不知道为什么并没有出现。

初次见面，就这么姗姗来迟，舒墨是真的觉得挺不好意思的。

奈何姑姑说了："宠妃就要有宠妃的姿态，皇上心爱的女人可不是任谁想见就能见到的。"

于是身为"皇上心爱的女人"的舒墨，也不得不端起了宠妃的架子。

"初次见面，也没什么好送妹妹的，姐姐平日里在宫里闲来无事，做了几个小玩意儿，拿给妹妹无聊的时候打发点儿时间。"罗婕妤笑意盈盈，似乎完全没有因为舒墨的怠慢而感觉到半分不适，她看了一眼身后的婢女，那婢女顿时端着一个锦盒跪在了舒墨的面前。

婢女缓缓将锦盒打开，里面盛着的是一套木质的"不求人"系列，包含小小的锤子、瘦脸用的小滚珠，还有一只十分可爱的小痒痒挠，每一个的手柄上都用碎花锦布缠绕着，看起来十分精致有趣。

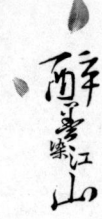

"姐姐有心了。"尽管心里觉得很好玩,但是面上仍然要摆出冷艳高贵的模样,宠妃舒墨皮笑肉不笑地说道。

"罗姐姐,我说什么来着,染念妹妹是见过世面的人,什么奇珍异宝没见过,怎么会喜欢这种自己做的小玩意儿嘛。"秦美人学着舒墨的模样皮笑肉不笑地说了这么一句。

听着她阴阳怪气的话,舒墨也不生气,只是弱不禁风般地揉了揉太阳穴,隐晦地表达了自己送客的意思。

本来今天也就只是想给这班"好姐妹"一个下马威而已,原以为骆碧璇会来,舒墨还勉强打起了两分斗志,没想到骆碧璇压根没来,这精神一放松,难免就有些犯困了,反观秦美人这副斗鸡姿态,舒墨就更想送客了。

姑姑说得对,不是什么人都有资格做"宠妃"的敌人。

罗婕妤和秦美人看着舒墨意兴阑珊的样子,自然也读懂了她送客的手势,就在两个人起身准备告辞之际,殿外却传来简竹公公那特有的声音。

"皇上驾到。"

这四个字,成功地让原本已经站起身的罗婕妤和秦美人又坐回了位置上。

面对皇帝陛下突访,舒墨无语了。

只见谢恒溪穿着一身龙袍,意气风发地从殿外走了进来,金丝银线绣成的五爪金龙在阳光的照耀下散发着刺眼的光芒,只是这抹光芒到了他的脸上,却又被那精致的容颜映衬得暗淡了不少。

长成这个样子,真是作孽哟——舒墨腹诽。

"皇上万安。"三个不同音调的请安声在殿内响起。

谢恒溪昂首阔步,抬头挺胸,像是压根没有瞧见另外两个请安的美人一般,径直走到了舒墨的跟前。

"太医不是说要好好卧床休养,怎么好端端的又下床了?要是再加重了怎么办?"谢恒溪眉峰微蹙,丰神俊秀的脸庞上满满的都是担忧,他抬起一只手放在舒墨的额头上,表情体贴又担忧。

如果不是知道这位皇帝陛下的真面目,舒墨觉得自己也要被眼前的温情攻势打动了。

任哪位少女看到这么一位英俊潇洒的皇帝陛下柔情似水地看向自己,只怕都是要春心萌动的。可惜当揣测出了这位皇帝陛下真正的心意后，舒墨的少女心也就跟着烟消云散了。

"两位姐姐知道我生病了，所以特意过来探望我，罗姐姐还给我做了一套好玩的'不求人'，皇上您看。"舒墨给了春凌一个眼神，后者便将罗婕妤送的锦盒端上前来。

哼，你这么招摇地到这儿来不就是为了给我拉仇恨吗？我才不这么容易让你如愿以偿呢。

舒墨说完还朝着谢恒溪莞尔一笑，在感受到那只握在自己腰间的大手有越来越收紧的趋势之后，才终于老老实实地收回了目光。

"婕妤有心了。"谢恒溪不咸不淡地说道。

舒墨不着痕迹地看向罗婕妤，发现这位罗婕妤当真是好涵养，面对谢恒溪这种敷衍至极的回答，面上也没有露出半分不悦之色，嘴角还是一直挂着盈盈笑意。

"原本就是来探望染念妹妹的，现在也探望完了，嫔妾就先行回宫了，妹妹好生休息，等到大好了咱们再约着出去走走。"罗婕妤说完就抬头看向秦美人，显然在等着对方自觉地告退。

没想到这位秦美人也不知道是真的情商低，还是怎的，只见她华丽丽地无视了罗婕妤的眼神，转而婀娜多姿地朝着谢恒溪走来。

"皇上，您的眼里怎么就只有染念妹妹，嫔妾站在这儿好久了，您都没有看嫔妾一眼。"秦美人站在谢恒溪的面前，神情娇俏地说。

此言一出，便是想和秦美人一起走的罗婕妤都跟着变了脸色。

见过争宠的，没见过这么低智商无脑争宠的啊。

看着谢恒溪的俊颜越来越冷，舒墨的心底却滋生出一股畅快之感。

让你老是仗着自己是皇上给我脸色看，现在知道遇到不会看眼色的人有多心塞了吧？

不过暗爽归暗爽，圆场总还是要打的。

舒墨正想说话，却瞧见秦美人两眼一翻，姿势极其不优雅地栽倒在地上。面对这突如其来的变故，舒墨一时也有些惊呆了。

殿中众人都被秦美人的晕倒弄得愣在了当场，反倒是谢恒溪身边的简竹第一时间反应过来。

"来人,秦美人御前失仪,还不快来人把她带下去。"话音未落,两名嬷嬷便从殿外走了进来,一左一右地将秦美人架了出去。

"皇上,秦姐姐她……"舒墨皱着眉头,刚刚理清楚思绪想要说话,却没想到话还没说完,眼前却突然一黑,紧接着一阵天旋地转,整个人就像倒栽葱一般往地上倒去。

在临昏迷的前一秒,舒墨看到了谢恒溪紧蹙的眉头拧成了一个川字,恍若点墨的黑眸中,竟仿佛真的透着两分焦虑和担忧。

皇上演技愈发精湛了,这担心的小表情演得跟真的一样。

临昏迷前,舒墨如是想。

昏迷中的舒墨觉得自己跟这皇宫的八字一定不太合,否则也绝对不会进宫没几天就大病小灾不断,就连昏迷的次数都创了历史新高。

"怎么这么烫?"谢恒溪坐在榻前,伸出一只手放在舒墨的额前,刚刚触碰到她的额头,就被那温度震惊了,"去请太医,再去取些冰块来。"

"诺。"简竹闻言刚想转身,就听到商金金的声音响起。

"简公公请慢。"商金金走到榻前,抬手覆在了舒墨的手腕之上,"皇上,现在敌暗我明,若是贸然请太医,可能正中对方下怀,不如先让我替墨儿看看。"

谢恒溪闻言点了点头,商金金便凝心静气地开始把脉。

偌大的殿中顿时只剩下四个人的呼吸声,落针可闻。

"墨儿的脉象胶着凝缓,是中毒之象。"商金金皱着眉头道。

"中毒?"谢恒溪闻言,眉头蹙得更紧,"简竹,染贵人的吃食、饮品可有按照吩咐进行检查?"

"回禀皇上,染贵人所食之物全部都经过试吃,绝无下毒的可能。"简竹毕恭毕敬地答道。

由于此前的遇刺一事,为了避免自己千辛万苦选拔的"密探"出师未捷身先死,谢恒溪暗中命令简竹对舒墨的起居饮食进行检查,就是为了避免再次出现被暗算的情况。

没想到还是着了道。"此毒并不像是一举夺人性命的剧毒,反倒像是慢性毒药,绵延缠缓,应当不是中原之物。"商金金思忖片刻又道。

"可有解法?"谢恒溪表情肃杀。

"我对毒术原本也只是略通皮毛。"商金金摇了摇头道。

商金金的答案让谢恒溪陷入了沉思。

毒性不明的慢性毒药，藏在暗处的敌人，不知道这毒药后面还藏了多少杀招……

谢恒溪很讨厌这种似是在迷雾中被人牵着鼻子团团转的感觉。

"渴……"床上弱弱的声音打破了沉闷的气氛，三个人齐刷刷地望去，只见舒墨睁开了眼睛，大抵是因为高烧的缘故，那双平日里总是写满精明的双眸此刻却满是蒙眬，大眼睛眨了眨，最终落在了不远处的茶壶上。

简竹正想要上前倒茶，没想到谢恒溪居然先他一步走了过去，并且动作如行云流水，快速地倒好了一杯茶，来到了舒墨的跟前。

只见他一手将躺在床上的舒墨搀扶起来，让她半倚在软枕之上，一边将手中的茶杯递到了她的唇边。

"慢点儿喝。"谢恒溪轻声叮嘱道。

高冷的皇帝陛下摇身一变成了贴心暖男，这让简竹都难以置信。

可惜舒墨这会儿烧得晕晕乎乎，并没有感觉到自己面前的这盏茶有多么意义深重，她伸长脖子"咕咚咕咚"地喝了几大口，才终于缓过神来。

"还想喝。"舒墨眨了眨眼，声音软软糯糯的。

这一回谢恒溪倒是没有再次纡尊降贵地去倒茶，只是抬手把茶盏递给了身后的简竹。

看着回到自己手中的茶盏，简竹突然有一种如释重负的感觉：这才是正常的皇上，这才是高冷的陛下啊！

"有没有哪里不适？"谢恒溪的表情已经恢复如常，又变成了那副冷冷清清的模样，仿佛刚才的紧张不过是一场幻觉。

"就是有点儿晕。"舒墨老实地回答完，就把目光转向了另一侧的商金金，她抬起手来指了指自己的脸，小声道："姑姑，热。"

听到舒墨的话，商金金的眼中一抹清明掠过，像是想到了些什么。

再完美的面具，也是有不可避免的缺点的。

或许它们能够有完美的契合度、良好的透气性、几可乱真的仿真性，却也没办法掩盖一个事实——所有的面具，都是不能够长时间经受高温的。

这种高温并不是说火烧火燎的温度，而是指高于常人体温的温度，这对

于面具来说,都是莫大的考验。

因为材料的特殊性,导致了面具必然薄如蝉翼,不然它的透气度和契合度都会不够完美。

而薄如蝉翼的同时,它的抗温性也就必然下降。

身为花容翘楚的舒墨自然也明白这个道理,只不过她并不想当着谢恒溪的面承认自己做出来的面具有瑕疵,才会这么隐晦地跟商金金求助。

"皇上,我想我知道此毒的毒性所在了。"商金金显然并没有注意到舒墨的小心思,直接坦坦荡荡地把事情告诉了谢恒溪。

谢恒溪闻言愣了片刻,随即转过头去,对着简竹说了两个字:"退下。"

嘤嘤嘤,陛下有自己的小秘密不肯与我分享了——简竹抱着碎了一地的玻璃心,老老实实地退了下去。

等到殿内只剩下三人之时,谢恒溪才缓缓地转过头来,用一种难以言喻的表情朝着舒墨说了两个字:"脱吧。"

脱吧?

舒墨正在发着高烧的小脑袋原本就不怎么灵光,听到这两个字脸顿时涨得通红。

"脱、脱什么……"舒墨结结巴巴道。

"皇上的意思是让你把面具取下来吧。"商金金看到舒墨呆呆的模样,不禁觉得好笑。

"当然是脱面具,不然还能脱什么?"谢恒溪意识到自己的话似乎是有些歧义,顿时脸也开始有些发热。

"皇上,取面具涉及我教中手法,希望皇上能暂时回避。"商金金说道。

"你还怕朕偷师不成?"谢恒溪挑眉反问。

"卸妆这种事情怎么可以随便看?"舒墨低着头,小声嘀咕道。

谢恒溪耳力向来极佳,自然也把舒墨的嘀咕听到了耳中,他抬头望去,就瞧见舒墨正低着脑袋,小脸绯红,一副十分羞怯的模样。

也对也对,女子都是希望把自己最美的一面展现给世人看的,让她当众脱面具好像确实太为难她了。

想到这些的谢恒溪觉得自己还是应该善解人意一些,于是便抬起脚朝外走去。

月光渺渺，夜色如水，阶梯如玉，翩翩公子立于阶上。

"皇上，刚才秦美人身边的宫女来了，说是她家主子高烧不退，太医也束手无策，您看是否要过去探望一下？"简竹站在谢恒溪身后道。

"太医都束手无策，朕去了有什么用？"谢恒溪淡淡道，眉宇间神色清淡如水，毫无波澜。

"你说秦美人也高烧不退？"谢恒溪像是想到了什么一般。

"是。"简竹沉声回答。

"去查一查秦美人最近的吃穿用度，包括用香有什么是跟染贵人重合的。"谢恒溪的目光看向远方，眼底尽是睥睨之意。

简竹的身影悄无声息地消失在夜色之中，只听身后"吱呀"一声，殿门终于打开来。

"皇上请吧。"商金金行了个标准的请安礼。

在迈入殿门的一刹那，谢恒溪的心情突然有些复杂起来。

说起来，他还从未见过舒墨的真颜。

似乎她每一次出现在他的面前，都是以染念的模样。

谢恒溪突然滋生出一种"不识庐山真面目，只缘身在此山中"的感觉。

正想着，舒墨已经出现在了他的面前。

衣裳仍是白日里的嫣红裙裾，只是容貌却已不是那惊心之美，取而代之的是一副娇俏天真的容颜，眉眼间并没有倾国之色，却又自有一股狡黠，灵动斐然。

看着这样的舒墨，谢恒溪蓦地发现，这样灵动的容貌似乎比染念那种惊心动魄之美更打动人心。

意识到自己有这种想法的谢恒溪也震惊了。

"皇上万安，嫔妾还病着，就不下床请安了。"舒墨无精打采地坐在床上，蔫蔫道。

不是她挑战皇权，是她真的没什么力气，虽说身上并没有疼痛的感觉，脑袋却始终昏昏沉沉的。

谢恒溪站在榻前细细看去，才发现那抹灵动之中确实还夹杂着些许的病容，像是被疾风暴雨洗刷过的海棠花，轻灵又娇弱。

"圣姑。"谢恒溪收敛心神，淡淡道。

"在。"

"在。"

两声应答同时响起,一声伶俐,一声娇弱。

舒墨应了一声才反应过来这殿中居然有两位圣姑,虽然姑姑已经卸任,但是在她的面前,自己还是很有自知之明的。

"姑姑,他喊你。"舒墨朝着商金金露出一抹讨好的笑容,原本灵动的眸子因为发烧的缘故有些呆呆的,看起来别有一番萌感。

谢恒溪看到她这副模样不由得觉得好笑,最终还是按捺下笑意,开始说正事。

"染贵人只是被秦美人冲撞了,所以才会昏迷,休息一夜过后已无大碍,明日起朕会对外宣布选染贵人侍寝。"谢恒溪话音未落,就瞧见舒墨大大的眼睛瞪得溜圆,像是十分惊讶一般,她这样的表情彻底地激发了谢恒溪的恶趣味,只听他微微停顿后,徐徐又道,"一连七日。"

谢恒溪说完还朝着舒墨微微一笑,看着那被笑容衬得更加英挺的面庞,舒墨原本就昏昏沉沉的脑袋更有一种想要晕过去的冲动。

嘤嘤嘤,皇上果然是个狠角色。

人家都快烧糊涂了。

舒墨默默地在心底哀号。

（六）计划

侍寝也是有要求的，为了"宠幸七日"不让人生疑，商金金特意对舒墨进行训练。

好学生舒墨乖巧地认真听课。

"作为一个宠妃，能令皇帝荒废朝政沉迷美色，总会有一两样过人之处。"商金金道。

"我现在要出去办事，你在这里好好练习，等会儿我回来后会检查，别偷懒哦。"商金金站起身离开了，舒墨看着一纸让人羞答答的台词，正想着怎么让谢恒溪加薪！

舒墨在碎碎念时，小路子的大嗓门响起："奴才参见罗婕妤，我家主子因病还卧床未起，估摸着今天也需要在床上休养，您瞧这不如改天再来访……"

跟在她身后的小宫女怒了："就你一个小奴才也敢叫我家主子改天再来？"

罗婕妤眉头轻皱："烟儿，不得无礼。"

话是这么说，可是谁得宠谁不得宠，这明眼人都知道，小路子撇撇嘴，心想，昨日发生的事已令龙颜大怒，若今日再出什么乱子，自己肯定也不会有好下场。

罗婕妤被拒之门外也不恼，只是轻轻叹息："昨日之事的确欠妥，本宫今日来只是想跟妹妹道歉，小奴才，你去通报下，看妹妹是否真的不见我。"

无事不登三宝殿，舒墨蛾眉蹙起，或许她真的只是为昨日之事道歉，一时间，见与不见进退两难。

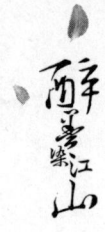

在犹豫的时候，小路子已悄然进来："禀告主子，罗婕妤在殿外等候，是否请她进来？"

到底要不要见呢？她真的是过来道歉的吗？舒墨瞧着那套"不求人"，终究是拿人手软。

"请罗婕妤进来吧。"

此刻，念染宫内，谢恒溪先前送来为她安神的檀香散发着淡淡的香气，让人神宁心稳，也幸好那个檀香，让她的发热退了一些。舒墨穿着一身素色银丝绲边水裙，披上浅粉丝绸上衣，娇俏的小脸略显苍白，罗婕妤刚踏入殿内时，舒墨在白烟袅袅中朝她淡然一笑，犹如刚下凡的仙子。

罗婕妤在瞬间失神后立刻清醒过来，友好地朝着她微微一笑："妹妹，身体好点儿没有？"

"好是好多了，不过陛下可是穷操心，只是个小小的伤寒，硬是要送这檀香过来给我，说是能安神，其实呢，只要他能陪在我身边，我就满足了。"

看到这檀香，罗婕妤神色一暗，倒是她的小宫女眼睛瞪得跟铜钱一样大："娘娘，这不就是上次您病重时求皇上赏赐的千年檀香吗？"

千年檀香！噢！她已经烧了多少钱了啊，舒墨小手捂胸，突然感到好心痛。

罗婕妤瞪了小宫女一眼："别乱说话，妹妹生病了，用这千年檀香正合适。"

小宫女委屈地嘀咕："明明陛下说这檀香十分珍贵，不能给主子……"

舒墨算是听懂了这小宫女的意思，敢情就是给她不给她家娘娘，皇上偏心。

这小宫女不懂，她这是工伤，不治好怎么去干活？

"妹妹，其实今天来，我是为昨日的事情来道歉的。"罗婕妤岔开话题，道出到来的目的。

昨日的事情，的确十分蹊跷。

秦美人突然晕倒，现情况不明，而她竟然有中毒的征兆，却不知谁下的毒。

"昨天的事只是一个意外，倒是秦姐姐，她没事吧？"同是皇上的妃子，她还是要表示关心的。

"太医已经看过了，大概是吃错了东西。"罗婕妤轻描淡写地一带而过，是生是死也无人过问。这就是替罪羊被轰成渣渣的下场。

不过，骗谁呢！吃错东西会翻白眼晕倒？

反正也轮不到她操心，谢恒溪自会查出个所以然来，她到时候就发挥八卦精神去问问好了。

"我想着妹妹身体虚弱，应该没有什么胃口，我让御膳房做了一些小点心，让你尝尝。"罗婕妤让小宫女把食盒拿出来，甫一打开，一股甜丝丝的香气散发开来，让人食指大动。

糕点精致而又形状多样，舒墨倒是不客气，玉指一捏，便挑中了晶莹剔透的翡翠圆子，贝齿轻轻一咬，香味纯厚，鲜甜不腻。

"好吃！"果然是宫中出品，必属佳品！

"妹妹既然这么喜欢，不如尝一下雪花酥，入口清凉，酥松绵软，是我最爱吃的点心之一。"

每一款点心都很有特色，舒墨吃得意犹未尽，想着哪天让御膳房给她做一点儿。

"其实呢，我今天来找妹妹还有一事相托。"罗婕妤声音温婉悦耳，让人心生亲近。

舒墨内心"叮咚"一声，给完甜枣再给棒槌，让人想推托都难了。

一抹愁容爬向罗婕妤的眉间，随即她轻轻叹息："其实我是由大臣举荐入宫，当然，没有半分强逼，在入宫前我便十分仰慕陛下，希望能为他分忧。可是进宫后才发现，皇上极少踏入后宫，甚至对待高雅冷艳的骆姐姐也是只留宿一夜，我也不祈求别的，只希望陛下身边有人照顾。"

说到激动处，罗婕妤的手紧紧地握着舒墨，眼中有一丝哀求闪过："幸好妹妹你出现了，是那么惊艳娇丽，那么温柔体贴，我从来没有见陛下如此宠爱一个人，而且听掌事的公公说，陛下今晚要宠幸你，当然我绝无半分不高兴的意思，只不过我从民间得到一个偏方，本来是留着自己用的。"

她说完后低着头双颊浮着一抹嫣红。

"什么偏方？"舒墨撇撇嘴，为什么谢恒溪要宠幸她，宫里谁都知道？

罗婕妤娇羞一笑："这个偏方呢，可以帮助妹妹怀上龙种，想必以后朝中的抗议声就会减少。"

听了这么久,虽然处处为她着想,可是舒墨还是信奉那九个字:无事献殷勤,非奸即盗。

舒墨不跟她兜圈子,直接问:"我这么做只会得到陛下的独宠,对你一点儿好处都没有。"

罗婕妤眼睑微垂,静默半天后才缓缓吐出:"比起骆昭仪,我更喜欢你,我自知不及你们出色,为了能在这后宫中生存,我需要找盟友。"

听起来合情合理。

但她只是"密探",进宫只是工作。他们总不能假戏真做吧?

假戏……真做……舒墨的脸"噌"地一下又红如苹果。

罗婕妤似乎想到什么似的抿唇偷笑:"姐姐懂的,妹妹就不用不好意思了,剩余的事情,就交给姐姐去办好了。"

刚感叹完,谢恒溪便来了,根本没给舒墨拒绝的机会。

简竹在殿外宣告:"皇上驾到。"

谢恒溪今天穿着一身缎绸黑衣,绣金绲边宽袖,羊脂玉佩挂于腰间,远远望去,丰神俊朗,高贵威严。可今个儿的面容肃穆,似乎碰到钉子了。

舒墨和罗婕妤同时站起:"皇上万安。"

见到舒墨后,谢恒溪的脸上才恢复些笑容,宽厚的大手亲昵地拢着她的细腰,低声软语宠溺道:"你的热退了吗?你不躺在床上休息,谁准你下床的?"

因两个人姿势十分亲昵,谢恒溪温热的气息全喷在她的颈脖间,耳尖又不争气地红了。

舒墨眼睑低垂,轻轻地靠在他的怀里,温顺得很:"罗姐姐过来探望我,带了些点心给我解馋,我们还聊了会儿天。"

"念儿喜欢吃点心,我让御膳房天天变着花样做给你吃。"谢恒溪探了探她额头的热度,随即眉头蹙起,"还有点儿发热,乖,回去休息。"

两个人不停地在秀恩爱,罗婕妤始终在旁淡然微笑着等候,直到谢恒溪注意到她:"罗婕妤,念儿身体不适,需要休息,你先回去吧。"

罗婕妤恭敬地行完礼后,便自行离去。在转头的瞬间,一颗晶莹的泪珠滑落,转瞬间,又露出人畜无害的温润笑容。

谢恒溪轻轻地敲了敲舒墨的脑袋:"好点儿没有?"

"虽然是中毒，可是应该是慢性的，睡了一晚后，热也退了。"

昨日看到她倒下的那刻，那种心慌意乱的感觉让他恨不得将她保护在他的羽翼下，不受任何一点儿伤害。

舒墨仰起小脸，凑到他身前，看着他闭目想事情，剑眉斜斜飞入鬓角，高挺的鼻梁下是薄薄的嘴唇，完美得无可挑剔的脸，她的"莫眠"就是这么完美。

"就算你一直盯着我看也不能罢工不干活。"谢恒溪睁开眼睛，直勾勾地看着她。

舒墨有些尴尬地移开视线，可一想到"宠幸七日"的任务，整个人就羞怯起来了。

"你有什么计划？"舒墨生硬地转移话题。

"宠幸七日"这一出戏，观众是谁，不言而喻。

谢恒溪勾了勾唇角，露出一抹嘲讽的浅笑："近日，大臣们对我纳你为妃的抗议有增无减，甚至偏远地方的臣子也呈上奏折，我怀疑，有人在暗中推波助澜。"

今日早朝，他要宠幸舒墨的消息不胫而走，文武百官纷纷下跪请求他改变主意，他顶着压力，大发一通脾气，最后甩袖而走。

这出戏，主角都还没参加进来，怎么能半途而废？

舒墨不禁感叹："百官真是……太闲了。"要不然怎么连皇上想宠幸谁都要搞个抗议联盟。

"是啊，是时候整治整治了。"谢恒溪阴沉着脸，笑得恶狠狠的，"是时候让他们知道他们的主子到底是谁。"

舒墨了然，果然这一出戏，还是皇上与国师之间的争斗，文武百官也只不过是两个人争斗的棋子。

突然，一抹白色的身影闪现，跪在谢恒溪的身前，简竹恭敬地将手中的书信呈给他。舒墨真的很想抗议，念染宫的大门一直开着！开着！没必要每次都搞得跟做坏事一样从窗户飞进来！谢恒溪打开信封，仔细阅读起来，随着时间一点儿一点儿流逝，他的脸上没有任何变化，只是看完后，让简竹将它烧毁。

这情报，应该很机密。舒墨也识趣地不去问起，她只是兼职而已，完成

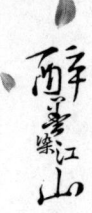

任务，拿钱走人，却不料，谢恒溪却主动提起。

"朕的探子汇报，官员们最近经常相聚，不知道在密谋些什么，朕想，这大概是跟贺鼎有关，而他能搞这些小动作，就需要一个突破口，既然这样，朕不介意主动提供。"

暗中勾结，臣有二心，无论哪一样都是君臣大忌。

"这次的任务便是让他们有机可乘。"舒墨总算看懂谢恒溪的那盘棋。

"还要看能不能查出到底是谁下的毒，既然是慢性毒药，那么应该是经常接触的。"谢恒溪语气中的关心，眼里流露的真情，让舒墨有些许感动，作为一个日理万机、身周危机四伏的皇帝，竟然还能抽空关心她中毒的事，果然是个好老板！

提起中毒，便不得不想起秦美人，这个可怜的替罪羊，舒墨还是心有戚戚然。

"皇上，秦美人的情况如何？"

虽然罗婕妤说是吃错了东西，可舒墨怎么都不相信，或许她跟自己的中毒有关系也说不定。

"不太好。"谢恒溪接过简竹递过来的茶杯，轻轻一抿，"病得太重，有时还神志不清。"

那岂不是连审问也无法进行了？

"是食物中毒，跟你的症状不一样，似乎她连自己是怎么中毒的都不知道。"这条线索估计也就断了，不过他倒是对罗婕妤出现在念染宫比较感兴趣，"朕怎么不知道，你竟然跟朕的其他妃子相处得那么好。"

舒墨看着谢恒溪那张写着"我很八卦"的脸，他不会神通广大地知道她来的目的吧？"也不是很好，一共就见过两次，这次她是来道歉的。"

"道歉？"

"就是为了昨日秦美人胡闹的事情。"

谢恒溪瞬间失去兴趣："就这样？"

"当……当然就这样。"她才不会说实话，一定会被他取笑的。

随后谢恒溪仿佛想到什么，对着舒墨调侃一笑："今晚，还请爱妃好好准备，朕十分期待。"

就一项任务而已，真要说得那么暧昧吗？舒墨没好气地回应："是，嫔妾一定会好好准备的。"

"那就好。"

"那计划是？"

谢恒溪朝着她勾了勾手指，舒墨疑惑地凑了过去。

"计划就是……"

芳淑宫。

庭外一树梨花随风飘落，一抹锦白如水仙。

在宫内，罗婕妤端庄正坐，娴熟地沏茶，浅墨色的茶叶慢慢舒展开来，清水渐渐染上茶叶的颜色，变成浅褐色，茶香袅袅，是上好的普洱。

罗婕妤取出两个白玉杯，优雅地满上，淡然道："骆昭仪，大驾光临，有何贵干？"

骆碧璇眼梢微挑，轻轻地扫过她的脸，直接开门见山道："事情办得怎么样？"

罗婕妤缓慢站起，望向庭院中的被吹落一地的梨花，颇有几分落败之意。

"办妥了，我的解药，还有你答应我的事情可会做到？"

"那就好，这是暂时缓解毒性的药，事成之后，我会给你解药并完成答应你的事情。"骆碧璇扔下一个药瓶，正准备转身离去。

"骆昭仪，这么急着走，不留下喝杯茶吗？"

骆昭仪背对着她，说话的声音冷冰冰的："不需要。"

"真不需要，还是赶着回去跟别人汇报情况？"罗婕妤自顾自地小抿了一口清茶，似乎能看穿她的心思。

"有些事情你是不该问的。"骆碧璇的声音压低了几度，听起来让人毛骨悚然。

罗婕妤并不在意，似乎想更了解她一些："那你呢？你入宫，是因为他吗？"

骆碧璇背对着她，虽然看不清她的表情，但是罗婕妤还是能感受到此刻她正咬牙盛怒。

"这轮不到你管。"骆碧璇压下怒气，冷冷地看了她一眼，就极快地离开了。

罗婕妤惆怅地看着还散发着热气的茶，心想上了贼船，要下来就难了。

曾经她以为，只要一直留在皇上的身边，终有一天，他会发现她的好，可是她错了，染念的出现给了她一个响亮的耳光，让她清醒过来，无论怎么喜欢怎样付出，估计皇上一辈子都不会正视她一眼吧？

忽又风起，翠绿的树叶发出窸窸窣窣的声音，地下的梨花瓣落在她的脚旁，罗婕妤弯腰将它捡起，紧紧地握在掌心："染念，染念，是你的错。"

谢恒溪刚回御书房批阅奏折，那头钦天监监正柳寒风就匆匆赶来求见。

看来他抛下的诱饵有人要上钩了。

"什么事情让柳卿如此匆忙？瞧瞧这额头上的大汗，跟柳卿平日里仙风道骨的模样有些大相径庭啊。"谢恒溪坐在御案前，看着跪在地上的柳寒风，表情十分关切。

"微臣、微臣有急事回禀，所以走得匆忙了些。"柳寒风抬手擦了擦额头上的汗，喘着粗气说道。

"哦？那柳卿便说来听听吧。"谢恒溪的脸上挂着浅浅的笑意，似是心情不错。

"回禀皇上，微臣昨夜观星之时，发现帝微星忽明忽暗，微臣心下骇然，当即翻遍古书，却也没能找出原因所在。"柳寒风说到这儿，偷偷抬眼看了一眼谢恒溪，发现对方的表情依旧淡定自若，并没有任何动怒的迹象，才壮着胆子继续又道，"直到刚刚，微臣得知了皇上今夜挑选了染贵人侍寝的消息，不由得联想到此事或许跟染贵人有关，于是微臣调取了染贵人的生辰八字进行占卜，得出的卦象果然是，大凶。"

柳寒风说完便整个人跪拜了下去，脑袋深深地叩在地上，硕大的汗珠从他的额头处一滴滴地落在地上，晕染出另外一种纹路。

"那依柳卿所言，朕要如何才能化解此番危机？"谢恒溪和颜悦色地问道。

听到谢恒溪的提问，柳寒风的内心开始天人交战起来。要是按照原计划，这问题的答案自然是：唯有将染贵人打入冷宫可解。可是不知为何，坐在殿上的皇上虽然看起来并没有任何怪罪和不悦的迹象，可是为官多年的经验，却让柳寒风有一种山雨欲来的预感。

"微臣细细核算过后，发现约莫七七四十九天之后，帝微星的守护星河曲星即会归位，届时此次危机可解。"柳寒风思虑再三，决定还是保守一点儿。

"哦？也就是说朕要等到七七四十九天之后，方可宠幸染贵人？"谢恒溪随手拿起一封奏折，上面的内容和柳寒风所说的大同小异，同样也是劝谏他不要宠幸染贵人的。

"正、正是此意。"柳寒风一直都知道皇帝陛下的声音恍若清泉，可是此刻听来却让他有种如坠冰窟之感。

"柳卿果然和程阁老一样胸怀天下，心系于朕，程阁老称病休养仍不忘记劝谏朕不要沉迷美色，柳卿的拳拳爱国之心也让朕感动不已。"谢恒溪说完便站起身来。

听到谢恒溪的话，柳寒风一时间竟也有些弄不清到底是褒是贬，就在他抬起头来想要观察一下皇帝陛下的表情时，一封奏折就不偏不倚地砸到了他的面门之上，奏折的边角恰好砸在他的眉骨处，柳寒风登时疼得"哎哟"一声叫了出来。

"简竹，柳大人身体不适，殿前失仪，把他打入牢中，让他冷静冷静，朕倒要看看会遇到什么样的大凶之事。"谢恒溪看着抱着额头表情痛苦的柳寒风，冷冰冰地吩咐道。

"皇上，微臣之心天地可鉴，若您执意如此，七日，最多不过七日就要出事啊，皇上！"柳寒风的哀号渐渐消失。

看来是自己杀鸡儆猴的效果远远没有达到，一个抱病多日的程茂还没消停，就又冒出了一个柳寒风来。

谢恒溪手中的狼毫笔如游蛇般地在宣纸上写下了两个字：贺鼎。

他眸光微敛，大手一扬，"贺鼎"二字之上便多了一个大大的叉，远远望去，有些触目惊心。

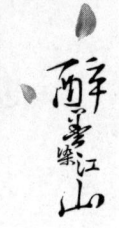

（七）变化

　　春宵苦短日高起，从此君王不早朝——这是文武百官对谢恒溪现状的评价。
　　"国师大人早。"
　　"宣政殿乃是议论朝政之地，庄重威严，诸位大人如此吵闹，似乎有些不妥。"贺鼎穿着玄色鹤补官服，精致到有些妖冶的面庞也在官服的映衬下平添了几分英气，原本就是极有威严的气场，以至于不过一句轻描淡写的质问，却登时让殿内的气氛降至冰点。
　　"国师说得是，是我们太过激动，有失国体，惭愧惭愧。"方才那位声音最大的大人甲抬起袖子擦了擦额头上的汗，如是说道。
　　"皇上几天没上早朝了？"贺鼎话锋一转。
　　"七日！已经连续七日没上早朝了！"大人甲痛心疾首地回答。
　　"既然皇上身体不适，就都散了吧，我会替各位大人探望皇上，届时一定会将各位的忠君爱国之心向皇上表述清楚。"贺鼎丢下这么一句，便昂首挺胸地朝外走去。
　　跟仿佛刚刚经历过一场热战的宣政殿相比，处于话题风暴中心的谢恒溪和舒墨二人倒是乐得清静。
　　寝宫外，简竹安排太监把食盒放下，宫女将它们分派好，由他与素晚一一送进去，而里面的真实情况则是——
　　"刚才这颗子好像不是摆在这里的。"舒墨哑着嗓子，看着面前的黑色棋子，表情有些纠结。
　　这颗子刚才好像不是放在这里的呀，到底是放在哪儿的来着？舒墨皱着眉头，细细思索。

正小声嘀咕的时候，素晚捧着一碟琥珀醉虾进来，立刻把舒墨的魂儿都勾跑了，只见她手起子落，一颗白玉棋子便落在了黑子的旁边，将原本形势大好的黑子的去势拦腰截断，只剩一片颓势。

哼，老虎不发威当我是小猫——舒墨扬了扬下巴，挑衅地看向谢恒溪，随后眼睛滴溜一转，停在简竹捧着的五味蒸鸡上。

"什么情况？不算不算，这盘不算。"下了五盘，输了五盘，并且还是在使用了一些非常规竞争手段的情况下，面对这样的结果，谢恒溪表示不能接受，更何况简竹进来了，让他知道自己的主子输惨了，他的颜面何在？

舒墨却往后一坐，懒洋洋地打了个哈欠，像饿极的小猫飞奔到食桌旁，上面已经摆着不少色香味俱全的菜品，有东坡肉、琥珀醉虾、蟹粉酥、桃花糕、五味蒸鸡、八宝糕、三鲜汤，还有核桃仙包，自从谢恒溪知道舒墨喜欢吃糕点后，每次午膳甜食总会占一半。

"吃啊，核桃仙包你不是很想吃吗？我特意派人去海食府买回来的，算是给你的奖励。"谢恒溪调侃她道。

舒墨狠狠地咬了一口："不吃白不吃。"虽然有些赌气，不过还是蛮好吃的，不禁又多吃了一个。

谢恒溪看着她如贪吃猫的小表情，不禁觉得好笑。

不过，对于谢恒溪为何要乔装打扮，舒墨还是挺感兴趣的："皇上，你那天戴的面具是找谁做的？不是我诋毁同行，这一家做的面具不行！有瑕疵，戴上后面皮边翻了起来，骗骗外行还行，但是有点儿眼光的就不行，你看，我一眼就看出来了，以后买面具还是选我们花容教，质量上乘，包你满意！"

一扯上面具，舒墨就口若悬河地推销起来。

刚好素晚捧着茶进来，听到舒墨在卖力地推销面具，不禁嘴角一抽，还是赶紧出去吧，实在是太丢脸了。

谢恒溪直接无视她的推销，夹了一个包子塞住她的嘴巴，十分无奈："我以为你会问，我为什么会乔装打扮。"

好学生舒墨歪着小脑袋问："为什么？"

"突然不想告诉你。"

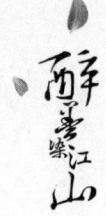

　　看着她吃瘪的模样瞬间就浑身清爽,刚刚输棋的郁闷一扫而空,看来偶尔逗逗她也不错。

　　舒墨噘噘嘴,皇上真幼稚。

　　午膳用得差不多的时候,一壶清茶散发着淡香,正好消食。

　　在寝宫的这几天里,御膳房几乎每日午膳时都会送上这样一壶茶,不同于常喝的茶叶,这种茶带着淡淡的果香,入喉清润,余味回甘。

　　"这是什么茶?"谢恒溪问。

　　送茶的公公低垂着眼睑,恭敬地回答:"回禀皇上,这是罗雪茶,是染贵人特意为皇上准备的。"

　　舒墨为自己准备茶?谢恒溪不解地看着她。

　　舒墨香肩一抖,夹着的蟹粉酥从筷子中滑落,这个……怎么解释好呢?难道直接说是罗婕妤送来,说是有神奇功效的罗雪茶吗?

　　知道后不但会被这厮调侃笑话,还非常尴尬呢。

　　"我看这茶蛮好喝的,就想让皇上您喝,哈哈。"真是机智,随便掰个理由跟真的一样。

　　谢恒溪手轻轻地摸着杯沿,也想让他喝,这算是分甘同味吗?嘴角抑制不住地往上扬,就如一只偷腥的猫。

　　此刻,谢恒溪只觉这杯茶变得越来越甘。

　　突然,一阵几不可闻的脚步声却从身后传来。

　　"皇上,贺鼎预计还有半炷香的工夫到达。"简竹站在谢恒溪身后,小声禀告。

　　填饱了肚子,是时候该干活了。

　　"不早不晚,正好七天,国师倒是深明朕心。"谢恒溪剑眉微扬,嘴角噙着一抹玩味的笑意,"这七天,宫外可有异动?"

　　"有的,以吏部侍郎左怀宗、左都御史沈秋池为首,在宫外暗地里举办集会,鼓动和拉拢不少官员。"简竹十分凝重地将一份名单递给谢恒溪,"这是臣打探出来的部分名单,他们都跟贺国师有千丝万缕的联系。"

　　谢恒溪唇角勾起一抹冷笑:"打探出他们的目的是什么了吗?"

　　简竹惭愧地跪在地上:"臣无能,暂时未能调查出来。"

　　谢恒溪眉头蹙起:"这事你多派影卫去调查,你先在外面候着吧,贺鼎来了，你就说朕还未起，让他等着。"

简竹领命后，迅速地离开。

片刻后，一阵窸窸窣窣的脚步声终于出现在了殿外。

舒墨依稀听到简竹的声音，在说着"皇上、歇息"等字样，没一会儿贺鼎沉稳如冰的声音也飘了进来，倒是简单明了，只有两个字：臣等。而后就隐约听到"扑通"一声，似是下跪的声音。能把青石板跪出这种声响，贺大人的膝盖骨都要震碎了吧？想到贺鼎跪碎了膝盖的画面，舒墨的心情突然就愉悦了。

她原本想要跟谢恒溪分享这种喜悦，没想到低头看去，却发现谢恒溪双眸紧闭，竟像是睡着了一般。这还是她第一次如此近距离地观察他，如画中人般清俊的容貌此刻因为闭眸的缘故，比平日里多了两分沉静，少了两分凌厉，他就这么静静地躺在那里，便像是一幅仙人入睡图般赏心悦目。

想着想着，舒墨也跟着犯起了困来。等到她从梦中惊醒，已经约莫是半个时辰后。烈日灼灼下，让贺鼎跪了半个时辰，也算是出了一小口恶气了，舒墨伸了个懒腰，调整了一下面部表情后，朝外走去。

汗水顺着贺鼎的脸庞一滴滴地落在地上，可是他却依旧没有任何表情，眉眼间平静得像是一汪死水，毫无波澜。

只听"吱呀"一声，仿佛会永远紧闭下去的宫门终于打开来。贺鼎抬头望去，看见的却并不是那抹明黄色，而是一抹惊慌失措的粉红。

只见染贵人踉踉跄跄，花容失色地冲了出来，那艳色倾城的容颜上此刻除了慌乱几乎再也找不出其余的表情，嗓音也没有了平日的婉转动听，满满的都是焦虑："来人，快来人哪！皇上，皇上吐血了！"

听到她的话，站在殿外的诸人皆是一惊。

许是变故来得太过突然，以至于所有人都愣在当场，没有及时做出回应。

倒是贺鼎一个箭步冲向殿内，简竹才跟着回过神来。

"都愣着干什么？还不快去请太医！"简竹吩咐完，便也跟着匆匆进了殿内。

舒墨看着顷刻间乱成一团的众人，赶忙低下头用手帕擦了擦眼角，手帕是用洋葱汁浸过的，刚刚触碰到眼睛，眼泪顿时就哗啦哗啦地落了下来。

"皇上，您可千万不能抛下臣妾啊……"舒墨红着眼睛，也跟着回到了

殿内。

原本不过是为了自己的戏份看起来更逼真一些,可是当看到眼前的画面,舒墨的脸上却真正地出现了一抹慌乱。

只见谢恒溪面色青紫地躺在床上,一手死死扼住自己的喉咙,一手拿着一块瓷杯碎片,插在了自己的胸前,源源不断的鲜血从口中流出,将金色的龙袍染成了乌红之色,那抹暗红蜿蜒而下,跟胸前的伤口汇合在了一起,远远瞧去,满目血腥,分外恐怖。

明明刚才出去的时候还不过是唇角有一点点的血迹而已,怎么不过片刻的工夫,就成了这副模样?

这跟计划里的完全不一样!

难道是在刚才的时间里进来了刺客?

舒墨的脑袋飞速运转,眼神也跟着在殿内的各个角落扫视,企图找出一些蛛丝马迹,然而她刚刚侧目看向后方,一抹凉意就来到了她的颈间。

她低头看去,只见一柄利剑横在自己的喉咙处,剑上泛着寒光,不难看出是把削铁如泥的宝剑,那剑锋若是再往前半寸,她现在只怕就已经身首异处了。

"贺大人这是做什么?"舒墨努力让自己的声音听起来冷静,额头上的汗却还是不由自主地往外冒。

"说,为什么要刺杀皇上?"贺鼎目光冷凝如冰,仿佛在看着一具尸体。

冷静,一定要冷静。

面对贺鼎的质问,舒墨不停地在心底告诫自己,一定不能露出破绽。

她现在是染念,一个柔若无骨的青楼女子,在面对这种情况时,是绝对不能泰然处之的。

想通了这一点,舒墨膝盖一软,就这么朝着地上瘫软了下去。

"嫔妾自知能够进宫伺候皇上,就已经是三辈子修来的福分,午夜梦回之时,都在害怕一朝醒来发现这一切都不过是南柯一梦,嫔妾又怎么可能去伤害皇上呢?"舒墨跪在地上,眼泪像是断了线的珠子般簌簌往下掉,这会儿倒是没有借助外力,而是真正地哭了起来。

原因无他,要是演得不好,搞不好真的就被贺鼎当场了结了。

此时大拨太医已经赶到,贺鼎见状,也就把佩剑收了起来,只是表情依旧肃杀。

"我收你为义女,是希望你能替我伺候好皇上,现在看来,倒是我错了。"贺鼎说完这一句,便转过了身去,似是无限失望,"说吧,到底是怎么回事?"

舒墨以为自己的演技已经够好了,可是听到贺鼎这番话,舒墨才发现自己着实还是太嫩了。

"义父,你信我,我真的不知道,方才皇上说累了,想要小憩一会儿,我便一直在旁边伺候着,时间一长,我便也跟着犯起困来,蒙蒙眬眬之际,却被一声碎裂声吵醒,一睁开眼,就瞧见茶盏落在了地上,而皇上却双目圆瞪,鲜血就这么流了出来,我、我就赶忙冲了出来……"舒墨哭哭啼啼地抱住了贺鼎的大腿,一边悄悄地把鼻涕眼泪擦在他的袍摆上,一边偷偷抬眼看向贺鼎,只见对方依旧没有过多的表情。

"来人,现下皇上生死未卜,将染贵人收押天牢,择日再审。"贺鼎的声音冷得犹如腊月里的寒冰,一块块地砸在舒墨的心上,把她的心都快砸碎了。

进宫才几天的光景,就要去天牢观光了,舒墨的心情有些复杂。

"娘娘,请吧。"一直站在角落里没有说话的简竹,在这一刻终于挺身而出,朝着她做了一个请的手势。

看着简竹那面无表情,仿佛跟她根本不曾相识的模样,舒墨真的很想冲到谢恒溪的床前咆哮:

姓谢的,你快睁开眼看看啊!你这养的都是些什么吃里爬外的人啊?

黑漆漆的天牢之中,弥漫着腐烂的气味。

饶是当初在教中学艺的时候,舒墨也没有遭受过这种待遇,没想到进宫当了娘娘,反倒混得不如从前了。

舒墨看了一眼从墙角里钻出来的老鼠,郁闷得无以复加。

这已经是被关进来的第三天了,住的还是独立的天字一号牢房,四周都用黑色的布罩了起来,没有光,连个狱友都没有。

而外面没有任何消息传来,谢恒溪是生是死,受伤原因到底为何,通通都没有半丝风声,舒墨知道这或许是有人在故意阻拦所有的消息,为的就是让她陷入慌乱之中。

在这种时候,她首先要做到的,就是不能自乱阵脚。

可是怎么能不自乱阵脚呢？

每次一闭上眼，她的脑子里就浮现出了谢恒溪被鲜血浸染的画面，那样多的血毫无节制地流出，便是练武之人也会元气大伤，更何况是他？

得出的这个结论，却让舒墨不由得心乱如麻。

她也不明白自己为什么会对谢恒溪的生死这般看重，似乎在潜意识里，就不希望他受到任何伤害。

要是他死了，她就失去了最大的靠山，所以她关心他是再正常不过的事情，舒墨这么告诉自己。

时至今日，还没杀了她，就说明谢恒溪没有死。

可是为什么却迟迟没有人来审她，这却是舒墨想不通的地方。

舒墨深吸一口气，开始努力回忆那天发生过的事情。

谢恒溪原计划是这样的：

他佯装呕血，然后由舒墨引来众人，这样就可以从侧面印证柳寒风所说的帝微星忽明忽暗，而她就是导致这一切的罪魁祸首。

谢恒溪布此局一共有两个目的，一是想要以此来查探除了柳寒风之外，到底还有谁是贺鼎一党；二来就是借此事来查探舒墨身上的毒到底是谁下的。

但是在计划里，大肆吐血和胸口的瓷片伤口都是不存在的。

舒墨对自己的耳力还是很有自信的，对方的轻功或许比她高出许多，但是绝对不至于连一丝动静都听不到。

所以中途有刺客出现，基本也可以排除。

也就是说伤口是谢恒溪自己造成的……

得出这个结论的舒墨陷入了沉思，正想着，阴暗的走道里终于传来了窸窸窣窣的脚步声。

舒墨竖起耳朵细细听去，发现那脚步声似乎走到了一个岔路口，然后朝着另外一片区域，大概走了五十步的样子，脚步声停了下来。

随即"咔嚓"一声，那牢房的门被打了开来。

"柳大人，微臣奉国师之命，特来接您出狱，国师让我转达，您受的这些冤屈，他一定会替您洗刷干净。"许是离得有些距离，所以那个人的声音显得有些飘忽，舒墨竖着耳朵听了半晌，才总算是听了个明白。

柳大人？柳寒风要出狱了？舒墨正想着，柳寒风的声音就隐隐约约地飘了过来，相比那个人的声音，柳寒风的声音倒是激动得多。

"是皇上……皇上出事了？"柳寒风的声音有些颤抖。

"是的，情况很严重，您先跟我出去再说。"那人说完，窸窸窣窣的脚步声再次传来，不消片刻就消失不见。

偌大的天牢再次陷入一片寂静，仿佛是舒墨一个人的孤城。

"疼，疼，疼……快来人哪！"舒墨撕心裂肺地朝着外面大叫一声，随即在牢房中打起滚来。

她现在毕竟罪名未定，要是就这么死了，就算是贺鼎只怕也是不好交代的吧？

果不其然，她话音刚落，一阵缥缈的对话声就传了过来。

"什么情况，我怎么好像听到里面有人在叫？"侍卫甲狐疑地问道。

"管他什么声音呢，上面说了，那里面关着的是要被株连九族的重犯，咱们只要一日三餐按时送到，其余的不用咱们管。"侍卫乙毫不在意地说。

"那……那要是死了怎么办？"侍卫甲仍然有些担心。

"死了不是正好？畏罪自杀这种事情咱们见得还少吗？"侍卫乙打了个哈欠，老神在在地说。

听到这番对话，舒墨简直怒发冲冠地想要杀人了，堂堂花容教圣女居然"要死了"都无人问津，舒墨心塞了。

就在她正准备发起一拨"攻击"之际，走道里却传来了声音，舒墨细细听去，发现那脚步声十分轻柔，应当是名女子。

女的？

难不成是姑姑来看我了？想到这儿，舒墨精神一振，果然男人都是靠不住的，只有姑姑靠谱。

想着想着，舒墨的嘴角牵起一抹笑意，而狱门前的黑布也终于缓缓地升起，微弱的光线从外面照了进来，尽管不亮，却仍让舒墨有种重见天日的感觉。

可是当她看到来人之时，嘴角的笑意却瞬间凝固了。

只见骆碧璇穿着一袭白衣，面覆白纱，一如记忆中的高洁优雅、冰清玉洁，也一如既往地，让人生恶。

"骆娘娘,这天牢又脏又臭的,您怎么来了?"侍卫乙屁颠屁颠地跑了过来,满脸讨好地说。

"我来给染妹妹送点儿吃的,你下去吧。"骆碧璇冷冷道。

听到骆碧璇的话,侍卫乙的眼睛却瞪得溜圆,仿佛听到了什么不可思议的话一般。

"您……您是说,这关着的是染贵人?"侍卫乙非常惊讶地说。

"怎么?你连关的是谁都不知道?"听到侍卫乙的问题,骆碧璇反问。

"人是简竹公公亲自押进来的,以帷帽覆面,并且还交代谁也不许靠近,只需要按时送餐即可,所以小的们并不知道是谁。"侍卫乙抬手擦了擦额头上的汗,双腿有些微微发抖,染贵人的受宠程度他是有所耳闻的,想到刚才那叫声,若是染贵人真的有个三长两短,自己这条小命,只怕也要到头了。

"下去吧,就当什么也没看到。"骆碧璇淡淡地吩咐。

侍卫乙闻言如获大赦,赶忙一溜烟地消失了,托骆碧璇的福,舒墨这才终于看清楚自己所在的是一个什么样的地方。

只见她的周遭是一片巨大的空地,一眼望去,除了空地再也看不到其他,就像是一座被遗忘在荒漠中的牢笼。

"妹妹进宫多日,一直没能找到机会与妹妹相见,没想到初次见面,竟是在这天牢之中。"骆碧璇蹲下身,将手中锦盒放于地上,然后从锦盒中拿出了三盘点心,放在了舒墨的面前。

翠玉豆糕、豆沙卷、菊花佛手酥。

看着那精致得与这牢笼格格不入的吃食,舒墨却没有半点儿食欲。

如果她是舒墨,那么她这会儿一定会朝着骆碧璇冷笑一声,然后说一句"我一点儿也不想见你",可是她现在是染念,心心念念惦记着谢恒溪的染念。

"皇上怎么样?"舒墨冲到牢笼前,紧紧地抓着栏杆,哭得梨花带雨地问道。

"仍在昏迷之中,太医说是因为药物引起的狂症,药引已经从妹妹宫里搜出来了。"骆碧璇似乎对舒墨的提问并不奇怪,并且开门见山给出了舒墨想要的答案。

"不可能,我宫里怎么可能有那种东西,这是陷害!一定是!"舒墨往后倒退数步,似是被这个答案打击到了,口中一直在喃喃低语着"不可能"

三个字。

"本宫也觉得妹妹现在独得圣宠,怎么可能做下这种自毁前程的事呢?"骆碧璇神色淡淡,让人看不出情绪几何,她目光落在了自己拿出来的三盘糕点上,"妹妹这几天在牢中应该没有吃好吧?不吃点儿东西吗?"

无事献殷勤,非奸即盗,即使她现在跟骆碧璇"无仇无怨",她也不会放下戒心。

"实在是没有胃口。"舒墨摇了摇头,而后抬起头来,如水的双眸楚楚可怜地看向骆碧璇,徐徐又道,"姐姐,你能帮我一个忙吗?"

舒墨的双手突然从牢内伸出,牵住了骆碧璇的衣袖,黑色的掌印顿时清晰地印在白色的袖摆上,看着骆碧璇眼底那一闪而过的厌恶,舒墨的心情突然就舒坦了。看来骆姑娘的洁癖还是跟从前一样严重嘛。

"妹妹请讲。"骆碧璇不着痕迹地挪开了衣袖。

"你能帮我跟皇上带个话吗?就说,就说嫔妾会在牢中夜夜为他诵经祷告,只要皇上能醒,嫔妾愿意终生茹素。"舒墨双手合十放在胸前,虔诚地说。

"妹妹这般心诚,我一定代为转达,想必皇上昏迷之中感受到妹妹的诚意,也会早日醒来的。"骆碧璇轻描淡写地说完,眸光突然变得有些锐利起来,一双冷若寒霜的眸子细细地盯着舒墨的双眼,似是企图从她的脸上看出什么破绽。

感受到她的目光,舒墨也不搭理她,继续自顾自地哭着。

"说起来,今日我来,还是受人所托。"看了半晌后,骆碧璇才收回目光,她的声音像是潺潺的流水,缓缓地从人心间拂过,"妹妹可曾知道我是受谁人所托?"

在这宫中,要是真有谁能托人来探望她,除了谢恒溪之外也就只有商金金了。

而这两个人都不可能让骆碧璇来,所以唯一的可能就是:骆碧璇在试探她。如果染念真的只是染念,在现下这个消息完全封闭的环境中,或许真的很有可能把骆碧璇当成救命稻草,再假设如果背后真的有人,那么在骆碧璇这一番旁敲侧击下,也很可能六神无主地说些什么消息出来。只可惜,染念的背后,是舒墨。

骆碧璇的这番试探,反倒让舒墨好奇起来:如果骆碧璇此行真是受人所

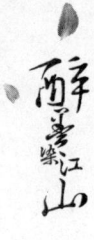

托，那么应当会是谁呢？

"啊，可是义父派你来的？"舒墨睁大眼睛，满怀"期待"地看向骆碧璇。

听到舒墨的答案，饶是自诩冰山美人的骆碧璇的眼皮也不由自主地跳了跳。

"我就知道，一日为父，终身为父，义父不会丢下我不管的。"见到骆碧璇不说话，舒墨已经将她的沉默当作默认，嘴角也跟着牵起了笑意，"义父可有说我什么时候能出去？"

听到舒墨的追问，骆碧璇认为这个女人是真蠢。

"妹妹说笑了，姐姐怎么可能见到国师大人呢？是罗婕妤和秦美人托我来的，大家好歹姐妹一场，如今妹妹落难了，来看看也实属应当。"骆碧璇淡淡地说完，伸手抚了抚袖摆又道，"天色不早，姐姐就先告辞了，改日有空再来探望妹妹。"

话音刚落，骆碧璇便转身离开，刚走了没两步，身后就传来了舒墨哀婉的叫声："姐姐，我的许愿你一定要帮我带给皇上啊。"

骆碧璇闻言，蛾眉微蹙，眼底浮上一抹浓浓的厌弃。这种蠢货，哪配让她来试探深浅。白色的身影在昏暗的光线中渐行渐远，黑色的帷幕再一次落了下来，一黑一白，像是通往两个世界的尽头。

这么快就走了，她还没来得及趁机多往她身上蹭点儿黑灰呢，舒墨有些惋惜地想。

（八）天牢

骆碧璇的一番刺探，让舒墨不禁紧张起来，她装作好心帮忙实则套话的行径，是否她的身份早就已经泄露？

那么他们这一出螳螂捕蝉的戏，其实黄雀早就已经暗中伺机而动。

舒墨眉头紧锁，沾染在水纱裙上的血迹，虽早就变得又黑又干，可脑海中回想起谢恒溪吐血的画面，心中一阵惊慌，仿佛要窒息一般，让她喘不过气。

本以为今天还是白等的舒墨，正准备躺在床上闭目养神减少消耗，突然，一束刺眼的亮光透射进来，眼睛半眯，直到适应后这才看清楚来者何人。

穿着一身朝服手里拿着判书，这不就是大理寺少卿钟清钟大人。

面对穿戴整洁、面容肃杀威严的钟清，舒墨就显得非常狼狈，墨黑如绸的秀发散落在肩上，翡翠珍珠簪在松散的头发上摇摇欲坠，更因主人的颓败而失去了色泽光彩，娇俏绝色的鹅蛋脸变得尖削，消瘦不少。脸色也不像往日般红润如桃，如今更是青白显灰。

本是娇俏可人的紫花粉蝶水纱裙，沾染了灰尘和泥土后，变得破旧不已。

这哪是天下第一美人？只不过是一个失宠的可怜女人。

钟清走到她的身前，舒墨极其熟练地抱起他的大腿哭诉："钟大人，本宫是被冤枉的啊，您一定要彻查，还本宫一个清白啊，本宫对皇上的忠心昭然若揭，绝对不会做任何伤害皇上之事，更何况本宫跟皇上两情相悦，早就许下一生一世的承诺，本宫又怎么会害皇上呢？"说到动情处，舒墨号啕大哭起来。

钟清对她的话置若罔闻，仿佛跟他没有半点儿干系，直到舒墨哭得上气

不接下气时偷偷地将鼻涕擦在他的衣摆上,钟清这才脸色发黑,眉头紧皱,不着痕迹地将腿给抽回来。

这染贵人,跟传闻的似乎不太一样。

"染贵人,你说这么多,也只不过是想为自己脱罪罢了。"钟清方脸剑眉,身材魁梧,不似谢恒溪那般俊美无双,却自带一股威严肃穆,就算是穷凶恶极的囚犯也不敢在他面前造次。

作死小队员舒墨却硬是要挑战他的凶狠程度:"钟大人啊!你这就错了,本宫没做过,又为何要为自己脱罪呢?呜呜,本宫连皇上到底发生了什么事都不知道,就这样被冤枉地打入天牢,呜呜,钟大人你告诉本宫,皇上现在怎么样,是不是很严重?本宫在天牢内为皇上念经祈福,只要皇上能平安无事,本宫就心满意足了。"

"如果皇上渡过难关,就算在天牢里关一辈子都愿意吗?"钟清反问。

舒墨石化,看来这个钟清也是个狡猾角色,无论她答愿意与否,都一样会处于劣势,倒不如忽略他的问题。

舒墨装作一脸惊恐:"皇……皇上还未渡过难关?呜呜,可怜的皇上,臣妾愿意为您承受这一切的苦难。"说完,舒墨双手合十,跪在地上,朝着钟清拜了三拜。

钟清抽了抽嘴角,怎么觉得她是故意的?

其实舒墨也并不全然是在做戏,听到谢恒溪还病重时,心中一颤,在这里,她什么都茫然不知,被排挤于外。

由于她难受痛苦的表情过于真实,钟清半睐着眼打量她,事情早就已经彻查清楚,她故意将两种属性相克的食物让皇上过度饮食,令皇上发狂后昏迷不醒,这些证据全是指向她的。

"你别再狡辩了,毒害皇上的证据都被我们找到,你天真地以为不会被人发现吗?"

"证据?"舒墨心中惊叹,果然是有人暗中下黑手,背后的人是知道谢恒溪的计划所以才有所动作,还是早就密谋,只不过借今次事件顺水推舟?

钟清拿出手中的判书,字正腔圆地念了起来:"念染宫染贵人因宫中藏毒,利用食物相克特性,毒害皇上,令皇上昏迷至今,弑君之罪,其罪当诛,染贵人,你有什么要说的?"

舒墨高声喊道："冤枉啊。"

"既然没什么要说的那么我就回去复命。"钟清在判书上快速地写了几个字，敷衍得不能再敷衍。

舒墨震惊了，我跟你说，你这样做很容易造成冤假错案的！

她不想成为受害者之一！

不过她抓住重点关键词了。

"钟大人，本宫以为你会是一个清正廉明的好官，却如此敷衍了事，也不审问事情经过，单凭一些随时可以嫁祸的'证据'就定罪，想必在这牢里就有不少被你错判含冤入狱的可怜人！"舒墨语无伦次，直觉要搞清楚那个"食物中毒"，这两样东西她根本就没有接触过。

舒墨的话成功地让钟清留住脚步，宽厚的背似乎正一点儿一点儿地往后转，钟清面对着她，脸色阴沉如墨，说出的话，一字一顿："你的意思是叫我动刑？"

舒墨娇俏一震，这么危险的思想，最好不要有。

"本宫没有做，又如何去承认？"舒墨柔荑抬起，轻拭泪珠，我见犹怜。

钟清见她仍是一副"我就是要跟你打嘴仗"的模样，唇角露出一抹玩味的笑意，语调下降了好几度："既然你那么急着去送死，那么我就让你死个明明白白。"

"侍寝当日，皇上病发，张太医查出在侍寝期间，皇上每天喝的茶就是你吩咐让御膳房泡的罗雪茶，除此之外，在宠幸你之前，你就已经吩咐御膳房的厨子要多做些蟹粉酥，此食物与罗雪茶相克，虽然不能立刻致命，但是经常喝的话，就会令人发狂。证据所指，你还有什么可以抵赖的？"

罗雪茶——那不就是罗婕妤教她助孕的法子，舒墨震惊得嘴巴张得老大，没想到，前几日还与自己谈笑风生的那个人，现在却是设计陷害者，后宫水太深，前朝更是浑浊不清。

不过有一点疑问就是，罗婕妤是自己单干想夺宠，还是团伙作案为主子呢？

舒墨还真想不明白。

现在谢恒溪生死未卜，她的处境非常危险。

思来想去，还是将罗婕妤说过的话隐瞒起来，说不定说出来后，就是对

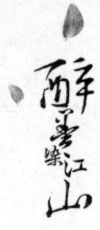

方的圈套,如果罗婕妤的背后黑手是贺鼎,按照他的恶趣味,必然不会让她好过。

因为剧本有限,舒墨的台词来来去去都是那几句,钟清听烦了,立刻转身离开,把哭声甩在身后,头也不回地踏出天牢门。

光与黑暗再次分离,幽暗潮湿的牢里又只剩下舒墨一个人,摸着空空如也的肚子,小脸皱起,小声嘀咕:"谢恒溪,你可要赶快好起来放我出去,我要吃叫花鸡、翡翠炒虾仁、雪窝莲子露、佛跳墙、桂花酿……"

不一会儿她就睡着了,嘴巴还咂了咂,似乎吃到美食一样。

天牢之外,不知道是不是谢恒溪昏迷不醒的原因,整座皇宫都陷入了一种极其诡异的气氛之中。

有人盼着他醒,也有人盼着他不要醒来,数不清的波诡云谲在这种气氛下翻滚蒸腾,似乎在等待着一个迸发的时机。

骆碧璇刚刚走出天牢,已有人迎了上来,将白色的披肩细心地为她披在肩上,动作娴熟如行云流水,显然是经常做。

"你怎么来了?"骆碧璇伸手将披肩系好。

听到骆碧璇的话,那个人赶忙快步走到了骆碧璇的身边,一袭宽大的黑袍将她的身子包裹其中,步履轻移间,一抹粉色从黑袍中一闪而过,蓦地一阵风吹过,天上的乌云被稍稍吹散了些许,微弱的月光落在那个人的身上,映照出了她的容貌,赫然正是从前舒墨身边的宫女,云翡。

在舒墨初入宫之际的那场小测试上,云翡被确定为敌对对象后,就被打发去了浣衣局,自那之后,就再未在舒墨面前出现过。

"主子有命,让娘娘出来后去老地方相见。"云翡毕恭毕敬地跟在骆碧璇身后,像是一抹影子。

"我知道了,你下去吧,最近宫中风声鹤唳,你自己小心行事。"骆碧璇话音未落,身影已经渐渐地消失在了夜色之中。

又是一阵风掠过,乌云再次蔽月,天牢之外又陷入了一片寂静之中,仿佛从来不曾有人来过。

素罗宫。

古雅清新的挽心殿中,一抹紫色的身影站在案前,手中拿着一支狼毫,正走笔如龙地在宣纸上写着些什么。

随着"呀"一声,笔锋也正微敛,时间卡得恰到好处。

"比我计算的时间迟了片刻。"贺鼎放下狼毫,目不转睛地看着自己的墨宝,狭长的眸中没有过多的情绪,也看不出对作品的满意度。

"为避免人起疑,先去了一趟罗婕妤那儿,耽误了些时间。"骆碧璇走进殿中,看着那抹紫色,不由自主地就放缓了音调。

"似乎对此行不大满意?"贺鼎抬起头来,声音温润得犹如一弯皓月。

"嗯,她竟然怀疑是你派我去救她的,简直可笑。"骆碧璇解下披风放于架上,语调有些轻蔑。

"哦?"听到骆碧璇的话,贺鼎倒是来了些兴趣。

想到那日在殿中,她抱着自己的大腿痛哭流涕的模样,那一声"义父"喊得毫无迟疑,让人不由得觉得她是在心底演练过无数回的。

思及此,贺鼎突然浮现出一种想要去天牢看一看她现在到底是何等狼狈的恶趣味。

她居然以为他会派人去救她?想到这儿,贺鼎的眼底掠过了一抹玩味的情绪。

这个染贵人,倒是比自己想象中的要有趣得多。

"你这是什么表情?"骆碧璇的声音悠扬婉转,不似往日那般高冷,其中还夹杂着两分妩媚,颇有些撒娇的意味。

"皇上现在仍昏迷不醒,正是骆娘娘好好表现的时候,微臣就不在这儿叨扰娘娘了。"看着面前的冰美人,贺鼎淡淡又道,"今晚便去皇上那里吧。"

骆碧璇看向贺鼎,那张时刻都漂亮得让她有些自惭形秽的脸,此刻依旧挂着温柔似水的笑意,只是却又仿佛镜花水月一般,让人看不真切,也感觉不到温暖。

每次看到这张面庞,她的心底就会浮起浓浓的征服欲。

她还想再说些什么,贺鼎已经起身朝外走去,殿内明亮的烛火微动,便已经没了人影。

没有了欣赏的人,骆碧璇嘴角的笑意也跟着消失无踪,又变成了那位冷冰冰的冷美人。

龙安殿。

太医院院判张拓站在御榻前,看着皇上那依旧紧闭的双眼,豆大的汗珠

再次滚滚而落。

三天,已经是第三天了。

明明脉象显示毒素已经被清理得差不多了,可是皇上却依旧没有半分苏醒的迹象,如果过了今夜皇上再不醒来,只怕躺下的就要是他了!

问题到底出在了哪里……

就在张拓绞尽脑汁地在脑海中搜寻案例之际,一个冰冷的女声在殿内响了起来:"皇上还没苏醒?"

张拓抬头看去,就瞧见平日里甚少外出的骆娘娘不知何时来到了殿中。

"是微臣无能。"张拓低下头,一张老脸上写满苦恼。

"无能不无能是皇上说了算的,本宫听说当初皇上昏迷之前,钦天监的柳大人曾做过预言,既然院判大人束手无策,是不是应该让柳大人来看看到底是怎么回事?"骆碧璇坐在榻边,声音不大,却有种让人心惊的气场。

张拓闻言,脸上的"苦恼"二字顿时变成了"苦不堪言"。

他何尝不想去把柳寒风弄来,问问他皇上昏迷不醒到底是什么原因导致的,要是真是风水命理这些原因,那也就不关他太医院什么事了。

可是柳寒风是在皇上的盛怒之下被打进天牢的,皇上现在尚在昏迷之中,且不说他是不是真的有法子能让皇上醒来,便是真的有,又有谁能做主把他放出来呢……

张拓正想着如何回答,一个黑影就从眼前掠了过去,待他抬起头来想要看清楚究竟是谁,看到的就是穿着一身玄色官服的国师大人,以及不知何时已经走到了榻前的柳寒风。

"贺大人。"张拓朝贺鼎抱了抱拳,随后目光便落在了柳寒风的身上。

"张大人辛苦,这么晚还在这儿守着。"贺鼎语气平静如常,听不出情绪几何。

张拓闻言,额头上的汗却冒得更欢快了。

这话分明就是在说他无能啊……

依照他的暴脾气,他真的很想辩驳两句,可是却又无从说起,毕竟皇上昏迷不醒是不争的事实,他这个太医院院判,无论如何都难辞其咎。

"早就听闻柳大人精通命理星象,此前还曾预言过皇上可能会遭此一难,如今柳大人来了,我这心里也安定了不少。"张拓挤出一个难看的笑容,给柳寒风戴上了一顶高帽子。

看到今天晚上这种情况，张拓突然有些明白皇上为什么会在盛怒之下把柳寒风打入天牢了，只怕跟眼前的国师大人，也有不少的干系。

"怎么样？"贺鼎来到床前，看了一眼躺在床上的谢恒溪，眉头微蹙。

"微臣对医术不过是略通皮毛，就不在张大人面前班门弄斧了，不过刚才来的路上，微臣匆匆扫了一眼星象，帝微星虽然仍旧暗淡无光，河曲星也尚未归位，但是在帝微星旁却多出了一颗虽然很小，却光芒澄亮的星星，所以微臣想，或许此次破解皇上劫难的关键，就在这颗星辰上。"柳寒风轻轻地翻了翻谢恒溪的眼睑，随即若有所思道。

"可有解法？"贺鼎言简意赅。

"大抵的推算方向是有了，但是具体的细节还需要推敲一番，微臣这就回钦天监，明日天亮之前，必定给您一个答案。"柳寒风摇了摇头，随即又目光坚定道。

看着他那副胸有成竹的模样，张拓气得恨不得要吐血。

张拓是带着气回去的，在太医院琢磨了一晚上，还真的被他琢磨出了一点儿头绪来，只是每当他想要抓住那一点点头绪的时候，却又总是差了点儿什么。

听说皇上此次受伤和染贵人脱不了干系，身为一名大夫，张拓是不大信命理的，要是能有机会去天牢里见一见染贵人就好了，听她说一说当时的具体情况，或许能有些收获……

张拓正想着他是不是应该去天牢里走一趟，外面就传来了同僚的惊呼声"皇上醒了"。

据悉，钦天监的柳大人昨夜苦苦卜卦一夜，吐血三升，终于算出了皇上本次劫难的生机所在，那就是：骆昭仪。

而骆昭仪昨夜守了皇上一整夜，今天早上蒙蒙眬眬地陷入睡梦之中，却突然听到一声轻咳，一睁眼，竟然真的瞧见皇上睁开了眼睛，虽然皇上极其虚弱，但确实是醒了。

现在阖宫上下都散播着两个传言：柳大人真乃神算降世；骆昭仪的命理八字与皇上极合，乃是皇上命中的贵人。

听到同僚陈述完最新的八卦进展，张拓脑子里也只有两个念想：吐血三

升?干脆说吐血身亡算了。

谢恒溪半倚在龙榻上,清俊的面庞因为刚刚苏醒不久而仍然显得有些苍白,眉宇间也跟着有些病恹恹的,还夹杂着些许愁容。

偌大的殿内服侍的宫人并没有几个,且基本都在外殿等候差遣,内殿之中就只站了两个人,简竹和骆碧璇。

对比犹如隐形人一般的简竹,骆碧璇的存在感倒是明显得多,手中端着的药盏仍在冒着热气,纤长如玉的手指拿着翡翠碧勺,吐气如兰地将药汁吹凉。

"皇上,张大人送药来的时候特地叮嘱过,一定要趁热喝。"骆碧璇将勺子送到谢恒溪的唇边,淡淡道。

"要是他的药有用,朕何至于现在才醒?"谢恒溪扫了一眼那漆黑如墨的药汁,不悦道。

"皇上要是不喝,那臣妾就喝了。"骆碧璇边说边将药盏端起,一饮而尽。

"抢着喝药的,倒是头一回见。"谢恒溪看着那瞬间见底的药盏,神色稍缓,皱着的眉头也跟着放松了些许。

"嫔妾此次虽说有幸能够救了皇上,但命理一说毕竟无从考证,嫔妾是不信这些的,倒还不如这些药汁来得实在,既然皇上不肯喝,那嫔妾喝了便是,若是真如柳大人所说的那般,嫔妾的命格能令皇上逢凶化吉,那想必谁喝都是一样的。"许是药汁太苦,骆碧璇的蛾眉微微蹙起,不过转瞬就又恢复如常,仿佛什么也没有发生过一般。

"这种歪理也就你能说得通。"谢恒溪听完,便转头看向简竹,"去再端一碗药来。"

肯主动开口,就表示肯喝药了。

骆碧璇抬起头来,突然发现皇帝陛下似乎跟从前有些不大一样了。

在染贵人进宫之前,皇上从不驻足后宫。

可是在染贵人来了之后,这种平衡就被打破了。

既然有人能够得宠,那这个人为什么不能是她?——这是后宫里每一位女人的心声。

骆碧璇从前对于得宠与否并不在意,因为她想要的宠爱,并不是皇上能给的。

可是在见到染念之后，她的想法就变了，征服一个心中有所爱的男人，远比征服一个无欲无求的男人要有趣得多。

不消片刻，简竹就已经端着药盏走了进来，谢恒溪这次并没有摆谱，痛快地端起药碗一饮而尽，放下药碗之后，却瞧见简竹仍然站在原地，表情有些纠结。

"说。"谢恒溪将药盏放回托盘中。

"染贵人在天牢里寻死，所幸发现得及时，被救了下来。"简竹说完，悄悄抬头看了一眼，发现谢恒溪眉眼平静得犹如一汪静水，让人瞧不出喜怒，"染贵人在天牢中夜夜哭闹，说是有人陷害于她。"

话音刚落，只听"啪"的一声传来，简竹手中的托盘已经被打翻在地，翡翠药盏顷刻间四分五裂，变成了一弯弯碧波散落一地。

"陷害于她？那罗雪茶是她亲手泡的，朕的午膳是她亲手喂的，没有一样假手于人的东西，怎么中了毒，就成了被人陷害了？"谢恒溪眸光一冷，膝盖跪地的声音便顿时从殿内蔓延到了殿外。

空气中的静谧，落针可闻。

也不知道过了多久，终是骆碧璇先起了身，坐到了谢恒溪的身边。

"皇上大病初愈，实在不能动肝火，虽说太医查出来皇上中毒的原因是罗雪茶和午膳食物相冲，却也并不能证明就是染妹妹所为，既然染妹妹觉得冤枉，不如让人来审一审？"骆碧璇的声音清浅好听，有种能够安抚人心的魔力。

"既然爱妃帮她说情，那朕就去瞧瞧她有什么好说的。"谢恒溪眸光微敛，将目光放在了面前的美人身上。

面对那毫不遮掩的探视目光，骆碧璇莞尔一笑，原本略显清冷的容貌因为这一抹笑容而平添了几许温柔，像是初化的春雪般动人心扉，将一直处于阴霾中的龙安殿卷入了阳光之中。

然而有光就有暗，深宫之中，有些地方注定是见不得光的，比如天牢。

七日的光景，又有几条生命因为挨不过去，而在这牢中消逝，腐烂的气息日复一日地加重，气氛阴郁得让人发狂。

谢恒溪刚刚走进天牢，就听到了一阵微弱的哭泣之声，循着那声音往里走去，就来到了舒墨被关着的地方。

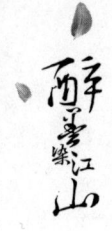

　　黑色的幔布缓缓掀起的一刹那，谢恒溪看到一个从未见过的舒墨。
　　不似当初在花容教那般盛气凌人、古灵精怪，也不似化身染贵人之后对他时而阿谀奉承时而谄媚讨好。
　　明明还是那张艳绝天下的脸蛋，不过几日的工夫却已经有堪堪凋零的模样，想到那张面具之下的另外一张容颜不知道会不会也是这般憔悴苍白，谢恒溪的心突然猛地疼了一下。
　　她的模样，让他想到了那日在林中的小白兔，无辜又无助。
　　他的算计，是不是有些过了？或许还有一些其他温和一点儿的方法可用？
　　谢恒溪正在心底做着自我检讨，舒墨已经发现了他，并且用一种极其夸张的姿势，朝着他爬了过来。
　　没错，就是爬。
　　"皇上，您终于肯来看嫔妾了，嫔妾还以为您不要嫔妾了。"舒墨一边匍匐前进，一边流着眼泪哭喊。
　　面对她这样的卖力演出，谢恒溪突然有种被骗了的感觉。
　　什么无辜又无助的小白兔，明明是"野火烧不尽，春风吹又生"的狗尾巴草才对。
　　"朕没杀了你，已经是念及旧情了，你还敢喊冤枉？"谢恒溪冷冰冰地看她一眼，眼底的厌恶溢于言表。
　　"皇上，嫔妾真的是冤枉的，你一定要为嫔妾做主啊！"舒墨抓着栏杆，小脸惨白，"是罗婕妤，是她跟嫔妾说有偏方可以帮助嫔妾怀上龙种，并且她会安排一切，嫔妾还没来得及拒绝，皇上就来了，但嫔妾真的没想害皇上啊！"
　　这一切，都是大理寺的人来劝她认罪的时候告诉她的。
　　如若不然，舒墨还真不知道是怎么回事。
　　"你是说这件事是罗婕妤做的？"谢恒溪眉头微皱，声音也跟着高了两分，"既然如此，为什么大理寺的人来的时候你不说？"
　　"嫔妾不敢说，皇上您是否苏醒尚未可知，嫔妾怕罗婕妤背后还有其他人指使，若是嫔妾早早地说了出来，岂不是给那些人销毁证据的时间？"舒墨抬起袖子擦了擦眼泪，妩媚的眸子眨了又眨，被泪水洗刷的眼眸十分明亮，却也难掩其中的憔悴。

"你倒是挺聪明。"谢恒溪说完这么一句后便不再言语，偌大的天牢中只有舒墨的抽泣声来回飘荡，气氛变得既诡异又压抑。

也不知道过了多久，谢恒溪终于又开了口。

"你说的事情，朕会派人彻查。"丢下这么一句，那抹明黄色的身影便朝外走去。

"为什么，你为什么不信我……"看着那身影渐行渐远，女子凄婉的哭泣声再次响起，似有诉不尽的哀思。

黑色的帷布缓缓落下，那抹明黄色终是彻底地被黑色隔绝，只余哭泣之声绵延不绝。

一墙之隔的天牢外，一只黑色的八哥在低空中盘旋了几圈后也跟着消失在了暮色之中。

贺府，一灯如豆。

一抹黑影飘进了那个书房之中。

"主人，如耳回来了。"云翡毕恭毕敬地站在书房之中，黑色的八哥乖巧地站在她的肩头，黑色的羽毛在烛光的照耀下显得非常黑亮。

"嗯，说吧。"贺鼎坐在白玉桌案前，案上摆放着数封奏折，上面的内容大同小异，都是请皇上赐染贵人死罪的。

得到了主人的许可，云翡便朝着那名为如耳的八哥吹了个口哨，而后只见它周身的羽毛突然参了开来。

"你是说这件事是罗婕妤做的？"

"嫔妾不敢说，皇上您是否苏醒尚未可知，嫔妾怕罗婕妤背后还有其他人指使，若是嫔妾早早地说了出来，岂不是给那些人销毁证据的时间？"

"你说的事情，朕会派人彻查。"

"为什么，你为什么不信我……"

一男一女的声音在房内响起，这幅画面要是被旁人看到，只怕会以为自己一定是出现了幻觉，明明房中的两个人都没有张嘴，却又偏偏听到了真切的对话声。

"皇上的声音应当清润两分，染贵人的声音则是更加妩媚一些。"贺鼎听完，神色没有半分起伏，只是淡淡地评价道。

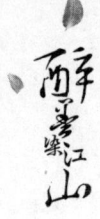

"奴婢明白，会加强训练的。"云翡低着头回道。

"下去吧，好好犒劳一下如耳，这几天就让它在府里歇着吧，你回宫之后没有我的命令也不要随意出宫了。"贺鼎将手上的奏折放在了一旁。

"是。"云翡低着头朝门外退去，在即将走出门口的时候却又停下了脚步，她缓缓地抬起头来，表情似是有些纠结。

"说吧。"贺鼎抬起头，看向进退两难的云翡。

"今夜之事，是否需要告诉骆昭仪，让她早做防范？"云翡深吸一口气，说出了心中的疑问。

虽然她并不喜欢骆碧璇，但是她也绝对不能眼睁睁地看着主人的计划因为染贵人而打乱。

据她所知，皇上中毒昏迷一事，只怕罗婕妤还真的脱不了干系。

如果皇上真的下令彻查，罗婕妤那张嘴必然是靠不住的，万一牵扯出了骆碧璇……

"不用。"

简简单单的两个字，将云翡从自己的揣测中拽了出来。

面对这样的答案，她却更加迟疑了，难不成主子是不知道这件事跟罗婕妤有关？

"做自己该做的事，听自己该听的话，没我的传召，不要出来了。"贺鼎的语调并没有太大的起伏，却像是一张细细密密的大网，让人不由自主地想要落荒而逃。

"是。"话音刚落，云翡的身影便消失在了夜色之中。

贺鼎拿起另外一封奏折，上面的内容跟上一封如出一辙，依旧是要求皇上赐死染贵人的。

他知道这些奏折都是那些人用来讨他欢心的，他们都以为自己心不甘情不愿地认了这么个义女，必定心中憋着一肚子的怒火才对。

殊不知，若是他不愿意，这世上又有谁能逼得了他？

手腕轻扬间，染贵人三个字上便多了一个黑色的圆圈，那圈像是一道符咒，要将那圈中之人牢牢地禁锢其中。

"染贵人。"他一字一顿地念着，在说完最后一个字的时候，嘴角牵起了一抹意味不明的微笑。

灯火摇曳，将原本就漂亮的容貌衬出了两分妖冶之色，而这一抹笑意更像是一道红雾，将那容貌衬得愈发妖冶明丽。

若说谢恒溪的出尘之貌恍若谪仙下凡，那么贺鼎的容颜则艳丽得像是妖神出世，摄人心魄。

一仙一妖，一君一臣，有些争斗或许从出生的那一刻起，就已经注定了。

朝堂之上，群臣慷慨激昂的声音响彻整个大殿，细细听去就会发现他们所说的都是一句话：臣有本要奏。

看着文武百官争相启奏的热闹场面，谢恒溪倒是一派坦然。

只见他懒洋洋地靠在龙椅之上，像是下面那热闹的争吵跟他没有半点儿关系一般。

也不怪他们争得面红耳赤，实在是他们太久没有见到皇上了，先是独宠染贵人七日未曾早朝，然后中毒昏迷又是将近十日的工夫，须知道有多少军机要务、民生琐事都在等着皇上定夺啊。

"朕知道，朕病了许久，各位爱卿必定有许多事需要向朕禀告，朕虽然病着，但是奏章还是看了的。"谢恒溪见场面安静下来，才终于开了金口，话音刚落，简竹已经将放在左手边的那一摞奏折抱了起来，一份份有序地发到了不同的朝臣手中。

"这些是与民生、水利、军事相关的奏章，朕已经批阅完毕，拿到折子的各位大人还有事要奏吗？"眨眼的工夫，将近一半的大臣手中拿到了奏折。

原以为能够慷慨激昂地陈述一番，没想到还没来得及开口就被皇上占了先机。

折子都已经批复了，自然也就没什么要奏的了，紧急的事情当然是一封封折子死命地往里送，至于没送上去的，自然就是一些鸡毛蒜皮的小事了。

"很好，国家大事处理完了，那就来说说朕的家事。"谢恒溪话锋一转，目光落在了右手边的那一摞奏折之上，"看来爱卿们对朕的家事的关心程度一点儿也不亚于国家大事。"

这话初听起来像是表扬的意思，可是细细一琢磨，却又似乎并不是那个意思了。

"大理寺的结案卷宗都还没有出来，各位大人倒是急性子。"话音刚落，一摞摞的奏折就从桌案落到了地上，"啪啪"的声音响起，像是一声声鼓点

击在人心间。

大殿上陷入了死一样的寂静之中。

那些写了折子的大人们看着躺在地上的奏折，心中苦不堪言，听皇上这意思，明显还是不准备处理染贵人。

毒害皇帝此等大罪都还能免于一死，大人们的心情也是有些复杂。

"启禀皇上，染贵人连累皇上龙体受损，本就已是滔天大罪，无论毒害罪名是否属实，染贵人都是千古罪人哪！"左都御史沈秋池环视了一遍在场诸人，目光在身前那抹玄色背影和明黄色的身影中间游移了片刻，最终还是一咬牙站了出来。

染贵人入宫夜宴之时，他就被皇上翻了旧账，要说没有记仇，那是不可能的，不过这次他写请求皇上处死染贵人的折子，倒并不完全是为了报仇。

说到底也还是三个字：犯众怒。

染贵人入宫本就已经犯了大忌，入宫没多久又害得皇上身处险境，无论所说的相克是否属实，染贵人都已经是留不得了。

沈秋池说完就深深地低下头，等待着谢恒溪的狂风暴雨，然而等了半晌也没听到任何动静，正想抬头偷看，就听到谢恒溪终于开了口。

"贺卿，你怎么看？"谢恒溪直接无视了沈秋池，话锋一转，看向了一直没有说话的贺鼎。

染念名义上到底还是贺鼎的干女儿，若是她毒害皇上的罪名成立，贺鼎免不了会受牵连，即便谁都心知这个便宜女儿跟贺鼎没有任何关系。

"微臣认为此事应当让大理寺彻查。"贺鼎上前一步跪下，声音徐徐而来，不急不缓，"染贵人初入宫，跟皇上鹣鲽情深，微臣想不到她有任何毒害动机，命理星象之说虽然玄妙，但微臣认为此事必然不会如此简单，望皇上明察。"

"贺卿果然是国之股肱，句句说在朕心，既然如此，本案就交由你来彻查，三日内，务必给朕一个满意的结果。"谢恒溪微微一笑，似是对于这个答案非常满意。

"臣遵旨。"贺鼎俯首答道。

染贵人刺杀皇上一案由国师贺鼎彻查的消息，不出半个时辰的工夫前朝后宫就已经传遍了。

原本十分明朗的案情因为贺鼎的加入而变得扑朔迷离起来。

龙安殿内，谢恒溪坐在桌案前批阅奏折，骆碧璇坐在一旁，静静地磨墨，烛光摇曳，恰似一幅红袖添香的画面，只是细细看去，就不难发现美人眼中似乎另有神思。

"爱妃？想什么想得这么出神？"谢恒溪的声音轻轻响起，骆碧璇回过神来，才发现墨汁已经从砚台中溢出，染黑了指尖。

"在想染妹妹的事，听闻皇上派贺大人彻查此事，想必妹妹一定能够早日洗刷冤屈。"骆碧璇莞尔一笑，脸上浮现出些许羞涩。

"你觉得她是冤枉的？"谢恒溪将她染墨的手握在手中，拿起一方手帕细细地擦拭起来。

"我自己来吧，别弄脏了皇上的手。"骆碧璇把手抽回，状似娇羞地转过了身。

"看你眉眼间似有倦色，今天就不用伺候了，早点儿回去歇着吧。"谢恒溪看着面前的粉色背影，眸光中的冷意和语调的轻柔形成了鲜明的对比。

美人的身影翩然而去，转瞬的工夫，偌大的殿中便只剩下了谢恒溪一个人。

明晃晃的烛光照在他的侧颜之上，将俊秀朗逸的容貌映出了两分阴冷之色。

"简竹，跟着她。"

话音未落，一抹黑色的身影已经如鬼魅般飘出了大殿。

贺府，书房。

原本无风的天气突变，不知从何而来的夜风将院中的树叶吹得沙沙作响，树影绰绰，平白让人生出了一股冷寒之意。

花梨桌案之上摆了两样东西，一杯白玉茶盏，一只翡翠碧盘。

烛光忽地一闪，房内便多了一个人影。

"不是说没有我的传唤，不可私自来此吗？"贺鼎端起茶盏，轻抿一口，已经凉透了的茶水顺着喉咙滑向心间，带给人一种极其不舒畅的感觉。

"你为什么要答应彻查染念一案？"骆碧璇的声音中带着几许质疑。

"君令不可违。"轻描淡写的五个字，足以让骆碧璇变了脸色。

"好一个君令不可违。"骆碧璇眸光微敛，清丽的容颜冷凝如冰，"查

到最后，如果幕后黑手是我，你打算怎么办？"

这一回，贺鼎没有立即回答。

他站起身来，端着茶盏走到了骆碧璇的身前，将茶盏递到了她的手中。

"如果查到是你，自然是秉公办理。"贺鼎如是说。

"给我一个理由。"骆碧璇深吸一口气，白皙的手背上青筋若隐若现，下一秒，白玉茶盏便四分五裂地落在了地上，冰凉的茶水四溅，落在了二人的身上，"我对付她，难道不是为了你吗？你现在却要为了她来查我？"

她的声音陡然高了两度，音调也不似平常那般轻缓，而是焦急中带着质疑。

"我不是为了她来查你。"贺鼎伸出手，将她轻柔地揽进怀中，动作轻柔地抚了抚她的秀发。

"难道你不相信自己的本事吗？就算罗婕妤说漏了嘴，这件事就一定会落在你的身上吗？碧璇，你办事我向来都很放心，希望这一次，你也不要让我失望。"

他的声音有种奇异的安抚力，骆碧璇能感觉自己心头的怒火正在一点儿一点儿地消散，最终都化作满腔柔情。

"我不会让你失望的。"

话音刚落，佳人已经杳无踪影。

贺鼎抬起头来看向窗外，院中夜风已停，明月露出了半张脸庞，散发着朦胧的月光。

那张妖艳的面庞上没有半分温存，剩下的，只有无尽的寒意。

（九）反转

天牢。

十余名看守横七竖八地倒在地上，像是陷入了沉睡之中。

舒墨原本睡得正香，却突然感觉到一阵凉风掠过，蒙蒙眬眬地睁开眼，就瞧见一个黑色的身影不知何时来到了她的身前。

伴随着一声细微的"噼啪"声，一抹微弱的亮光在牢内亮了起来，照亮了来人的容貌。

骆碧璇。

刚才黑漆漆的看不太清，这会儿有了光亮才发现原来竟然不止她一个人，在她的肩头还趴着一个女人，看不到容貌几何。

"姐姐？"舒墨揉了揉眼睛，声音中泛着浓浓的疑惑，像是还没睡醒。

骆碧璇像是没有听到一般，只是自顾自地走到了牢房的一隅，将趴在她肩头的女人放了下来。

阴暗的角落随着她的移动而被火折子照亮，舒墨这才看清楚躺在地上的女人原来是罗婕妤。

只见罗婕妤双目圆瞪，七窍之中皆有鲜血流出，昏暗的光线跟随着骆碧璇的身影来回晃动，画面诡异又恐怖。

"你想干吗？"在看清楚这一切的瞬间，舒墨终于完全清醒，她边说边往牢门的方向退去。

"你跟皇上说了什么？居然能让他回心转意彻查此案。"骆碧璇将罗婕妤的尸体摆弄完毕，缓缓地站起身来，只见她将手中的火折子放到唇边轻轻一吹，牢房内的光线又明亮了不少。

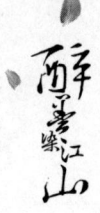

"来人哪！来人哪！"眼见骆碧璇离自己越来越近，舒墨忍不住朝外面大喊。

她的声音像是落入一口枯井，微弱地散落开来，最终又消失于弥漫的夜色之中。

"死到临头，还有什么好喊的？"骆碧璇看她一眼，冷冰冰的眼神中带着些许嘲讽，像是在看一个可笑的小丑，"皇上下令让贺大人彻查染贵人之案，婕妤罗氏因为害怕彻查之时查出自己所做之事，所以只身来到天牢，没想到染贵人一口咬定自己一无所知，两个人激烈地争吵过后，未免行踪败露，罗婕妤将染贵人勒死，自己也服毒七窍流血而亡。"

骆碧璇的手中拿着一条天青色的锦缎，正是从罗婕妤的腰间解下的腰带，一步步地朝着舒墨走去。

"你别过来，来人……"舒墨的呼救声还没来得及说完就被扼断在了喉咙之中，锦缎被悬挂在了房梁之上，而她的身子也被骆碧璇抱着离开了地面，白皙的颈项被放在了绿色的锦缎之上，像是一只被折断了颈项的天鹅，渐渐地失去了生气。

拿起折帽将火折熄灭，一切重新归于灰暗。

看着那个身影从剧烈的挣扎到缓慢地挣脱，然后渐渐失去生机，骆碧璇的嘴角终于牵起了一抹笑意。

什么所谓的干女儿，就像是扰人的苍蝇一般让人生厌。

他的身边，从来都是她，以前是，以后也一样。

带着这抹笑意，骆碧璇朝着牢外走去。

眼前突然明亮了起来，刹那间，夜如白昼。

原本已经适应了黑暗的双眼因为强光的照射而陷入了短暂的失明之中。

也不知过了多久，等到她的视线渐渐恢复之时，就瞧见谢恒溪静静地站在离她十步左右的地方，绣着竹叶纹的冰蓝锦袍跟明亮的烛火相映，将那朗逸的容貌衬得犹如竹雪霜姿，让人沉醉，却又不敢靠近。

骆碧璇心间"咯噔"一声，一个极其不妙的预感涌上心头。

时间就像是被定格了一般，他们二人之间十余步的距离，却近得让骆碧璇心惊。

"皇上。"骆碧璇整理思绪，脸色苍白地走过去，步伐虚浮，像是受到了极大惊吓一般。

"爱妃怎么在这儿？"谢恒溪的声音清浅温润。

"今天酉时，罗妹妹来找嫔妾，说想要约嫔妾一起来探望染妹妹，嫔妾当时身体不适，就没有一同前来，过后又觉得心有不安，就寻了过来。"骆碧璇环视一周，小脸煞白，嘴唇也跟着止不住地发颤，"没想到一到这天牢之中，竟发现守卫全部晕厥在地，而罗妹妹和染妹妹……"

说到这儿，她欲言又止，轻咬下唇，泪珠就这么"滴滴答答"地落了下来。

"嫔妾惊慌失措，正想去找陛下，您就来了。"骆碧璇"扑通"一声跪了下来，眼泪潸然落下，"陛下，您一定要为两位妹妹做主！"

偌大的天牢里，除了骆碧璇的轻声低泣外，几乎再听不到其他声音。

谢恒溪的目光落向不远处的牢房之中，一抹纤细的身影被吊在空中，被亮光映衬出的身影在墙壁上微微摇晃。

心头猛然一颤，一瞬间的怔忡失神让他忘记身处何方，只想将毫无生机的人儿抱在怀里，可现在的情况容不得他向前迈越一步。

那身影是来自何人，大家都心知肚明，却没有人敢上前一步去触谢恒溪的霉头。

前不久还活色生香的美人儿就这么香消玉殒了，一想到那张艳如仙魅的脸蛋，在场诸人的心间难免掠过一抹惋惜：到底是红颜薄命。

骆碧璇的声音随着时间的流逝渐渐弱去，就在空气即将归于寂静之时，一抹微弱的声音从不远处飘了过来，那声音极其微弱，轻到让人几乎以为自己出现了幻听。

不过很快，大家就发现这并不是幻听。

只见那原本被吊在梁上动也不动的身影此刻却开始乱晃起来，两只手也抬了起来，用力地在空中挥舞着。

片刻后，终于有人反应了过来。

"诈尸了，诈尸了！"不知道是谁尖着嗓子喊了这么一句。

"护驾！"展锦年率先反应过来，挡在了谢恒溪的身前。

一阵齐刷刷的拔刀声响起，十余把明晃晃的大刀横在了谢恒溪的身前，所有人的目光都定定地看向牢房。

骆碧璇依旧跪在地上，侍卫们将她身前的光线遮挡了大半，让她陷入了

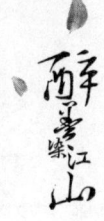

阴暗之中，若是有人细细去看，就会发现那张往日里冷傲如霜的脸蛋上，此刻的表情却极为复杂，有阴毒，有不甘，最多的却是惊诧。

"皇上留步，微臣去看看。"

话音刚落，展锦年已经一个纵跃上前，到了牢房之中。

只见舒墨一张小脸憋得通红，双手努力地抓着锦缎腰带，却因为气力不够没能成功。

"救……我。"她用尽全力终于挤出了两个字。

当感觉到自己被展锦年救下来的那一瞬间，舒墨决定以后要对展锦年好一点儿。

他要不是一个跃步而是一步步走过来的话，只怕自己就要忍不住做引体向上自救了。

到时候谢恒溪带着这些人进来，看到的只怕就是往日里弱如扶柳的染贵人居然臂力惊人地做着引体向上。

也不知道谢恒溪要是真的看到那么一幅画面会是什么样的表情……

"启禀皇上，染贵人尚有气息。"展锦年探查完毕后道。

"锦年，这里交给你了。"谢恒溪阔步上前，将"气若游丝"的舒墨抱了起来朝外走去，走出数步后又停下了脚步，徐徐又道，"今夜发生这么多事，骆昭仪既然是第一个发现现场的人，也跟着一起来吧。"

低头看着怀里之人蓬头垢脸仍不忘朝他顽皮眨眼，刚刚悬着的心终于落下，虽然知道她是在演戏，但也让谢恒溪无法淡定。

当那熟悉的味道钻入鼻尖，舒墨的心终于稍稍放了下来，饶是她自己都没有发现谢恒溪的怀抱似乎有种奇异的魔力，能够让她安心。

带着这种怨念，舒墨进入了梦乡。

一朝梦醒，已是另外一番天地。

"经鉴定，罗婕妤大约已经死了一个时辰，是不可能自己走去牢房杀害染贵人的，也就是说有人带着罗婕妤的尸体来到牢房，利用她的腰带想要杀死染贵人，根据现场的情形来看，骆昭仪作为唯一的目击者嫌疑最大。"

在展锦年的汇报声中，舒墨醒了过来。

她很想跳下床去指证骆碧璇，可是她的脑袋昏昏沉沉，全身像是有火在烧一般，连睁开眼睛都似是要耗尽全身的力气，更别提生龙活虎地跳下床去了。

这种感觉舒墨并不陌生，起初发烧的时间很短，渐渐地，发烧的时间开始变长，温度也开始越来越高，她能清楚地感觉到自己脸上的面具随着长时间的高温而变得越来越薄。

再这么下去，只怕这张脸坚持不了多久了——舒墨迷迷糊糊地想着。

"爱妃，你有什么要说的？"谢恒溪坐在榻边，他的掌中握着舒墨的手，那异于常人的体温昭示着她正在发烧。

"嫔妾冤枉。"骆碧璇深吸一口气，定下心神道，"嫔妾到达天牢的时候，罗妹妹已经躺在地上，染妹妹同样已经被悬于梁上，嫔妾不过比皇上早到片刻，并不是展大人所说的凶手。"

她的声音平稳冷静，没有因为被指证为嫌疑人而有丝毫的慌乱，可就是这份冷静，才更加让人心惊。

一名深宫妃嫔，初见两具"尸体"还能如此淡然自若，其中缘由，难免让人深思。

"既然没有真凭实据，确实不能就这么冤枉了爱妃。"谢恒溪伸手将舒墨身上的锦被盖好，随即站起身朝外走去。

谢恒溪话音刚落，展锦年就顶着一种忧郁不解的眼神抬起头来，如果不是眼前的这位是皇帝陛下，他绝对要赤裸裸地怀疑起对方的智商了！

他虽然暂时没能收集到确切的证据，但是也绝对不能就这么放了骆昭仪，一旦她消失在他们的视野之中，自然就有机会毁灭证据了。

展锦年还想再劝，就听到谢恒溪再次慢悠悠地开了口。

"贺卿，本案朕原本已命你主审，现下案情发生了变化，骆昭仪如何处置，就交由你来决定吧。"谢恒溪负手而立，目光落向殿门外。

只见一片玄色牡丹纹的衣摆踏入殿内，袍摆上似乎沾着雨水，额前有些许碎发落下，挡在了精致的容貌前。

看着贺鼎走入殿中，展锦年的心情有些复杂。

他竟然对于贺鼎的到来没有丝毫的察觉，是方才想事情想得太过专注了，还是贺鼎的轻功已经登峰造极至此……

"微臣以为此案事关天子安危，应将骆昭仪打入天牢严审，务必不能遗漏任何信息。"贺鼎跪在地上，掷地有声，决然说道。

　　他的话让殿中陷入了短暂的安静，不过很快，谢恒溪就打破了这片平静。

　　"贺卿所言甚是，就依你的意思办吧。"谢恒溪说完便走回了内殿，层层叠叠的帷幔将他的身姿掩藏，让人无法探究更多。

　　"皇上，贵人脉象湿气缠绵，按理说喝几服除湿祛寒的药应当就无碍了，只是这低烧一直不退，老臣怀疑乃是中毒之象。"张拓跪在榻边，脸上写满了纠结。

　　"既是中毒，可有解毒之法？"谢恒溪看着昏沉睡去的舒墨，神情凝重。

　　"虽然从脉象上推测出应该是中毒之象，但是此毒老夫从未见过，所以……"张拓抬起手擦了擦额头上细密的汗珠，表情尴尬。

　　深更半夜的，皇上把他匆匆召进宫中为染贵人看病，可见还是信任他的，明明应该是让人高兴的事情，可是再看这染贵人的病，也着实是个棘手的事情啊。

　　此前皇上昏迷的时候，他就没能医好皇上，皇上没有怪罪，还让他来为染贵人诊治，何尝不是新的考验？

　　"虽然现在还没有头绪，但请皇上放心，老臣必定拿出可行之方来。"张拓深吸一口气道。

　　"那朕就等着张卿的好消息了。"谢恒溪摆了摆手，示意张拓退下。

　　安静的殿内只有呼吸声起伏，谢恒溪坐在榻边，抬手覆上了舒墨的额头，掌心感受到的温度似乎比刚刚低了些许，应该是在退烧了，他的指尖轻轻摩挲着细腻如玉的肌肤，想到掩藏在这艳色容貌后的另外一张面容不知会是怎样的憔悴，谢恒溪的心头就有些怅然。

　　"热。"沉睡中的舒墨突然嘟囔了一句，边说边想要用手去挠自己的脸蛋。

　　谢恒溪见状赶忙把她不安分的手握在掌中，然后拿起放在一旁的手帕，轻轻地在她的脸上擦拭了几下，边擦拭，还边轻轻地吹了几口气以示安抚。

　　许是清凉的气息舒缓了舒墨的不适，她不再乱动，而是朝着谢恒溪的手掌处挪了挪，嘴角也跟着扬起了浅浅笑意。

　　"圣姑。"谢恒溪微微侧颈。

　　"在。"商金金从内殿一隅的屏风后走了出来。

　　"把她的面具取下来吧。"谢恒溪吩咐道。

听到谢恒溪的话，商金金微微一愣，似是有些踌躇。

"皇上，墨儿持续的低烧确实会对面具造成损伤，不过我已传信回教中，墨儿的师父会加紧赶制出一张新的面具送进宫来，此时念染宫处于风口浪尖之上，取下面具若是被人发现，只怕会影响您的计划。"商金金看了一眼躺在床上的舒墨，神色忧虑。

"朕担心的不是面具。"谢恒溪丢下这么一句便站起身来朝外走去，直到走到门口才停下脚步，"她在宫中一日，朕便有责任护她周全一日，姑姑就按照朕的吩咐做吧，休养时，不会有人来打扰她的。"

看着谢恒溪的身影消失在视线之中，商金金的目光便回到了舒墨的身上，她拿出一早准备好的药水，动作熟练地擦拭在舒墨的脸颊周围，眨眼的工夫，面具便渐有了剥落之势。

她方才的话不过是用来试探一下谢恒溪而已。

在这宫中，还有谁比她更心疼眼前的这个丫头呢？

不过瞧刚才谢恒溪那反应，倒像真是有些上心了。

果然是傻人有傻福——商金金动作轻柔地将面具取下，看着舒墨那张消瘦了些许的小脸感叹。

暮色如瀑，夜色将所有的纷乱压下，营造出一幅静谧的画面。

骆碧璇坐在牢房中，努力让自己冷静下来。

不过一个时辰不到的工夫，她和染贵人的处境就倒了个个儿，一切都发生得太快，甚至让她来不及细细思考问题到底出在了哪里。

方才的一切在她的脑中迅速掠过，以至于有人来到牢门前都没能发现。

"在想自己错在哪儿了？"贺鼎将黑色的帽子取下，袖摆微动，牢门便应声而开。

听到贺鼎的声音，一直静坐在角落里的骆碧璇仿佛听到天籁一般，笑容满面地抬起头来，那笑容不像是平日里的盈盈浅笑，更像是一朵从心底开出的茶花，满怀真心实意。

"我就知道你会来。"骆碧璇的目光落在贺鼎身上，脸上出现雀跃和自信之意。

"那你猜一猜我为什么要来？"贺鼎坐在她的身旁，将她的手指攥在掌

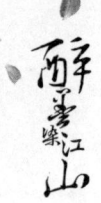

中,另一只手宠溺地将她额前的碎发拨开。

"你是本案的主审,就算是装模作样也要来看看才对,贺大人,你有什么想问的吗?"骆碧璇眨了眨眼睛,歪着头说。

"从罗婕妤中毒不得不听你调遣,到谢恒溪昏迷不醒、染贵人入狱,原本是一盘胜券在握的棋局,为什么会变成这样?"贺鼎反问道。

"唯一说不通的地方,就是染念怎么会在罗婕妤那里看出破绽,还能在皇上面前告状。"骆碧璇表情渐渐凝重,如果不是皇上起了疑心要调查,她根本就没有必要去天牢里布置罗婕妤杀害染念的假象,这也是她一直没有想明白的地方。

"或许从一开始她就已经明白这是一个局,所以被请君入瓮的,是你。"贺鼎看着面前的美人儿,一抹几不可见的失望之意从眼底掠过。

直到现在她都没能明白自己为什么失败,甚至,她连自己的敌人是谁都没能弄明白。

这样的棋子,留之何用?

"就凭她?怎么可能?"骆碧璇冷笑一声,把手从贺鼎的掌中抽了出来。

她是真的有些生气了,不为别的,只为贺鼎的轻视。

想她堂堂一教圣女,心甘情愿地为了他入宫为妃,到头来居然还要被拿来跟一个青楼女子比较,简直笑话!

可是当她看到贺鼎的眼神一点点地变冷,她才意识到他并不是在开玩笑。

"你知道了些什么?"骆碧璇努力让自己冷静。

"染念,原名舒墨,剩下的你应该比我更了解。"贺鼎站起身,走到了骆碧璇的身边,不轻不重地拍了拍她的肩膀,"碧璇,不得不说,这一次你让我很失望,连最基本的知己知彼都没有做到,我还能期待你为我做些什么呢?"

"舒墨,你说染念就是舒墨?"骆碧璇的声音变得尖锐刺耳,眼底也覆满了不可置信之意,"她进宫了?是你派来的?"

贺鼎闻言,眼底失望之意更甚,戴上帽子朝外走去,只是刚走出两步,却被骆碧璇拽住了袖子。

"你带我走吧。"骆碧璇低着头,喃喃低语。

"走不了了。"贺鼎摇了摇头,袖摆微动,继续朝外走去。

一抹黑色的身影仿佛凭空冒出来的一般,拦住了他身后那原本想要继续上前的白色身影。

骆碧璇只感觉眼前一黑,一股巨大的力量就从她的喉间传来,她想要反抗,却浑身软绵无力,腰间蓦地一送,一抹白色从她的眼前一闪而过,最终落在了房梁之上。

畏罪自杀——不正是她想要用在舒墨身上的?

颈间的白绫一点点地将她胸腔中的空气挤压出体内,双手无力地在空中挥舞了几下,这才看到一滴鲜红的血珠在指尖滑落。

"这是长醉针,细如牛毛,扎入体内便会随着血液流走,用不了多久中针之人就会四肢无力,任由摆布。"

"我现在把它送给你,就当是咱们的见面礼。"

少女穿着一袭白衣,面容娇俏恍若初雪,手中捧着的红色锦盒中银光一闪,眼底的爱意毫不遮掩,仿佛要把自己最好的东西全部都献给眼前之人才好。

幕幕往事如风般从眼前席卷而过,晶莹的泪珠顺着她的脸颊滑落。

骆碧璇死了,死在了她最爱的人手中。

"骆昭仪善妒,眼红于染贵人的宠冠六宫,是以私下蛊惑婕妤罗氏并且对其下毒,以确保对方听她命令,罗婕妤受令对皇上下毒并嫁祸给染贵人,因此导致皇上中毒,染贵人含冤入狱。阴谋败露后,骆昭仪为了自保,毒死罗婕妤并将其带至天牢,企图做出畏罪自杀的假象。"舒墨半倚在软垫上,一字一句地念着手中的结案报告,念到后面渐渐地没了兴趣,把手中的折子一扔,表情有些郁闷。

坐在她对面看奏折的谢恒溪见到她一副受气包的模样,不由得想笑。

"真相大白,还你清白,怎么看你还一副不大满意的模样?"谢恒溪低着头,浅声道。

舒墨往前凑了凑,笑容满面道:"皇上乃是英明圣主,必定不会看着微臣明珠蒙尘的。"

表扬这些虚的就不需要了,还是赏点儿实在的吧,金银珠宝她都可以接受的。

随即谢恒溪脸上闪过一抹狡黠之色:"要奖励也不是不可以。"

真有奖励!刚刚还蔫蔫的脑袋猛然抬起,眼睛扑闪期待地看着他,为了表明决心,还拍了拍胸脯自信道:"只要是奖励,我什么都能接受的。"

谢恒溪揭晓谜底:"朕觉得最近爱妃工作十分认真,深得朕心,特意奖励民间微服私访一次。"

舒墨脸上呈现一个"大写的拒绝",眯眼笑道:"皇上您放心去,您的后宫就交给臣妾,臣妾一定会竭尽所能做到最好的。"

"这是强制性的,不去会扣薪的。"谢恒溪目光斜斜,似笑非笑地看着她。

"不过我有一个疑问。""好学生舒同学"发问。

只要她同意,其他一切都是可以商量的:"什么疑问?"

"为什么要微服出巡?"出差当然要知道任务是什么呀。

寝宫内,烛火摇曳,光影交错,暗淡的光线模糊了谢恒溪棱角分明的脸,让人看不真切,舒墨屏息静听,等待他的答案。

"在做戏前,朕的探子回报,有臣子在密谋造反。"说话声是平静的,可内心肯定是愤恨难平。

造反是大忌。三岁孩童都懂。

舒墨想安慰他,却不知如何开口,表情纠结地皱成一团,谢恒溪被她的表情逗乐,轻轻地掐了掐她的脸蛋:"怎么,爱妃还想替朕分忧不成?"

舒墨摆手表示无奈:"受人钱财,替人消灾嘛。"

"既然爱妃这么积极,那么明早就跟朕一起出宫微服私访吧。"谢恒溪挪揄道,"爱妃今晚就好好休息。"

这也太太太太快了,一点儿心理准备都没有!

舒墨想抗议,可见到谢恒溪一脸"你敢拒绝就扣你工钱"的表情,话哽在喉咙间,又被她吞回去了。

不过她也懒得计较,一股强烈的睡意袭来,她眼皮都快睁不开了。

翌日清晨。

睡足后热也退了,舒墨整个人精神了不少,窗外树影婆娑,阳光明媚。新晋小宫女暗香见主子醒了,立刻捧一盆水让她清洁洗脸,乖巧恭敬地守候在旁,等待吩咐。

"皇上驾到。"简竹公公特有的声音响起,一抹墨黑色的身影随声而入,黑底绣金龙的绸袍剪裁得宜，越发衬得人庄重威严、气宇轩昂。

舒墨低眉顺眼地行礼："参见皇上。"

"爱妃身体不适，无须多礼。"谢恒溪温柔亲昵地扶着她，眼中的柔情让人深陷其中。

"皇上，这次出行，除了我俩外，还有谁一起去？"

谢恒溪狐疑地看着她："爱妃不会以为就只有朕跟你……"

舒墨十分老实地点了点头。

"爱妃果然是烧坏了脑子。"谢恒溪既无奈又好笑，就算皇帝微服出巡，虽没明里那样铺张，可私下暗访，暗中还是会有影卫保护，吃喝用度都有贴身公公和宫女安排。这次他会带上一名贴身公公出行。"爱妃你就带一名宫女同行吧。"

舒墨羞赧捂脸，她第一次微服出巡，不是很懂啊。

"那就姑姑好了！"舒墨这才发现，自从那日说去办事情后姑姑就没再出现过了，舒墨心头闪过一丝不安，不会是出什么意外了吧？

"朕有任务让素晚姑姑去做，应该没有那么快回来。"谢恒溪施施然道，似乎不打算告诉她是什么任务内容。

舒墨噘噘嘴巴不高兴，姑姑什么时候跟谢恒溪关系那么好，两个人都有小秘密了。

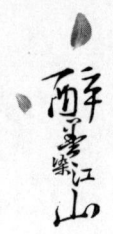

（十）微服私访

城外十里亭。

酉时，一辆褐色马车沿着羊肠小路缓慢前行，直至亭前，马夫低声喝停马匹，生怕惊扰车里尊贵的人。

马车的雕饰华贵精良，垂落在马车门前的流苏随风摆动，木檐上的金漆在阳光下熠熠生辉；车内绝色美人慵懒侧卧，雪青色百花水纱裙勾勒出玲珑有致的曲线，柔荑托着下颌，朱唇微启，轻轻地咬住一颗葡萄。

旁边的娇憨少女捧着糕点食盒以供美人享用。

车内的人，便是舒墨和小宫女暗香。

谢恒溪离开没多久，小熊公公便过来安排她们出宫，相约城外十里亭会合。

路人已过两三拨，也不见谢恒溪的踪影，舒墨窝在马车内闷得慌，想要下车到十里亭内乘凉。

这会儿，刚好来了一群江湖中人。

听到他们的谈话内容，刚迈出的脚又缩回去了。马车窗内的赤绒帘布被撩起一角，舒墨杏眼半眯，打量着坐在十里亭内纳凉休息的几位男子。

带头的人便是武当派大弟子孟书文。传闻中，自那日骆碧璇去武当送剑后，孟书文便对她一见钟情，疯狂追求她以至于弄得天下皆知。

不过骆碧璇已经死了，他那念想估计是要无果而终了。

孟书文眼圈微肿，满脸络腮胡，不修边幅的模样俨然失去往日文雅公子的翩翩风采，酒壶不离手一口一口地灌，那浓郁的酒香味，乘着凉风飘入马车内。

又是一个为情而伤的可怜人。

与他一同前来的应该是同门师弟，其中一个穿着一身青蓝色长袍的青年十分担忧："孟师兄，人死不能复生，你就忘记骆姑娘吧。"

舒墨听后直摇头，这青年也是嘴拙，这样劝人，等于把深陷泥泞中的人多踩几脚。

果不其然，孟书文一听到"骆"字便开始发酒疯。

"碧璇的仇我会为她报的！"

"碧璇你放心，我一定会杀了谢……"后面的话还未说完，他的嘴巴就被捂住。"师兄，你别胡乱说话，被人听到了可是要杀头的！"

孟书文嘴角噙着一抹冷笑："杀头又如何，我只要我的碧璇。"

舒墨不再偷听，脸露忧愁之色，看来他是认定谢恒溪就是害死骆碧璇的罪魁祸首，虽然江湖与朝廷互不干涉，但难保他一时想不开去刺杀皇上，到时江湖与朝廷必定会动荡不安。

落日红云如火，烧得满天霞光，现已落日时分，不消半刻，夜幕降临，繁星亮起。

幸好孟书文一行人赶在天黑前找客栈落脚，刚好与赶来的谢恒溪擦肩而过。

清风劲吹，墨黑油亮的长发飘逸如绸，谢恒溪熟练地骑着汗血宝马，昂首挺胸，丰神俊朗，一身月白色长袍衬得人英姿飒爽，不怒而威。

舒墨懒洋洋地卷起帘布，笑眯眯地看着他，仿佛等待归来的爱人。

待人进到了马车后，谢恒溪还未能喝一口暖茶，舒墨十分认真地看着他，本以为有什么要紧事……

"马车内的糕点、水果都被我吃完了，要是我肥了那肯定是皇上的错。"半撒娇半娇嗔地抱怨，本来她是十分注重身形的，谁能料到她在皇宫里养得肥肥白白的，若是完成任务后，变成一个大胖子，她一定会哭死的。

"事情有些多，比预计要晚了一些，让爱妃久等了，不过爱妃就算肥，也是一个圆润的球，虽然不美，但也不会很丑。"谢恒溪说话间，唇角轻扬，眼角微弯，少了平日的威严强势，多了几分随和亲近。

时间回到舒墨离开后的不久，谢恒溪召臣子们去御书房里议事，所议之事，便是他们十分关注的后宫之事。

自舒墨入宫以来，朝中官员每隔几日便会上书反对舒墨受宠，近日他被下毒后更是变本加厉，虽他一直躲避不回应，现真相大白，倒可以借机反驳。

被传召的官员中，曾经多次参本的更是重点邀请对象。

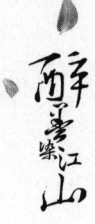

坐在尊贵气派的龙椅上,谢恒溪沉着脸,眼神锐利地扫过每一位低着脑袋的官员,威压意味十足。"各位卿家,近日来边境蛮夷滋事扰民,各地强盗毛贼甚多,内忧外患,不殚精竭虑解决问题,反而关心起朕的家务事,朕真不知道各位爱卿到底是忠心爱国,还是忠心爱管朕的家务事?"

这番话,颇有几分秋后算账的意味。

虽然舒墨洗脱了毒害皇上的嫌疑,可是有偏见在先,舒墨在百官的眼里仍然是扫把星,不祥之人。

有了起头的,吏部侍郎左怀宗、礼部尚书李岩也相继站出来说出自己反对的理由,最后竟然能扯到,只要舒墨一出现,必定有血光之灾。

气氛开始活跃起来,谢恒溪慵懒地靠在龙椅上,不禁觉得有些吵闹和无趣,在他快要失去耐心时,简竹慌张地跑了进来。

"启禀皇上,染贵人失踪了。"简竹的额角冒着冷汗,整个人面色青白。

"爱妃失踪了?"谢恒溪面黑如炭,声音低沉压抑,就如狂风暴雨来临前般阴沉,"这到底是怎么回事?"

简竹如实回答:"回禀皇上,染贵人的贴身宫女暗香慌慌张张地找奴才。午膳准备妥当后,暗香刚回寝殿要扶染贵人用膳时,却发现房内空无一人,染贵人的贴身衣物首饰都消失不见,还留书一封,书上写跟皇上有缘无分,来生再见。""荒谬!"谢恒溪大怒,"朕的妃子说走就走,宫里的守卫呢!全是废物吗?"

简竹从怀里掏出几本书,书名十分耐人寻味——

《皇宫生活无趣之出走有锦囊妙计》《总有那么几天想出宫走走新编》《世界那么大,臣妾想出去看看》。

"这些书是从染贵人宫中搜到的。"

表面盛怒内心吐槽的谢恒溪:舒墨平日都在看什么?

适时,左怀宗上前一步,恭敬禀告:"皇上,染贵人早有异心,不宜留在后宫暗藏隐患。"

其他大臣乘机应和,七嘴八舌,让人心烦。

"简竹。"谢恒溪的声音低沉,似乎颇不耐烦。

"奴才在。"简竹恭敬地等待吩咐。

"你加派人手,务必要将念儿找回来,如若不然,唯你是问。"

简竹恭敬领命，迅速离开。

此刻，偌大的御书房内气氛十分压抑，官员们个个战战兢兢，紧张难熬。

直至谢恒溪冷冷开口："念儿这次出逃，可有你们一半的功劳。"他一开口，就甩了一个锅给他们背，"她一介弱质女流，在宫里委屈受气就算了，还被冤枉入狱受刑，现还要受你们的谩骂和排挤，成为千古罪人，我可怜的念儿，肯定是不想让朕为难，所以偷偷离开。"

官员们缄默。

谢恒溪冷笑，满脸怒容，失望地甩袖离开，徒留一个身躯伟岸的背影。

谢恒溪出来后，简竹早就在外等候："皇上，染贵人已经安全到达十里亭，现在赶过去的话，还可在天黑前赶到会合。"

"立刻准备朕的宝马。"

简竹公公得令，立刻暗中准备，谢恒溪换了一身简易轻便的锦衣，顺着隐秘的地道偷偷溜了。

谢恒溪对外宣称：因大病初愈，爱妃染念却不知所终，郁结于心，无心朝政，暂且在宫外别院休养，在未找到染贵人前，谁都别来烦他。

翌日早朝，简竹公公大声宣读皇上的留言，大臣们无法想象一向稳重的皇上竟如此"任性"地"罢工出走"。

果然还是红颜祸水。

舒墨听完整个事情的经过，感叹皇上的演技又好了几分后，"泪流满脸"地哭诉："皇上，您真的不是在抹黑臣妾吗？"估计大臣们对她的恨又多几分了。

"哪有，爱妃身娇肤白，怎么会舍得抹黑呢？"谢恒溪调侃道。

舒墨为他的厚脸皮震惊，这才注意到简竹没有跟来，估计是留在宫里跟大臣周旋。她看着外面夜幕下繁星点点，再不找地方住下，恐怕就要露宿野外，可住哪儿去哪儿不是她说了算，一双眼睛滴溜溜地看着谢恒溪："皇上，我们今晚要住哪儿？"

"好地方。"谢恒溪如是说。

小熊和暗香二人立刻驱赶马车，朝着目的地奔去。

起初，舒墨还是有一丢丢期待，毕竟皇上出巡都是住最好的、吃最好的。

然而她还忽略了一点——除此以外，要玩最好的。

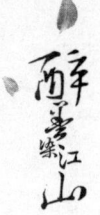

此刻,谢恒溪和舒墨两个人乔装打扮一番后,来到城中最大的酒楼——淮陵楼。

故地重游,舒墨心中也是感慨良多。

淮陵楼属于高消费场所,出入的都是达官贵人公子哥儿,舒墨已经去过两次,可都没时间好好看清楚里面的摆设和装潢,仔细观察,果然比一般的地方高雅不少,附庸风雅的字诗画不少,甚至有些还是名品,每一位姑娘都有一技之长,虽在风尘之地,却仍出落得水灵动人。

哟,怪不得生意这么红火。

舒墨乔装打扮成一个病弱公子,谢恒溪则是纨绔子弟,两个人暂时是表兄弟关系。

他们刚一进去,便有伙计热情引路,带着他们来到一处空桌子前坐下:"请问两位公子如何称呼呢?"

谢恒溪不耐烦地皱着眉头:"我就喝个酒,还要查户口是吗?"

伙计立刻赔不是:"当然不是,紫嫣、摘月你们过来,好好陪两位爷喝喝酒聊聊天。"

紫嫣是一个冷艳的姑娘,淡紫色碎花水纱裙衬得身材凹凸有致,精致的鹅蛋脸上化着清淡的桃花妆,一双桃花眼上翘,轻轻一眨,便能勾人魂魄。

而摘月则属温如玉、柔如风的温婉女子,素白的百褶裙穿得不染凡尘,粉唇如桃瓣,笑如春风。

舒墨看着熟悉的面孔,不由得一惊,这不就是与她一同竞争"兼职娘娘"之位的月仙宫的圣女摘月。

难道她也是谢恒溪的探子之一,或许,舒墨内心有一道反驳的声音,或许,只是巧合,可能月仙宫跟花容教一样财政出现赤字,需要圣女外出兼职……

然而,两个人暗中互动,摘月给了谢恒溪一个"皇上你来了"的眼神,果然世事无巧合。

舒墨有一种被排挤的感觉,不知道从哪里来的闷气,猛然拿起面前满上的酒杯,一饮而尽。

得知自己不是唯一,只是其中一个探子后,心中既郁闷又难受,看谢恒溪也不是那么顺眼了。

杯空了，紫嫣适时地给她斟满。

谢恒溪见舒墨一杯接着一杯地喝，脸颊已经泛着红晕，清明灵动的双眸逐渐变得迷离，他一把抢过她的酒杯，居高临下地看着她："别胡闹。"

舒墨噘了噘嘴巴，眼睑微垂，温顺的模样既像撒娇又像受了委屈："我才没有胡闹，表哥，你说我们出来玩，不就是寻开心嘛！"

她才是在做蠢事吧？谢恒溪真想连人打包回客房，问一下她到底受了什么刺激。再多喝一杯，舒墨就自己把自己灌趴下了。

酒量浅就别牛饮，谢恒溪望着她的眼神无奈中带着宠溺，真是不让人省心，跟摘月秘密地约定好相见时间后，就扛着她回客房。

房间内烛影摇曳，清淡的香气萦绕不散，雅致的摆设装饰恰到好处，丝质被褥柔软细滑，谢恒溪轻轻地将她放在床上。

午夜时分，月黑风高，云淡星稀，一抹黑色影子如蛇形而入，谢恒溪走到桌边，确定没有吵醒舒墨，才对黑影低声道："说吧。"

来访的黑影便是摘月，当初面试时，首先是选一个宫中密探，其次是要安插一个探子在淮陵楼中收集情报，摘月温和的性子很合适。

摘月认真汇报情报："自从皇上宠幸染贵人后，一直有小人在暗处散播您荒淫无度、无心朝政，甚至愚笨无能，被妃子毒害还茫然不知……"

谢恒溪满头黑线，真要说得那么详细吗？

简而言之，老百姓给了谢恒溪差评。

"还有吗？"谢恒溪脸上毫无感情波动，不太在意。

摘月暗暗安心，至少流言不可信，从腰间掏出一张小字条："这是下一次秘密集会的时间和地址，上面有部分参与官员的名单。"

接过字条，直接将其塞进衣袖里，谁有谋反之心，他大概能猜出一二。如果凭着这些证据，倒可以扳倒贺鼎，只怕他狡猾如狐，早就留有后手。

交代完后，摘月犹如一抹黑影消失在夜色中。

夜幕如宣纸染墨，月影朦胧，繁华热闹的街道灯影交错，在阴暗的小巷角落里，三道黑影在低声密谈。

这三道黑影便是舒墨、谢恒溪和简竹。

舒墨猜想，谢恒溪出去安排便是跟简竹会合，得到一个高手助力，行事也会事半功倍。

简竹跪在地上,恳求道:"此行危险,还望皇上三思。"

舒墨也觉得谢恒溪有些胡闹,哪有皇帝这么任性,要深入龙潭虎穴亲自捉逆臣贼子?万一有什么差池,那如何是好。

谢恒溪双手负在身后,举目望向远方,神情肃穆:"朕只想看看,当他们密谋造反时,看到朕,有没有半分羞愧,在他们的心中,还有没有朕这一个国君?"

虽然当场"打脸"很爽,可是这真的太危险,万一他们得知东窗事发,干脆一不做二不休地狠下杀心,肯定会拼个你死我活的。

脑海里突然出现谢恒溪满身染血的画面,舒墨也忍不住开口劝他:"皇上,他们既然有谋反之心,就不会手下留情,万一被他们捉住……"

可是谢恒溪心意已决,他年少登基为帝,自认为勤政为民、爱民如子便可令国运昌顺、国泰民安。可实行起来处处受到阻拦,起初感到挫败无助,待他明白时,才知原来有人从中作梗。他嘴角噙着一抹冷笑。

先帝认为贺鼎是人才,留下他辅助年少的谢恒溪管理朝野,没想到结果却是……

根据摘月的打探,逆臣密会的地点便是天渊雅阁,表面上这是供文人学士吟诗作对、交友会文的雅阁,实则是逆臣贼子密谋的窝点。

三个人躲在暗处观察,等候许久,仍没看到有熟悉的面孔出现。

难道是给错了时间,今夜并不是他们密会之日,或许他们发现事情败露而改了时间?

谢恒溪剑眉皱起,一时之间进退两难。

夜凉如水,月稀云淡,繁华的街道逐渐变得冷清寂静。闲逛之人三三两两散去,舒墨无聊地打了个哈欠,天渊雅阁仍灯火通明,看来还要等上一段时间。

谢恒溪仍目光坚定地等待猎物出现,简竹随侍身旁。舒墨揉了揉疲惫的双眼,一抹鬼鬼祟祟的身影出现,来者正是左都御史沈秋池,名单上的名字之一。

看来猎物终于出现了。

只不过身影也只是一闪而过,如果不是他太过小心地东张西望,舒墨也不会发现他:"皇上,刚刚你看到了吗?"

他们三个人一直在盯着天渊雅阁的正门，没想到竟然还有别的入口，守候到现在，应该想到才对。

"简竹，你去跟着沈秋池，我跟舒墨从正面进入，打探里面的情况。"

"不，奴才要跟着皇上，如果遇到什么危险，奴才也能第一时间保护皇上。"简竹跪下，大有如果谢恒溪不答应就不离开之势。

时间紧迫，如果再不跟上沈秋池的话，就会失去重要线索。

"简竹，朕能保护自己，但是如果你再不行动的话，这一直以来的努力就白费了。"谢恒溪说得认真，简竹无可奈何之下，只好嘱咐："舒姑娘，请你一定要保护好陛下。"

舒墨感到压力巨大，虽然自己轻功了得，可其余的只是三脚猫功夫，也只好硬着头皮答应下来，唉，谁让她是全能兼职呢？

两个人换下了一身夜行服，换上了锦服，身份仍然是外地来的富商公子哥儿，谢恒溪吊儿郎当地摇着纸扇，舒墨跟在身后。

他们进去时，被守门的书童拦住。

"请问两位公子有没有收到雅帖？"白衫书童恭敬地问道。

谢恒溪挑眉颇不耐烦："爷要去的地方，还需要雅帖吗？表弟。"

听到"表弟"两个字，舒墨条件反射地掏出了一大沓银票，这银票她都还未焐热，十分不舍地掏出几张："小兄弟，我家表哥最崇拜文人学士，听说这里聚集的是最有才华学识之人，只想进去讨教讨教，小兄弟你就行个方便怎么样？"

小书童有些为难，正在进退为难时，天渊雅阁的管事出来了。

他礼貌而谦和地问道："请问两位公子有何要事？"

管事名叫裴玄，是个三十岁左右的温雅青年，上翘的唇角和气得很。

谢恒溪举手作揖，客气道："不才早就听闻天渊雅阁大名，今日慕名前来，只想一睹风采，以文会友。"

管事见两个人锦衣华服，谈吐不凡，倒不是粗鄙之人，也不多做阻拦，伸手做了个请的手势："相逢即是缘，两位公子请。"

天渊雅阁顾名思义便是"学识渊博""典雅尚德"之意，一座三层楼阁在小桥流水、假山闲庭环绕中巍然屹立。在朱门前龙飞凤舞地题上"天渊雅阁"四个字，神韵超逸，遒劲有力。

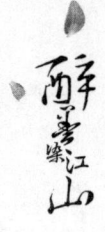

许是受圣贤书的熏陶，刚一入内，浓厚的书卷香气扑面而来。

管事热情介绍："这里藏书上万，独立书房共有三十多间，不同的书类按不同的楼层划分，这样有共同爱好的文人则可以一起研讨探究，不过第一层则时常举办诗画展览，只要对自己的作品满意都可放在这里供别人评赏。"

这里的格局，时常出入这里的人……谢恒溪有太多的问题要问了。

谢恒溪摇着纸扇，装作有趣地参观着，第一层楼中果然挂着不少或风雅或癫狂的画作，倒是平添了不少清幽风雅的韵致，内里有三三两两的文人在低声点评，安静且庄严。

管事因有事先行离开，让他们慢慢参观，最后，管事意味深长地告知："在雅阁的东南方有一个名为'珍书阁'的书房内珍藏了不少绝本，公子应该会喜欢。"

谢恒溪正想追问时，管事已快步离开，徒留两个人思量着他话中的意思，舒墨说出疑点："那个装管事行走脚步轻盈，应该是习武之人。"

习武之人，必定跟江湖有所关联。

谢恒溪思考片刻后，缓缓开口道："我们去这间书阁搜搜。"虽猜不透他的用意，是好心还是想瓮中捉鳖，可不入虎穴焉得虎子？

"皇上，不如……"

"嘘。"谢恒溪拉过她，两个人躲在阴暗处，与夜色融为一体。

杂乱的脚步声从前方传来，故意压低的声音掺着无奈："左大人，你说这次皇上到底要胡闹到什么时候？为了一个低贱歌姬竟然不管朝政，真是寒了我们一群臣子的心。"伴随着一声叹息，"相比之下，那位大人就靠谱多了。"

那位大人，一猜便能猜到。

左怀宗泰然自若道："那是，梁都尉你能这么想当然最好，我们这么做也是为了天下百姓，如果再让皇上荒淫无度下去，必定国将不国。边外毛贼来犯，皇上只顾着美人还被下毒，完全不管百姓生死，幸亏那位大人及时解决，这才没造成生灵涂炭的局面。"

另外一位官员附和道："不但如此，也不看看皇上怎么对程大人和柳大人的？还有那天在御书房内对我们的责备，长此下去，也肯定胡乱判罪，人人自危。"

这位附和的官员便是张少卿。

言语间，透露出对当朝执政者的诸多不满，可看他们脸上露出的奸诈得意的表情，与忧国忧民相去甚远。

梁都尉继续道："最近那位大人有计划在军部安插人进来，据说是从武林中挑选而来，这事我们得拉拢拉拢萧将军，可老将军是个死脑筋……"

左怀宗满不在乎道："萧老将军也到了告老还乡、享儿孙福的年纪了。"

"那是，还有程阁老，也是食古不化之人。"张少卿嘻嘻笑道。

三个人闲谈的话语越来越过分，甚至觉得自己翻手覆手间便能颠覆朝政，十分狂妄自大。

舒墨安慰地紧握谢恒溪的手，只想借此能让他平复心中的愤怒。

感受到温厚的大手反握，舒墨反倒感到有些不好意思，想挣脱，却被紧握住。

他们越行越远，在珍书阁前停下，在门前谨慎地轻敲三下才悄悄进去，清冷的月光照射下，里面聚首的除了刚才三个人，还有以沈秋池为首的四个人，唯独少了主角。

谢恒溪和舒墨跟随而至，简竹从暗处跳出与他们会合，谢恒溪看着他们顷刻间便从珍书阁消失，便知道里面有密道，沉着脸神情肃穆，这下就可将他们一网打尽了。

"简竹，你去通知纪提督过来。"谢恒溪吩咐。

简竹领命，立刻去办。

谢恒溪和舒墨则悄悄地推开珍书阁大门，乍看之下，这里与其他的书房并没有多大区别，四面藏书，中间一张梨木桌上放置着文房四宝，两个人仔细找暗房机关，可是找了许久，仍不知道在哪儿。

他们贸然进入会不会触动什么机关通知他们已经被发现，从而偷偷跑掉，这样当不是白忙一场？舒墨见谢恒溪仍十分努力地找开关，知道他并没有放弃。

舒墨也只得认命地一本书一本书挪开仔细查找。

突然一阵异味飘然而来，很淡很轻，如不仔细留意还真会忽略过去，舒墨心头有种不好的预感，这种气味非常危险。

"皇上。"舒墨轻声叫唤，额上渗着冷汗，神情十分紧张，"我们不能

再找了,要赶快离开。"

"你怎么了?是不是发现了什么?"许是她惊恐的表情太过真切,他想,难道她在他不知道的时候发现了些什么吗?

空气中飘来的气味越来越浓烈,就连谢恒溪也嗅到了。

时间紧迫,舒墨拉着谢恒溪踏着轻功,在同一瞬间,在他们身后突然响起一声猛烈的爆炸声,整个珍书阁火光四射,大火熊熊烧了起来,照亮了半个夜空,甚是可怕。

虽然逃离及时,可还是被余震震出几米远,谢恒溪紧紧地护着舒墨,如果没有注意到炸药味,他们两个人早就被炸得粉身碎骨了。

（十一）武林大会

惊天的声响，滔天的火光，整个天渊雅阁顷刻间被大火吞噬，化为灰烬，漫天的烟尘飞扬，城中的百姓纷纷赶来救火救人，可这也是徒劳的。

当简竹与纪闵赶到时，不敢相信地看着眼前的一切，离开时本就胜券在握，顷刻间，便胜负颠覆，重新洗牌。

或许是皇上这边损失惨重……

简竹傻了眼，不顾一切地往里面冲，扑到熊熊烈火中，幸好纪闵及时将他拉住，才没有变成烤鸭。

"皇上！"简竹眼睛变得通红狰狞，跪在地上狂吼嘶喊，如果他能早一步，如果他执意保护在他身边，或许皇上便能平安无事。

"皇上，让奴才下去地府伺候您！"简竹抽出腰间的剑，果断地往脖子上一抹，纪闵眼明手快地抽走他的剑，一脚踹趴下他，让他看清楚前方到底是谁。

谢恒溪出现时的样子十分狼狈，烧焦的头发散乱披落，满脸乌黑已看不出五官，唯独双眼明亮锐利，衣服烧毁了一半，袒露的地方也被轻度烧伤，舒墨虽比他好些，可纱巾蒙面，衣衫破烂，也着实好不到哪里去。

至少，人没事，算是不幸中的万幸。

简竹立刻从地上爬起，过去搀扶谢恒溪，舒墨差点儿被简竹挤倒，十分不满，虽然她不是他家主子，可是若不是她，谢恒溪早就变成烤鸭了！

当时虽然躲过了爆炸中心，可仍被余震所伤，随后火势蔓延迅速，两个人想尽法子避开火舌，这才惊险逃出。

放松后，浑身的疼痛袭来，舒墨呻吟一声昏倒过去，在失去意识的瞬间，

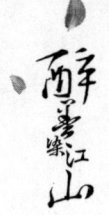

一双强有力的臂弯紧紧将她搂在怀里,谢恒溪看着舒墨身上的伤和面纱下被大火烫出几个小洞洞的面具,脏兮兮的仿佛掉到泥坑里一样,也是心疼得紧。

简竹看着皇上眼中的柔情,莫非皇上动了真情?

"先回别院。"谢恒溪嗓子微哑地吩咐道。

简竹唤来一辆马车送两个人回别院,纪闵继续留下收拾烂摊子。

皇家别院,贤德避暑山庄内。

寝宫外室,谢恒溪坐在中堂,简竹伺候在身旁,在他身前纪闵正恭敬地汇报情况。

气氛有些凝重,舒墨自然地坐在谢恒溪身旁。

纪闵不着痕迹地打量着舒墨,这位就是魅惑皇上、令其流连后宫不上早朝的染贵人,就近一看,的确国色天香,倾国倾城。

"咳咳。"谢恒溪不满地提示他,这小子吃了豹子胆了?竟然敢盯着他的妃子看。

纪闵立刻收回目光:"启禀皇上,昨日天渊雅阁爆炸一事臣仍在调查当中,起因暂时不明,最先发生爆炸的便是珍书阁,随后其他埋着炸药的地方也一同爆炸,现整个天渊雅阁已被烧成灰烬。除此之外,在珍书阁内发现了七位大臣的尸首。身份已确认,分别是吏部侍郎左怀宗、左都御史沈秋池等大臣。"

谢恒溪脸沉如炭。

本以为能捉住贺鼎谋反的证据,其实这些却是引他涉险的诱饵,其目的不言而喻。

"调查过天渊雅阁谁是东家吗?"

纪闵回答:"一个不起眼的富商,在昨日爆炸中一并烧死。"

昨夜,带他们进去,并给他们指路去珍书阁的是阁里的管事,十分可疑。

"那天渊雅阁的管事呢,他名叫裴玄。"

纪闵有些疑惑:"天渊雅阁的管事前段时间告老还乡,管事一职暂且空缺。"

"门前迎客的小书童呢?"

"天渊雅阁从未安排书童在门口迎客。"

听到纪闵的回答,很显然,对方早就知道他会来,并且早就安排人来引导他，而他竟然傻乎乎地上当了！

谢恒溪不忿地紧握扶手，青筋暴起，盛怒至极，突然一双滑嫩细白的小手轻轻握住他的手，仿佛一阵春风拂过，渐渐平息了他的怒气。

"纪提督你继续彻查此事，有什么最新进展立即向朕汇报。另外，朕出现在天渊雅阁一事还需隐瞒，就当朕从未出现过，一直在别院休养。"

"是，臣遵旨。"纪闵领了任务，便继续去调查天渊雅阁一事。

而留给谢恒溪的是这个烂摊子还有该如何解决那七个逆臣，如若要定罪，证据早已烧毁，而且他们聚集在一起表面看只是一起探讨书文绝学，这也是臣子间常有的活动。

这一回合，谢恒溪完败。

谢恒溪沉着脸闭目沉思，周身气压极低，气氛也压抑得很。霎时，一缕清风伴随着袅袅花香拂过，一室馨香。

"皇上，不如出去散散心，如何？"舒墨心想，她真是个全能兼职，皇上的心理问题也能同时兼顾。

"好。"

室外，举目望去，青翠的山峦四面环绕，凌空的阁楼，朱色的廊道别具一格，麻雀、百灵鸟停息于阁顶，传来清脆的鸟鸣，朱色长廊在碧波荡漾的荷花池间迂回曲折，别有一番风味。

然而，这片刻的宁静却被打扰。

一抹素白的身影飘然而至，摘月突然来访，她恭敬地作揖："参见皇上。"

"可有什么情报？"

摘月眉头紧锁，面容肃穆："近日，一年一度的武林大会举行在即，参加的人数比往年多了几倍。暗中查探之下，发现有一部分门派得到贺鼎的承诺，只要在这次武林大会中胜出，成为武林盟主，不但赐予黄金万两，还可扶持成武林大派，好处多多，且开出很多诱人的条件。"

又是贺鼎，真是阴魂不散。

朝廷跟江湖本就互不相干，贺鼎这么做的用意到底是什么？

谢恒溪想起那日偷听，贺鼎想在军部插入江湖中人，江湖中人难管，不易管束，这不就是吃力不讨好吗？

"摘月姑娘你继续密切关注，有什么异动立刻通知朕。"

比起朝廷之事,江湖事更能吸引舒墨的关注。

身处江湖,自然多关注些。

当然,作为一教圣女,舒墨自小的自尊心就极强,却因在"各教圣女排行榜"被评为最后一名,成为各教圣女中的笑话,令花容教蒙羞,让她脆弱幼小的心灵受到极其严重的伤害,自此,她就十分关注各种排行榜。

并且对第一名嗤之以鼻,对最后一名产生深厚友谊。

许是舒墨想得太过专注,就连暗香捧着桃花酥来还未回过神来,谢恒溪拿着一块桃花酥放在她的唇边,低声轻笑:"爱妃,你不吃的话,朕就要吃了。"

舒墨樱唇轻启,轻轻咬住:"臣妾吃。"

"刚刚想什么那么入神?"

"臣妾在想,今年的武林大会,花容教会不会参加,反正也就只是重在参与。"舒墨无所谓地耸了耸肩,花容教武功平平,这是全武林皆知的。

既然舒墨是江湖中人,江湖情况会更清楚一些:"爱妃,江湖门派中,哪位大侠有机会成为武林盟主?"

"武当派的孟书文、青城派的苏翊。"龙飞天是给钱买的排名,武功深浅尚且不知。

"有多厉害?"谢恒溪思索了一会儿后,"跟简竹相比呢?"

"简公公武艺超群,可他们也出类拔萃,大概是平分秋色。"其实舒墨也是在猜,武林高手真功夫要比过才知。

"爱妃,想不想加薪?"先抛诱饵,让小财奴上钩。

"想。"有了银票,她就可以做更多精致高超的面具,那样师父他老人家就不会再说她败家了。

"当然,朕也很想给爱妃加薪,只要爱妃能参加武林大会,想要什么尽管说。"皇上果然豪爽,不愧是她看好的移动宝库。

参加倒是可以参加,可是……"皇上,臣妾得不到武林盟主之位。"别对她期望太高!

"朕也不想爱妃受伤,只要帮朕观察哪个门派有异动就行。"碧波上,一尾锦鲤缓缓游离,潜入水中。

观察任务完全可以胜任。

五月初七，武当山。

武林大会举办地点根据抽签决定，武当抽中，成了举办方。

武当山下热闹非凡，来自各门各派的弟子在山下落脚歇息，赶集的老汉大声吆喝，小商贩热情招呼，一派繁荣景象。

在茶摊里，娇俏的少女蒙着面纱，举手投足间都带着韵味，让人想要一睹芳容，与少女同行的是一个憨厚的青年，相貌不俊，却也不难看。

这两个人便是舒墨与谢恒溪。

舒墨代表花容教参加武林大会，而谢恒溪则作为她的随从同来。

比试的擂台还在搭建中，不过已剩收尾的工作，乍一看去擂台结实宽广，既能让人施展拳脚，也能让台下的观众看得清楚，在擂台的前方设有评委席，供德高望重的江湖元老入座，整个比试场地，足够容纳上千人。

哟，武当还真是财大气粗啊！

比试明日才开始，舒墨带着谢恒溪到处闲逛，担任讲解之职。

"哟嗬！"一群小和尚表情严肃且嘶喊着口号跑过，舒墨解说："这是少林寺弟子，参加比试的是圆德大师，刚刚跑过的估计是弟子在宣传，吸引更多人加入少林寺。"

作为主办方，武当更是当仁不让。

孟书文带着一众弟子，一字排开，练习武功。

那气势、姿势、台风，果然不愧于他的排名。

在他周围，不少妙龄少女捧脸做花痴状。

不得不说孟书文的形象改变甚大，在十里亭外见到时，还一副被情所伤的痴心汉模样，今日再遇，变得沉稳持重，如一块被打磨发亮的宝石。

"你还要盯着他看到什么时候？"许是舒墨过于专注地盯着孟书文，谢恒溪很是不满。

"阿福。"谢恒溪所戴的面具，便是花容教侍从阿福的"脸"，舒墨给他讲起江湖八卦，"在骆碧璇还没有入宫前，孟书文就疯狂地追求她，骆碧璇入宫后，他仍然是苦苦等待，却得知她竟然死了，变得消沉癫狂，那日我在十里亭外碰巧看到他，他想为她复仇。"

"他不会认为是朕……我杀了骆碧璇吧？"

"正是。"舒墨一脸"这就是你欠下的风流债"的贱贱表情。

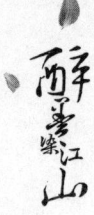

"不过也有可能是刺杀皇上的难度系数太高,无可奈何之下只好放弃也说不定。"虽然已乔装打扮改头换脸,可也难免会被发现,仍要小心行事。

"小墨。"一道中气十足的叫声让舒墨停住了脚步,从远处走近的男人相貌堂堂,剑眉星目,身材魁梧,穿着一身暗黑色的劲装,越发衬得精神焕发。

"姑父。"舒墨快步迎接,笑逐颜开。

这位姑父便是商金金的丈夫韩成千,现任武林盟主。

"今年你师父派你来,是他老人家不想被打败丢脸吗?哈哈哈。"韩成千慈爱地揉了揉她的头,感叹,"小墨也长大了,真是出落得越来越水灵,有对象了吗?姑父看苏翊这小子不错,你不是也蛮喜欢他的吗?要不要姑父从中牵线?"

苏翊是从哪里蹦跶出来的小子?"咳咳。"谢恒溪表示他现在十分不满。

舒墨朝他挤眉弄眼:姑父你不能坑队友!

"有什么害羞的?男大当婚女大当嫁,一切包在姑父身上。"韩成千胸脯拍得啪啪响。

"圣女,走吧。"谢恒溪挑眉,他已经忍耐到了极点。

胡闹!随从竟然跟大爷似的骄横跋扈,今天就由他教训教训,韩成千想出口喝止,却只见舒墨顺从乖巧地跟在他身后,就差没摇尾巴。

韩千还未出口的话哽在喉间,该不会小墨的相好就是那个随从?一瞬间有种自家的宝贝被偷了的错觉。

都怪姑父太八卦,若被谢恒溪认为堂堂花容教圣女竟然没人追求,她可是很没面子的。

"皇上,我们要去哪儿?"两人穿过平矮的楼房,来到蜿蜒曲折的小径,一片油竹蔽日,苍翠幽静。

"打探敌情。"谢恒溪绝不承认他迷路了。

"会打草惊蛇的。"舒墨一惊,难道谢恒溪戴上阿福的"脸"后,智商都降到阿福的水平了?

"如果被人发现了,就说迷了路吧。"

哦,原来英明神武机智过人的皇上迷路了。

"如果对方不信呢?"

"闭嘴!"

清风劲吹，碧绿的竹叶沙沙作响，窸窸窣窣声中夹杂着缥缈的说话声，两个人对视一眼，立刻轻身翻越到小山坡后，前方两名男子在低声交谈。

舒墨认得，其中一个人是苏翊。另外一个人恭敬地等候吩咐。

苏翊身穿月白色长衫，衬得人高挑秀雅，面如冠玉，双眸如星，薄唇微微上翘，扬起一抹慵懒的笑意。

"你去调查一下孟书文。"

"是。"男子领命后，身形一闪，消失了。

苏翊伫立在原地片刻，淡然道："两位朋友，不打算出来打个招呼吗？"

舒墨跟"阿福"落落大方地从小山坡后缓缓走了出来。

"苏少侠久仰。"舒墨浅浅一笑，千娇百媚。

男神果然俊伟不凡，风流潇洒。

"花容教的圣女。"苏翊眼睛半眯，她出现在这儿，是巧合还是故意？

在静默间，舒墨又走近了几分，眼眸中藏着狂热："其实我是特意来寻你的，苏少侠英俊潇洒、风流倜傥、风度翩翩、气宇轩昂、玉树临风、武功高强，希望能跟少侠成为交心知己。"

苏翊默默后退一步。

舒墨露齿一笑，笑眼眯眯："当然，如果少侠不介意的话，我们更可以来一场风花雪月的旷世绝恋。"

苏翊十分戒备，鉴于"江湖最受欢迎男少侠排行榜"一出，他上茅厕被埋伏、饭菜被偷吃、床上被睡过……

往事不堪回首，苏翊踏着轻功，迅速离开。

舒墨松了口气，幸亏她聪明，将苏翊给吓跑了，要不然真要追问起来，回答什么理由都不合适。

然而她忽略了身边之人，空气中似乎飘浮着酸气，谢恒溪啧啧两声："没想到你喜欢这种唇红齿白的小白脸。"

"那是逢场作戏！"虽然苏翊是她心中完美的人，可是在谢恒溪面前她却感到十分心虚。

"那爱妃对朕也是逢场作戏吗？"谢恒溪明知故问。

舒墨左右为难……难道他们之间不是一直在做戏吗？可是如果有胆子敢回答"是"的话，她肯定会被虐得很惨很惨的。

舒墨深沉而又坚定道:"当然不是,臣妾可是十分敬业的。"

哼,敷衍。

翌日,晨曦初露,嘈杂喧闹声不绝于耳。

武林大会举办当日,所有武林中人聚首武当山,人山人海,场面浩大,舒墨与谢恒溪拿着一面十分没气势的写着"花容教"三个字的教旗站在各大门派中间,显得十分渺小。

比试前,武当掌门豪气万丈中气十足地宣读比试精神。

趁此期间,舒墨眼睛四处乱飘,据摘月的情报,贺鼎承诺只要得到武林盟主之位,便会有所赏赐,如若这样,为何不直接光明正大地宣告天下,让更多有能力者争夺此位?

不知不觉间,武当掌门偷梁换柱,宣传起武当的牛气历史,直至韩成千适时打断,这才讪讪地宣布比试开始。

在那一瞬间,舒墨感受到数道炽热的视线暗里紧盯着她,可是当她猛然转身张望的时候,却只余喧闹与杂乱。

在花容教旁边的是食神教、拳脚派、红粉宫等小派别,他们并没有什么异常。

舒墨与谢恒溪对视一眼,谢恒溪脸色凝重地点点头。

那应该不是她的错觉。

这里高手如云,她在武功方面就是个渣渣,怎么保护皇上?

舒墨这才意识到两个人来参加武林大会欠考虑了。

"别怕,简竹和影卫在暗中保护我们,我们只需装作参加比试就好。"谢恒溪俯身轻言,温热的气息传来,让舒墨安心不少。

比试采取抽签形式,每一个参加比试的人都有一个号码,抽中同一号码的两个人便成为对手。胜出者可以参加下一轮,轮到最后,只剩下一位选手后,便可挑战上一届武林盟主。

第一场比试是神龙派龙飞天对战孤城教的狐娘。

台下人头攒动,舒墨和谢恒溪被挤到了角落。

擂台上,两方对峙,气氛紧张。

龙飞天率性洒脱,柔滑墨黑的发丝随风飞扬,俊美阴柔的脸上噙着一抹放荡不羁的微笑,赤黑色长袍光亮华丽,这份亦正亦邪的美,硬生生地将狐娘的娇媚比了下去。

神龙派是后起新秀，龙飞天更是横空出世，武功、背景更是个谜。

第一场比试龙飞天胜。

一瞬间，龙飞天又涨了不少花痴粉。

第二场比试是万众瞩目的孟书文对苏翊。

他们两个人能同时被抽中，真是命运的对决。

擂台上，凉风劲吹，衣衫猎猎，两大高手巍然不动。

台下观众屏息静候，舒墨不由得紧张起来，到底谁会先出手？在电光石火间，一道剑光闪现，直直刺向苏翊脑门，苏翊取下腰间玉箫，举手挡下，两个人身形极快，互不相让。孟书文一招一式出神入化、炉火纯青，而苏翊招式路数则变化多端，深不可测，颇有大战几百个回合的架势。

明明观众的目光都投注于台上两个人的对决，舒墨却能感受到一道视线紧贴她身后，许是太过炽热，谢恒溪也知晓，从武林大会开始到现在，那目光一直盯着他们。

谢恒溪的身份是秘密，花容教参加武林大会也属正常，并没有异常之处。

就一个愣神，台上两个人已分出胜负，苏翊受伤，跌倒在地，孟书文获胜。

谢恒溪眉头锁起，低声道："孟书文使诈了。"

在下擂台前，孟书文眼光扫向台下时，三个人目光对上，许是孟书文的目光太过复杂诡异，让他们无法忽略。

一抹不安爬上心头，或许现在立刻离开比较好。

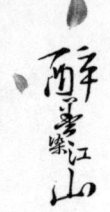

（十二）风流债

孟书文有问题。

他想为骆碧璇报仇，成为武林盟主便可拜入贺国师门下，借此机会接近谢恒溪。这倒是能说得通，可是贺鼎的行为太过诡异，让人不得不防。

许是刚刚两大高手对决十分精彩，以至于接下来的对决反响平平，午时已到，比试暂停，各门派弟子一窝蜂地拥去武当食堂……

被皇宫伙食养得嘴刁的二人，正思考着该不该让暗中保护的简竹去寻些美食来。

这时韩成千成了救星。

"小墨，好久没跟姑父一起吃饭了。"韩成千朝她挥手。

能蹭饭，舒墨当然愿意。

作为武林大会的最高权威——武林盟主的伙食自然不差，可与皇宫相比，还是有天壤之别。

舒墨给韩成千布菜，心想既然姑父是武林盟主，自然知道些比较隐秘的江湖事："姑父，你知道最近贺国师要介入江湖势力吗？"

谢恒溪竖起耳朵细心倾听。

此事韩成千也早有耳闻，在他还未成为武林盟主前，江湖便有一只无形的手在操纵，当时他不知，现经调查后，怀疑背后之人便是贺鼎。

拈花秀斋便是贺鼎一手培养的。

"据闻，只要他看中的门派中能有人成为武林盟主便可得到他的赏赐。"舒墨嘟了嘟嘴巴，"他怎么就不看好花容教呢？"

韩成千无奈一笑："小墨，被他看上可不是好事，更何况，我怀疑他打着这个幌子，暗地里却另有目的。"

"什么目的？"谢恒溪适时地插话，以上位者的姿态询问。

为了不让小墨难做，韩成千的暴脾气一忍再忍，没好气地讲解："最近，孟书文跟贺鼎走得很近，而且从他那里学得旁门秘术，他跟苏翊对决时，趁他不注意时，使了诈。"

舒墨不解："那姑父你为何不揭发他？"韩成千可是评判之一。

"因为孟书文使诈之后，苏翊也招呼他很多凶狠的暗招，两个人明的暗的都铆上了，倒是有人暗中伤了苏翊，才会让孟书文得手。"

"那贺国师跟武当暗中勾结的话……"舒墨推断得出，看来这武当也不安全，如果被贺鼎得知谢恒溪乔装打扮出现在这里，那么就如瓮中捉鳖。

韩成千不禁有些担心："小墨，比试要多加小心。"

"嗯，遇到棘手的对手，我就主动认输好啦。"舒墨调皮眨眼，打不过就跑。

午膳时限已到，比试继续，韩成千需要回去当评判，分别时，谢恒溪暗暗塞了张字条给他。

舒墨本想回到比试大会中，谢恒溪则拉着她来到先前误入的竹林内。

竹林清幽无人，苍绿茂盛，正是密会的好地方。

"简竹。"

谢恒溪话音刚落，一抹白色的身影飘至身前，恭敬地跪在地上听令。

舒墨心想，简竹公公真是神出鬼没，武功深不可测，能不能教教她？

"有何异动吗？"谢恒溪问道。

"奴才根据摘月姑娘给的门派名单去查探，他们的确是得到了贺鼎的命令。"

"还有吗？"

"神龙派的龙飞天就是暗伤苏翊之人。

"武当派跟贺鼎暗中勾结，暗地里似乎有见不得光的勾当，恳请皇上现在立刻跟奴才离开。"

"你暂且退下，朕自有安排。"谢恒溪淡然道，板着的脸并没有太多的表情。

简竹仍然跪地不起："皇上，现在情况越来越扑朔迷离，奴才怕有危险。"

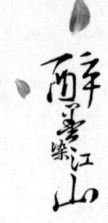

"朕会保护自己,你派两个影卫暗中收集证据,日落时分,再在竹林会合。"

她才不自信呢,就她这三脚猫功夫,简竹公公我们全靠你了!

简竹离开后,舒墨和谢恒溪再次回到大会中,那里依旧人头攒动,十分热闹。

偌大的擂台上,圆德大师笑如弥勒,已做好十足准备,至于对手,武当掌门再次不耐烦地念道:"花容教舒墨。"

这硬生生被砸中的感觉让舒墨有些头大,她该应战还是拒绝,可这容不得她说,站在她身旁的侠士壮汉纷纷让出一条道,让她避无可避。

圆德大师笑容慈祥地看着她,眼神鼓励她上来当沙包挨揍,舒墨皱着小巧的鼻子,不去应战,花容教可会沦为笑柄。

谢恒溪低声嘱咐:"故意输,早点儿结束。"

输是肯定的,武力值相差甚远,她该考虑的是,怎么输得不那么痛与丢人。

站在台上,颇有几分大侠对决的紧张感,劲风吹起,衣衫猎猎,舒墨握剑的手渗出薄汗,生怕下一秒圆德大师猛攻过来。

"舒姑娘,请。"圆德大师颇有风度地让舒墨先出招。

剑光闪动,侧身回转,一抹素白的身影快速靠近,圆德大师微微一侧,机巧地躲过舒墨的攻势,化掌为拳,朝着她的左肩攻去,舒墨跃起后退,险险躲过。

若不是她的轻功还能拿得出手,她一招就被抬下擂台了。

然而圆德大师没有给她喘息的机会,接二连三的攻击让她应接不暇,在想着该怎么认输时,一根银针从她面前飞来,圆德大师内功一震,银针跌落。

银针净白如雪,如不细看无法察觉,一针避过,更多的银针如雪花飘下,圆德大师使出浑身解数,在台下看似是两个人过招,实则是替舒墨挡下银针,舒墨趁机认输,想举报有人暗算。

出这种阴损招数暗算我,吃了豹子胆是吧?

圆德大师及时阻止:"舒墨姑娘,这事不宜举报。"

"为何?"刚才若不是得圆德大师的及时相助,她早就被插成蜂窝了,果然出家人宅心仁厚,舒墨连忙道谢,"多谢圆德大师出手相救。"

"贫僧也是受人所托，特意来保护姑娘的。"

"是谁？"舒墨绞尽脑汁细想，可也就只有一个人选，正想找他问清楚到底是怎么回事时，台下的那个人却不知所终。

台下人声鼎沸，熙熙攘攘，千百个人中唯独没有他。

舒墨心慌意乱地跑到台下，谢恒溪的消失并没有引起周围人的注意，那么他是自愿离开还是被掳走的？

或许他是有事情吩咐简竹，所以暂时离开？舒墨一时捉摸不透，如果他有什么不测的话，不但是朝廷，就连江湖也会动荡不安。更重要的是，她不希望他受伤，她眼角泛着泪光，现在唯有姑父能帮到她了。

可无论怎么向他示意，他仍然无动于衷地坐在评判席上，对她毫无反应，舒墨无法，只好自己想办法。

韩成千此刻也不比舒墨好多少，被银针暗算的除了舒墨，还有他。

比试时，他看到有人竟然暗算他的宝贝侄女，勃然大怒地要喊停比赛找出凶手，正因如此，杀手趁他戒备放松时，也暗算了他，武当掌门及其他评审长老也遭到暗算，银针有很强的毒性，令人失去行动力及语言能力，如果强行运功将它逼出的话，会元气大伤，甚至走火入魔。

此银针通体雪白，毒性奇特，不似是中原之物。

比赛仍在继续，可片刻间，已是翻天覆地的变化。

一定要找到他！这是舒墨此刻心中唯一的念头。她拨开人群，到处乱撞，鲁莽地跑到武当教内胡乱查找，幸亏比试进行中，武当的弟子大都去观战，只有极少人在此留守，舒墨一个厢房一个厢房地找。

越是慌乱，越是毫无头绪。

这一带已经让她翻个底朝天，正准备去隔壁院落找寻的时候，地上一摊深红的血迹引人注目，舒墨手脚冰冷，脑袋更是"轰"的一声炸开。

血迹一直蔓延至小巷，舒墨快步上前，只见一个穿着淡粉色水纱裙的女子满身染血地倒在地上，娇俏的脸上苍白显灰，舒墨连忙将她扶起："摘月，你忍住，我立刻带你去看大夫。"

"咳咳。"摘月吐出一口血，"我的伤太重，救不活。"

的确，她身上中了好几剑，血迹浸染了衣裙，惨不忍睹，舒墨强忍着难过，将她轻轻放平，让她好受一点儿。

摘月捂住还在汩汩流血的伤口，长吁一口气："我得到关于贺鼎想插入江湖势力的情报是假的消息，是他故意引诱皇上来武林大会，所以我立刻跑来通知你们，却在中途遭到了袭击，最后我逃到这里，只是想告知你们……谁知道还是迟了……迟……"

虚弱的气息渐渐失去，摘月的小手失去了活力自然垂下，眼睛轻轻阖上，唇角渗出一抹血迹，片刻间，香消玉殒。

看着她满身血污的遗体，舒墨悲伤难忍，同为探子，她的命运却只能在这里画上终点，现在唯一能让她瞑目的是找到凶手，找到皇上！

舒墨仅离开不到半刻，本是热闹喧嚣的比武之地，变得诡异寂静，在擂台下，无数人躺卧在地，有的早已昏迷不醒，有的则呻吟求救，一群身份不明的黑衣人对其无视而过，似乎在找寻重要目标。

舒墨躲在暗处，刚好与这些人擦肩而过。

既然他们仍在到处寻找，就说明谢恒溪还未被捉，只要她小心行事，就一定能找到他。

许是昏倒在台下的人数过于触目惊心，舒墨震惊之余看到坐在评判席上昏倒的韩成千及其他评判，没想到竟然连姑父都……

回想起求救时，韩成千既愤怒又无可奈何的表情，难道从那个时候他就已经中招？

舒墨拉起韩成千，想背着他到一个安全的地方，在转身的一瞬间，一抹浅蓝色的身影飘到她身后，还未来得及反应，就整个人被扛起，躲在评判席后方的小暗房里。

身后的气息陌生强大，舒墨想要挣脱，却被轻声喝止："不想死，别乱动。"

刚刚离去的黑衣人又回来了。

他们似乎察觉了什么动静，四处查找可疑之人，最后目光落在了韩成千身上，他的坐姿跟之前不一样。

黑衣人头头眼睛半眯，绝不放过任何蛛丝马迹，许是太过认真，就连韩成千醒了也未发觉，被他狠狠地用头撞了个满怀。

韩成千内力深厚，刚刚被舒墨挪动的时候就已恢复点儿意识，他知道他们回来是想捉走小墨，一定不能让他们发现！

与他们分开时，那个侍从塞了张字条给他，让他暗中安排圆德大师跟小墨比试，幸好圆德大师帮小墨挡下了暗器……

黑衣人目露凶光，朝着他的脑袋就是一个猛撞，这下，韩成千算是彻底晕了过去。

可能是他刚刚清醒了自己挪了位置吧？如果再找不到人的话，那位大人必定会惩罚他。

"走。"黑衣人头头一声令下，其他黑衣人立刻散开，分头找人。

在暗房中，捂住舒墨嘴巴的手松开了，她想不到救她之人竟然是苏翊。

"舒姑娘，他们为什么要捉你？"苏翊目光探究地质问。

如果不是他刚好路过，救她一把，她肯定被捉去，现下这种情况他必须搞清楚，受伤后刚一醒来就发现整个武当山的人都昏迷晕倒，虽然他知道孟书文最近暗中不知道捣弄什么，可没想到竟然搞出如此大的动静。

"没时间解释了，我要去找一个人。"舒墨不顾一切地往外冲。

苏翊立刻阻止她自杀般的行为，低声斥责："别冲动好吗？"

舒墨小脸皱成一团，眼圈泛红，湿润的眼睛轻轻一眨，晶莹的泪水顺着脸颊滑落，紧紧地咬着唇瓣不让自己哭出声音，既坚强又脆弱的表情我见犹怜。

"我要去找人。"舒墨带着哭腔轻声呢喃。

苏翊无法，躲在这里也不一定是安全的，还不如陪她去找人。

"你要找谁？"

舒墨眨了眨眼睛，豆大的泪珠跌落在地上绽开水花："我家的随从，阿福。"

苏翊问："那你知道他在哪里吗？"

若她知道的话，就不会到处乱闯："黑衣人要捉的人就是他。"

阿福……果然非一般人，苏翊突然想起花容教易容术誉满天下。

"阿福到底是什么人？"

"一个很……"话未说完，一道冷冽的剑光闪过，苏翊一把推开舒墨，抽出腰间的玉箫迎敌。

两个人身影极快，剑影箫舞，招式缭乱，舒墨本想加入战斗，可却被几个赶来的黑衣人缠上，她本就武功不高，很快便落了下风。苏翊那边情况更

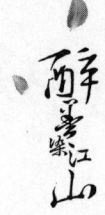

加严峻，因负伤在身，被黑衣人头头招招对准伤口猛攻，苏翊接招不利，稍迟间，被打倒在地，黑衣人头头毫不留情地举剑挥下……

一枚从暗处投射而来的飞镖将黑衣人头头的剑打落，从后方赶来的圆德大师先救下苏翊，再帮舒墨解决其余黑衣人。

简竹身形极快地飘至黑衣人头头身后，长剑朝他攻去，黑衣人头头见大势已去，闪身逃走。

"简公公，皇上他……"见到熟人，舒墨瘪着嘴巴，委屈极了，她不就是上台比试个武功，怎么顷刻间就跟变天了似的？

苏翊抓住关键词，皇上也参与其中。果然这次武林大会不简单。

圆德大师提议："还是先回去，这里不安全。"

所谓安全的地方，竟然是武当掌门房间内的密室。

这个地方，是圆德大师与武当掌门闲聊时发现的。

阴暗的密室内烛影摇曳，狭小的空间内，就只有寒星雪与狐娘留守，谢恒溪仍然不知所终。

"在舒姑娘上台比试时，我发现有可疑身影，便追去一探究竟，中了敌人的调虎离山之计，回来时，皇上和舒姑娘已不知所终，后与圆德大师、寒姑娘、狐姑娘会合分头去找，然后就救下你们了，皇上仍不知所终。"简竹讲起当时的经过，满脸愁绪。

苏翊皱眉："外面的黑衣人是谁，为何所有人都昏倒在地？"

"黑衣人大概是拈花秀斋和神龙派的人，能让所有人昏倒大概是武当派的功劳，能在午饭中下毒的就只有他们，因为我们有所戒备，所以没有中计，而你受了伤晕倒，没有吃午饭，所以就避过了这一劫。"狐娘解说。

"武当是大派，竟然做这种宵小的事情。"苏翊十分不齿。

寒星雪冷冷道："大概收了什么好处吧。"

简竹插话："现在我们当务之急是找到皇上。"此刻，他急得只想出去将这些黑衣人全部杀尽。

黑衣人仍在外面到处找寻谢恒溪的下落，就证明他们仍未得手，舒墨想起一个自始至终最容易忽略之人——孟书文。

他误会谢恒溪杀了骆碧璇，必定对他恨之入骨，如果得知侍从阿福就是谢恒溪的话，那么最有可能捉住谢恒溪的就只有他了。

舒墨说出自己的猜测。

可是武当山是孟书文的家，若要找他，如大海捞针。

狭小的密室陷入谜一般的寂静，似乎理出头绪，转眼间又进入死角。

"或许，我知道他在哪儿。"苏翊带着些不确定，毕竟他也没有十足的把握，"自从骆碧璇死后，孟书文就变得行事诡异，性格阴晴不定，我怕他在武林大会中使诈，所以就让人暗中调查他，发现他在后山竹屋旁为骆碧璇建了个墓碑，如果他想为她报仇的话，估计会用血祭她，让她安息。"

听起来似乎合情合理。

此刻，只要抓住一丝希望便不会放过，简竹和舒墨立刻去后山竹屋搜查，圆德大师、苏翊、寒星雪、狐娘则与一众影卫捕捉在外的黑衣人，简竹发了信号弹，援兵很快就能赶到。

两拨人，分头行动。

武当山后山。

凉风掠过，树叶沙沙作响，纸钱随风飘起，满天飞舞。

一缕青烟飘来，不远处宝烛贡香火光闪闪，灰烬的气味中夹杂着血腥味，简竹使出最快的轻功，闪至竹屋前。

孟书文举起剑居高临下地俯视着躺在血泊中的谢恒溪："碧璇，我现在就用那狗皇帝的血祭你。"

"皇上！"简竹怒吼一声，剑光如雷电般朝孟书文攻去。孟书文沉着脸阴鸷狠厉，抽出腰间的软剑，不躲不藏，直面迎击。

在树林间，两抹身影打得难解难分，互不相让。

这厢，许是谢恒溪的状况太过惨烈，舒墨扶着他的手不停地抖动，谢恒溪刚艰难地睁开眼睛，"啪嗒"一声，舒墨的泪水就不可控制地滑落。

舒墨擦了擦眼泪，十分难受地说："皇上，你哪里痛？臣妾帮你吹吹就不痛了。"

"浑身都痛。"这倒没有夸张，谢恒溪的细皮嫩肉都被揍得乌青，额边、唇角都流着鲜血，本是整洁光鲜的长衫沾满泥泞，失去了往日的风采。

皇上，你说的好好保护自己呢？舒墨拿出手帕，轻轻地擦拭他脸上的污迹，阿福的面皮已经被孟书文取下，被揍的是那张俊美得让人窒息的原装正脸，舒墨心疼得无以复加。

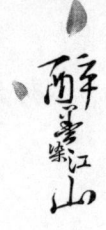

"那还是太医比臣妾管用。"舒墨扶起他,当务之急还是先回宫让太医诊治。

"不许走!"孟书文见舒墨要带走谢恒溪,激动地咆哮一声,他本想狠狠折磨他后才送他去地府给碧璇做牛做马,没想到救兵竟然这么快赶到,狗皇帝未死,他不甘心!

高手对决,岂能分心?简竹得机,身形一闪,朝着他的命门攻去,孟书文不挡不避,对他攻来的杀招毫不在意,而他的目标则是——谢恒溪。

尽管简竹对他的攻击很凌厉,仍不能阻止他的脚步,他怒目圆瞪,凶狠阴鸷,在刹那间,闪现到谢恒溪身前,毫不犹豫地朝着他猛然刺去,情况十分危急,容不得思考,舒墨条件反射地用身体挡住了剑,死死地保护住谢恒溪。

一瞬间,时间仿佛停止了,除了凉风拂过树叶的沙沙声便是一片死寂,直至舒墨体内的鲜血喷涌而出,从谢恒溪的指缝间流过,谢恒溪这才反应过来。

"舒墨!"谢恒溪歇斯底里地嘶喊,声音穿透树林,群鸟飞起。

而此刻,在长剑穿透舒墨身体的瞬间,孟书文已气绝身亡,他保留这最后的力气,完成了最后一击。

谢恒溪忘记了疼痛,死死地捂住舒墨的伤口:"墨儿,你醒醒,你会没事的,相信朕。"

舒墨气若游丝,嗫了嗫嘴巴嘟囔:"皇上,臣妾相信你,皇上还欠臣妾很多赏赐……"第二句话谢恒溪听不真切,唯独赏赐两个字清晰入耳。

念染宫。

凉风微拂,馨香入室,明媚的阳光洒落而下,花梨桌案上摆着几株含苞待放的海棠,花姿极美,赏心悦目。

寝宫内檀香萦绕,宁元安神,可愣是唤不醒床上之人。

从武当山回来已经三日了,舒墨仍然没有半分要醒来的迹象,不单如此,还常常发热,满头大汗,整张小脸也跟着消瘦不少,变得尖削,谢恒溪轻柔地握着舒墨的小手,丰神俊朗的脸带着倦意。

这三日,早朝过后,谢恒溪便会过来,就连批阅奏折也不例外。他只想陪着她,与她说说话。

"小财奴,你不是要朕的奖励吗?只要朕有,朕都可以给你。

"你的黄金千两,你的珍珠十斗,如果再不起来的话,朕就赏赐给别人了。"

谢恒溪不停地在她耳畔温声细语,仿佛这样就能轻轻将她唤醒。

舒墨倒是很赏脸地又发起热了。

许是受伤后,舒墨的身体也跟着虚弱起来,先前潜伏在身体里的毒,也跟着猖獗起来,在她的身体里肆虐,张太医正研究着药方,可是舒墨不能自己醒过来的话,单凭药物,是极难痊愈的。

每当想到这里,谢恒溪的心就疼得像被人掐着一样,他喜怒不形于色,很少会展露真实的感受,可每当想到舒墨会消失于世间,从此永别,悲伤便漫溢而出。尤其是她飞身为他抵挡孟书文的剑时,看着她的鲜血从指缝间流走,怎么捂都捂不住时,名为害怕的情绪不停地在蔓延,直至今日。

许是他话太多,吵得舒墨睡不好。

舒墨咂了咂嘴巴,动了动身体。

有反应了?谢恒溪有点儿不太相信自己的眼睛。

轻轻握着她的手变成紧握,太用力了怕弄痛了她,太轻了又怕是他的错觉,只能用炽热的眼光确定她是否要清醒过来。

"水……饿……"舒墨低声呢喃。

"简竹!"不是错觉,谢恒溪喊道。

"皇上,奴才在。"简竹刚一进来就瞧见舒墨捉着皇上的爪子在啃。

简竹差点儿喊出:大胆妖孽,放开你的口!

谢恒溪看着满是口水的手,也是眉头蹙起:"快传太医,爱妃要醒了,顺便让御膳房准备些易入口的食物。"

舒墨啃了两口便又睡了过去。

张太医匆忙赶来,念染宫内皇上着急地在踱步,紧蹙的眉头挤成川字,许是染贵人重病在床,不见醒来,肯定心急火燎,心烦意乱。

简竹简明扼要地告知情况:"染贵人已经醒了,请太医帮忙检查情况。"

张太医扼腕,已经醒了?真是英雄无用武之地。

帷幔帐下,舒墨躺在其中,由于她现在没戴"染念"面具,谢恒溪以染贵人病如弱柳、消瘦如柴为由,见不得外人,张太医只得隔着帐纱看诊,把

脉后,得知伤口愈合还算不错,可中毒病症加重,发热症状越来越严重,张太医一时间不知如何跟皇上复命。

这无异于满心欢喜的时候泼了一盆冷水。

泼别人无心理压力,泼皇上极有可能要被砍头的。

谢恒溪见张拓的脸色由满脸红光转为墨黑如炭,随即命令他汇报情况:"染贵人的病情如何?"

为医者,不该隐瞒伤者病情。

"染贵人虽伤口愈合不错,但是先前中的毒似乎有所加重,发热时间只增不减,微臣刚研制的药虽可抑制毒性,可还需要真正的解药。臣无用,臣回去定会翻阅医书,为染贵人找出解毒之法。"

解药吗?"张太医对于研制解药有几成把握?"舒墨中毒时机特殊,也曾对她吃喝用度进行排查,可仍查不出是为何中毒。

张拓不敢妄言,额上冷汗直冒:"臣定当尽力。"

不是他没用,这毒并非中原所有,他一时间也是无从下手。

"朕知道了,退下吧。"

张拓的自尊心受挫,他真的不是庸医啊!

这一折腾,已是落日黄昏,柔和的霞光轻覆在绚丽华贵的念染宫上,仿如镀了一层金。

寝宫内,花梨桌上佳肴琳琅,精致小巧的糕点,香糯绵绸的海鲜粥,酿三珍丸子,全是舒墨爱吃的食物。

香气飘远,引诱人食指大动。

此时,香软床上响起了"咕噜"一声,小被轻轻一动,舒墨玉臂微举,可惜娇弱无力,只得瞪着眼睛,饿极地盯着一桌美食。

"墨儿,吃些粥。"许是第一次侍候人,谢恒溪端着碗的姿势有些笨拙,一勺香滑软糯的海鲜粥细心吹凉后才缓缓送至舒墨的唇边,慢慢地喂她吃下。

小半碗粥喂了将近半个时辰,舒墨困倦慵懒地靠在谢恒溪的怀里,娇憨乖顺的小模样甚是讨喜,吃饱后,一股困意袭来,舒墨轻轻地揉了揉眼睛,一副又要睡过去的样子。

"困了吗?"谢恒溪低声问道。

"嗯。"舒墨窝在他的怀里轻轻地闭上眼睛。

谢恒溪轻柔地将舒墨放在软枕上，帮她掖好被角，看她睡得香甜，这才放心地继续回去批阅奏折。

又过几天，黄昏时分，凉风微吹，舒墨难得地不再浑浑噩噩的，谢恒溪便与她一同去御花园尝百花宴，这还是舒墨这几天唠叨，"花这么美，为什么不能吃"，随后才让御厨捣弄出来给她吃的。

以当季的鲜花为作料，配以新鲜的食材，鲜、甜、美为特色，譬如色香味俱全的荷花鱼、白菊花蟹肉、天池甘露香、梅花水晶冻糕等精致而又美味的佳肴。

舒墨朝着谢恒溪眨了眨眼睛，十分崇拜："皇上，臣妾以后就赖在皇宫里不走了。"

"朕何时说要让爱妃离开？"谢恒溪举起琉璃盏，轻轻地抿了口百花茶。

许是御厨厨艺高超，舒墨吃得十分满足，准备站起散步消食时，突然一阵晕眩感袭来，四周的景象变得模糊，说话的声音也越飘越远。

这样毫无预兆的晕倒还是第一次。

刚刚还活蹦乱跳的人，怎么一瞬间就倒下了呢？

许是睡了太久，猛地一睁眼，舒墨瞬间有种被封印千年终于解咒的错觉，这次发烧，烧得人迷迷糊糊的。

她抬手摸了摸自己的额头，不意外地触碰到一块冰凉的手帕，手帕应当是放在冰水中浸过，而且没有被她的体温焐热，可见应该是刚换不久。

正想着，目光就落在了一旁的小几之上，只见上好的青花瓷盏下压着一张薄如蝉翼的纸笺。

舒墨好奇地抽出来打开一看，只见上书六个字：子时，贺府，解药。

贺府？

舒墨摇了摇头，怀疑自己是不是睡得太多，以至于视力出现了问题。

当她点亮了灯盏再三确定自己没有眼花后，那纸笺上的字却一点点地消失了，空无一字的白纸，像是在等待着她添上一笔墨香。

自己的这位义父倒是对这些江湖伎俩摆弄得挺得心应手，舒墨挑了挑眉，把白纸放回了原处。

现在摆在她面前的只有两条路：去，或是不去。

要是说去,自己要承担的风险就相当大了。

贺鼎是老狐狸,先前的种种设计陷害,就让她认识清楚他有多狡猾奸诈,她一介妃嫔,深夜偷溜出宫,出现在自己义父的家中,要是贺鼎存心摆她一道,几乎什么都不用干,直接大张旗鼓地把她送回宫里就行了。

届时随便扣她一顶帽子,就够她受的了。

可是若不去,舒墨又有些心有不甘。

这纸上所写的"解药"二字,明明白白就是告诉她,她之所以会低烧不退就是拜这位国师大人所赐。

现在纸上字迹全无,就算她跟谢恒溪说了,也没有办法奈何贺鼎,反倒会过早地暴露自己。

让一个病人陷入这种两难的境地,真的好吗?

舒墨抬起手掐了掐自己的脸蛋,表情分外纠结。

贺府。

贺鼎坐在院中的六角亭中,面前的寒玉棋盘在烛火的照耀下散发出点点寒光,一抹黑影不着痕迹地走到贺鼎的身边,将手中的墨色大氅披在了他的肩头。

"什么时辰了?"贺鼎的声音浅凉如水地响起,如同一弯碧波中激起的水花般沁人心脾。

"还有一刻到子时。"黑影毕恭毕敬地答道。

"嗯,她也该来了。"贺鼎拿起一颗黑子放在棋盘的中间,方才明明已是颓势的棋局顿时被这颗黑子引出了另外一片生机。

足尖轻轻一点,纤细的黑影就稳稳地落在了院中。

贺府舒墨并不是第一次来,身为贺鼎的干女儿,舒墨好歹也算是从这里出嫁的,只不过上一次是大白天,而且顶着红盖头,压根就没看到什么风景、观察什么地形,再加上这一次是夜访,舒墨发现自己迷路了。

在拐了不知道多少个弯、翻过了不知道多少座假山、掠过了不知道多少个小湖后,舒墨终于看到了点点亮光,这点点亮光仿佛在不远处朝着自己招手。

舒墨毫不犹豫地朝着那灯火处飞奔而去。

一灯如豆，将贺鼎的容貌衬得更加妖媚动人，墨色的貂绒圈在他的颈间，将他衬得像是从上古时期翩然而至的王，高贵又华丽。

"真慢。"感觉到有不速之客闯入，贺鼎头也不抬道。

舒墨刚刚站稳就听到这么一句，险些气得掉进湖里。

她带病前来，在这黑不溜秋的院子里走了小半个时辰的迷宫，他不赞扬她耐力好，还敢嫌弃她来得慢？

"解药呢？"被嫌弃的舒墨心情很不美丽，也懒得跟他废话，开门见山地说出了自己最关心的问题。

"明知道我不会这么容易给你。"贺鼎抬起头来，狭长的眸中盛着浅浅的笑意。

明明戴着蒙面巾，被他这么一看，居然有种她早就被识穿的感觉，舒墨却莫名地心虚起来。

为了不被贺鼎算计，她这次出宫并没有戴"染念"的面皮，而是戴着蒙面巾，就算贺鼎想要闹什么幺蛾子，也都是师出无名了。

"那就说说你的条件。"舒墨微微侧身，戒备地说。

"你我好歹父女一场，谈话之间总是以条件为题，未免显得有些疏离。"贺鼎站起身来，走到舒墨的身侧，目光悠然地落在静谧无波的湖面之上，"你说是不是，小墨？"

舒墨原本听得有些意兴阑珊，然而在听清楚他最后的两个字后，她却不得不打起精神了。

他喊她：小墨。

不是染贵人，不是染念，而是小墨。

这其中代表的含义让舒墨的手不由自主地攥成了拳头，果然，在武当山时她就知道身份已经暴露。

"你认识我？"短暂的思考过后，舒墨深吸了一口气。

"堂堂花容教圣女，何必问出这种自降身份的问题？"贺鼎微微一笑，手指微微向前，些许银白色的粉末从他的指尖流泻而下，月光皎皎，那些粉末像是点点星光洒落在如镜的湖面上。

大半夜的喂鱼也是挺有心情！

面对这种让人心塞的赞美，舒墨并不领情地翻了个白眼。

然而当她的白眼刚刚归位之际,她就看到了让她永生难忘的一幕。

只见刚才还平静如镜的湖面波澜乍起,数条黑影迅如闪电地从湖底掠出,长长的獠牙和幽亮的鳞甲交相呼应,在月色下泛着触目的寒光。

舒墨呆呆地站在亭边,看着那血盆大口朝着自己扑来,她竟然忘了要闪避,眼见就要被那巨齿咬到,还是贺鼎伸出手来,将她轻轻往后一拽。

而后只听"扑通,扑通"几声水响,方才的黑影便已消失不见,湖面上的波纹昭示着它们曾经的到来。

贺鼎看着舒墨那呆呆的模样,不由得觉得好笑。

"吓到了?"贺鼎伸出手来在她的面前晃了晃,轻声问道。

见到少女不说话,贺鼎眸光微敛,嘴角浮起淡淡的笑意。

他要的就是这个效果。

人,特别是女人,在惊慌失措或者是受到惊吓的时候,是最容易被收服的。

他微微侧目,朝着身后的阴影处使了个眼色,随即只见几道黑影掠过,一张细密的网就从湖底浮出了水面。

"鳕棱丝织成的网,再大的蛮力也挣脱不开。"贺鼎转头看向舒墨,眼底有一抹情深难言的情绪,"我不会让它们伤害你。"

话音刚落,方才还呆若木鸡的少女已经回过神来。

只见她缓慢地转过头来,大大的眼睛亮晶晶的,脸上浮现出跃跃欲试的神色,嘴角的笑意渐渐绽开,像是一朵盛开的昙花,灿烂又夺目。

而后,她说了两句话。

一、鳄鱼的行动速度有限,不太适合当宠物,还是豹子比较合适一点儿。

二、鳕棱丝你是在哪儿买的?可以卖给我一点儿吗?

（十三）双面密探

贺鼎看着面前一脸期待的舒墨，突然觉得自己到头来还是低估了这个小姑娘。

不过细细想来，事情倒是越发有趣起来。

"只要你答应我的要求，鳕棱丝想要多少都可以。"贺鼎的脸上写满诚恳。

"还要交换条件？那我不要了。"舒墨摆了摆手。

"这世上哪来的免费午餐呢？我的圣女大人。"贺鼎微微一笑，袖摆微扬，舒墨脸上的蒙面巾就落了下来。

虽说早就已经打探清楚她的身份，但是对于她的真容，贺鼎倒是第一次见。

看着那张略显稚嫩的小脸，贺鼎的心情再次愉悦了不少。

"那国师大人说说你的条件是什么？"舒墨微微偏头，莞尔一笑，配上原本就娇俏的容貌，愈发显得天真无邪起来。

"我知道，你是皇上从江湖上请回来的密探，而我要你做的也很简单，就是好好做皇上的密探。"贺鼎神色悠然，似是信心满满。

"是在皇上身边做你的密探吧？"舒墨直白地说。

"圣女真是聪慧。"贺鼎点了点头，表示赞许。

"就凭几条鳕棱丝就想收买我？未免显得有些小气。"舒墨不以为然。

"当然不止这些。"贺鼎拍了拍手，黑影应声而出，将手中的墨色锦盒毕恭毕敬地递到了舒墨的面前。

只听"吱呀"一声，锦盒被打开来，一张薄如蝉翼的面具安静地躺在盒

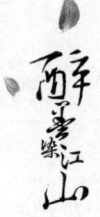

中,那容貌正是几乎每日照镜子时都能瞧见,时不时还要自我欣赏一番的"染念"。

"你把我师父怎么样了?"舒墨声调陡然提高,在夜色中显得有些阴狠。

"贺某何德何能,自是不敢与卢教主一较高下,不过是让人在半路上截了个和而已。"贺鼎向前一步,两个人之间的距离顿时近了不少,"之前的那张面具怕是坚持不了多久了,若是毒再不解,只怕就连你也会有性命之虞。"

"只要你答应我,我可以为你解毒,为你收揽奇珍异兽,为你拿到一切你想要的东西。"见舒墨神色凝重,贺鼎徐徐又道。

他的声音乘风而来,不急不缓,像是一柄温润的玉锤,不重却又恰到好处地敲在人的软肋之上。

"如果我想要的是皇位呢?"舒墨冷笑一声。

"皇位?若是想要,你拿去就是。"听到舒墨的话,贺鼎并不恼怒,云淡风轻的回答就像许诺的不过是一顿晚膳。

"那你想要的是什么?"贺鼎的答案让舒墨略微有些意外,与此同时,她的好奇心也被激起了。

"你总有一天会知道的。"贺鼎突然俯身向前,两个人之间的距离迅速缩短。

舒墨看着那张突然放大的妖孽脸庞,努力抑制住想要后退的冲动。

"时间不早了,我派人送你回宫,你可以不必着急回答我,三天,我可以给你三天的时间考虑。"贺鼎善解人意地说。

舒墨闻言,沉思片刻后抬起头来。

"考虑的时间可不可以暂时解个毒?"舒墨仰着头,诚恳地提问,"毕竟我们未来有可能成为合作伙伴嘛。"

舒墨认认真真地劝说道。

等到舒墨拖着疲倦的身子回到宫中,天空中已经渐渐地出现了鱼肚白。

舒墨猫着腰从窗户处翻回殿中,而后又小心翼翼地把窗户关上,当她纵身一跃躺倒在舒服的软榻上之后,她的精神才终于放松了下来。

只可惜刚刚放松没一会儿,一个冷冰冰的男声就在殿中响了起来。

"你去哪儿了?"谢恒溪面沉如水,声音清冷。

在听到那个声音的瞬间，舒墨吓得一个鲤鱼打挺从床上跳了下来，看着站在不远处的谢恒溪，她只觉得心乱如麻，有一种被丈夫捉奸在床的心虚感。

谢恒溪看着手足无措、小脸通红的舒墨，深吸了一口气，努力地告诉自己要冷静。

他并不是喜怒形于色的性子，其实跟在他身边的简竹最清楚，这位皇帝陛下遇事越是平静，心底翻滚的怒意可能就越是可怕，但是这条铁则到了舒墨这儿就说不通了。

他批奏章批到半夜，还惦记着她的烧有没有退，没想到急匆匆地跑到念染宫来，却是空无一人。

一刹那谢恒溪的心情很复杂，最初是愤怒，想要杀人的愤怒，然而愤怒过后，心底却有一种淡淡的彷徨，这一刻谢恒溪才发现，他其实很怕失去她。

虽然理智告诉他舒墨不可能不辞而别，但心底却又总有那么一点点的不安和不确定让他难以安心，在这样复杂的情绪中，终于等到她回来了。

看着她像做贼一样从窗户外面翻进来，然后四仰八叉地躺在床上，完完全全没有发现他的存在，谢恒溪简直好气又好笑。

原本想的是板着脸好好教训教训她：深更半夜私自出宫乃是重罪，可是这会儿看到她像一只受惊的小兔子般十指纠结地拧巴在一起，到嘴边的话却又说不出来了。

谢恒溪昂首阔步地走上前去，许是步伐太快，袍摆间发出"簌簌"的响声，舒墨见到这阵仗，以为自己要挨揍了，顿时吓得闭上了眼睛。

"君子动口不动手，有话咱们好好说呀，我只是出宫去见贺鼎了啦。"舒墨闭着眼睛匆忙解释，说完这么一句才发现这解释好像听起来更欠揍了，就在她想着到底要怎么说才能显得不那么欠揍的时候，一只温热的大手就覆在了她的额头之上。

咦？不是要打我？

舒墨悄悄地睁开一只眼睛，就瞧见谢恒溪依旧顶着那张冷冰冰的俊颜，虽然表情并没有什么变化，但舒墨就是能感觉到刚才的那股怒气不知在何时消失无踪了。

皇帝陛下情绪波动真大——舒墨腹诽。

谢恒溪看着舒墨，对她的招供并不感到意外。

　　他请密探这件事虽说保密，却也并不是完全密不透风，贺鼎能够查出舒墨的真实身份他并不意外。

　　不过这会儿他倒是挺好奇舒墨对于这件事会作何反应。

　　"深更半夜，你说你去见贺鼎了？"谢恒溪眯了眯眼睛，语调上扬。

　　"不去见他现在还烧着呢。"舒墨扁了扁嘴，决定装可怜。

　　"说说看吧，你是怎么让贺大人帮你解了毒的？"谢恒溪收回了手，轻轻拍了一下，简竹便犹如影子般出现在了殿中，在他的身前有一个大大的木桶，桶中冒着冉冉水汽，看着就有跳进去好好泡一泡的冲动。

　　"他才没有那么好心帮我解毒呢，是我说会认真考虑考虑他的提议，他才给了我三粒药丸，可以缓解三天的毒性。"舒墨伸出手来，两粒白色的药丸躺在她的掌心，在烛光下散发着荧光。

　　"他许诺了你什么？"谢恒溪看了一眼在一隅忙碌着搭建小型浴池的简竹，云淡风轻地又道。

　　"你怎么不问他要我做什么？"舒墨也好奇地看着简竹折腾，看着那木桶，心底不由得浮起一丝期待。

　　当她终于收回好奇的目光，就瞧见谢恒溪一脸无奈地看着她，仿佛她提了一个很蠢的问题一般。

　　"他说我想要什么他都可以给我，包括皇位。"舒墨耸了耸肩，言简意赅地表达了贺鼎的中心思想。

　　"拿朕的皇位作为谢礼，他倒是大手笔。"谢恒溪冷笑一声，语气里满是嘲讽。

　　"就是就是。"舒墨赶忙跟着附和。

　　"那你是怎么打算的？"谢恒溪抬手揉了揉太阳穴，一夜未睡难免有些头疼。

　　舒墨见到谢恒溪终于问出了自己最关心的问题，于是赶忙屁颠屁颠地走到了谢恒溪的身后，纤纤玉指温柔地抚在他的额间，不轻不重地揉按着。

　　"师父自小就教育我'食君之禄，担君之忧'，我和皇上既然达成契约，那么我自然生是皇上的妃子，死是皇上的密探！"舒墨话音刚落，原本一直默默无闻倒腾支架的简竹终于忍不住抬起头来，眼神里流露出三个大字：骗鬼呢。

"不过干我们这行,向来是风险与机遇并存,比如这次,我师父就被贺鼎打劫了呢,可怜我师父他老人家一把年纪……"舒墨似模似样地抬起手抹了抹压根不存在的眼泪。

同一时间,远在教中睡得正香的卢大教主突然打了个震天响的喷嚏……

"说重点。"谢恒溪闭着眼睛,精神放松了些许。

"贺鼎既然已经发现了我的真实身份,后面与他撕破脸的日子只怕危险系数更大,我要求加薪。"舒墨一口气说完,便悄悄去看谢恒溪的表情,只见对方依旧闭着眼睛,仿佛什么也没听到一般。

舒墨并没有意识到自己要求加薪的这个行为,无意中戳中了皇帝陛下的圣心,以至于龙颜大悦了。

她说要与贺鼎撕破脸从而要求加薪,这说明她从一开始就没考虑过贺鼎的要求,得出这个结论的谢恒溪心情顿时好了起来。

"合情合理,想要什么你说吧。"谢恒溪和颜悦色道。

"每月可以出宫一次,回教中看看师父,月例加倍,赏赐最好都能换成银票,还要一道免死金牌!"舒墨越说眼睛就越亮,仿佛已经看到了一座金山堆在自己的面前。

"《药月残页》你不要了?"谢恒溪听完她的要求,挑眉问道。

"要的要的!"舒墨赶忙点头,差点儿把师父吩咐的事情给忘了,只不过皇上是怎么知道的……

"没别的要求了?"谢恒溪睁开眼睛,端起桌上的茶盏轻抿一口。

见他这么认真,舒墨也很认真地想了想,没想到真的被她又想出来一个!

"还有一个!"舒墨走到谢恒溪的身前,深情诚恳,脸上满满都是"皇上,我做的一切都是为了你"的表情,"刚才我在贺鼎的府邸发现了一个大秘密,我发现他居然养了一池子的鳄鱼!"

"皇上,咱们可不能输在起跑线上!"

"我想过了,鳄鱼虽然看着凶悍,但是实战起来速度太慢,并不是很实用,所以我觉得咱们应该……"

舒墨顿了顿,而后以一种近乎散发着光芒的表情,说出了自己心中的答案:"养老虎!"

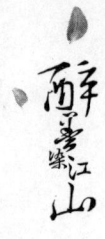

噗!

啪嗒!

两道声音响起,谢恒溪的茶水喷了出来,简竹好不容易搭的已见雏形的架子也跟着散了。

谢恒溪:原来朕的皇位 = 休假一天 + 双倍工资 + 银票奖金 + 免死金牌 +《药月残页》+ 两只老虎……

简竹心想:以后染贵人说话的时候,还是不要做事情比较好。

贺府。

清晨,一夜未睡的贺鼎上完早朝回来,刚刚躺下准备小憩片刻,眼见着就要进入深度睡眠之时,没想到居然被人吵醒了。

"报告,宫中的云翡姑娘派人送来了加急传书,属下不敢耽搁,只得打扰您的休息。"未等贺鼎开口,黑衣人已经自觉地述说完毕,并且"扑通"一声跪了下去,把手中的信笺高举过头顶,而后目光死死地盯着地面。

也不知道过了多久,当他的第十滴汗珠即将落地之时,贺鼎终于有了反应。

"我知道了,你下去吧。"贺鼎看着手中的信笺,眉宇舒展,没有半点儿起床气爆发的迹象。

黑衣人闻言顿时如获大赦,瞬间消失在贺鼎的视线之中。

也不知道是什么样的喜讯能够让大人这般开心,连发脾气都忘记了!——黑衣人退下之时,不由得对那封信的内容好奇起来。

等到偌大的房间回归平静,贺鼎再次摊开那封投诚书,嘴角渐渐勾起一抹笑意。

信是舒墨写的,至于为什么会是通过云翡的手送出来,理由也很简单,他的这名义女只怕想要通过云翡告诉他:她可不是什么都不知道的小白兔。

信上洋洋洒洒写了不少,中心思想表达得也很明确,大致内容如下:

首先,鉴于义父大人的经世之才,小女决定追随。

其次,义父答应小女的事情也一定不要忘记才好。

最后,为了表达合作的诚意,特将此书留为把柄赠予义父,以证孝道。

看到"孝道"那两个字的时候,贺鼎嘴角的笑意不由得愈发灿烂起来。

想不到她除了智商和胆识出乎他的意料之外,就连脸皮也有些超出他的意料了。

念染宫内，舒墨对着桌上的两颗白色药丸发着呆，谢恒溪躺在床上闭目养神，一夜未眠又上了早朝，还顺带着写了封"投诚书"，精神难免有些疲倦。

这两颗药丸就是昨天夜里贺鼎给她暂时解毒的药丸，一颗的时效为一天，今天的一颗她还没舍得吃，原本她的计划是找人来研究药丸的成分，从而达到解毒的目的，没想到皇帝陛下大手一挥，洋洋洒洒地写了一封信，清楚地表达了自己愿意"投靠"的意愿，并让她仔细地抄一遍，随后派人送到了云翡手中。

于是，舒墨就这么莫名其妙地成了贺鼎的"眼线"，无论怎么想，舒墨都觉得自己亏大发了。

她原本提的那些条件，是按照和贺鼎撕破脸的程度来盘算的，虽说和贺鼎撕破脸风险很大。

但是其实两个人原本也就没对过盘，舒墨从来没指望过他能对自己和风细雨，再加上自己毕竟是在宫中，有谢恒溪庇护，天塌下来还有高个子撑着呢——这是舒墨原本的小算盘。

万万没想到，谢恒溪居然答应了贺鼎的提议，这样一来，她的工作性质就从"皇上的密探"变成了"皇上和国师之间的探中探"，这两者之间的难度系数完全不在一个级别嘛。

被坑了被坑了，一定要找个机会跟谢恒溪再谈一下条件！

正想得出神，谢恒溪的声音就从身后飘了过来。

"姑姑应该快回来了，药丸到时候交给她吧。"谢恒溪看着眼神炙热到恨不得把两颗药丸看化了的舒墨道。

"你不睡了？"舒墨小心翼翼地把药丸收到瓷瓶中。

听到姑姑要回来了，舒墨顿时开心起来，谢恒溪这厮不肯告诉她姑姑去哪儿了，到时候她自己问姑姑去！

"睡也睡不了多久，与其被人打扰，不如先换个地方。"谢恒溪打了个哈欠，朝殿外走去，在即将出殿的时候顿住了脚步，"从今天开始张院判就不会为你诊平安脉了，朕把他调到御膳房去了。"

把一个太医调到御膳房？皇上你真的不是睡眠不足导致思绪紊乱了吗？舒墨看着谢恒溪的背影，有点儿同情起张大人来。

　　不过没过多久,舒墨就明白了谢恒溪那句"与其被人打扰,不如换个地方"的含义。

　　看着跪在自己面前的年轻男子,舒墨下意识地就朝着自己的脸蛋摸去。

　　还好,还好戴了面具——舒墨暗暗舒了口气。

　　念染宫的宫女们安安静静地站在角落里,没有说话,却时不时地进行一下眼神交流,随后又面色绯红地迅速低下头去,表情娇羞。

　　"微臣秦彦,奉国师大人之命前来为贵人诊脉。"秦彦跪在地上,语气恭敬又疏离,目光淡然地看着地面,似乎并没有要抬头的意思。

　　对于这位传说中艳绝天下、宠冠六宫的宠妃,秦彦并没有什么兴趣,全天下的女人在他眼中都是一个样,没有一个长得能好看过他的药材的。呃,说起比药材长得好看的女人,一抹不甚清晰的容貌在他脑中一闪而过,来不及细想,头顶已经飘来了染贵人的声音。

　　"别跪着了,快诊吧。"柔媚的声音轻轻飘来,可当他抬起头,两个人四目相对的时候,一股不好的预感涌上心头。

　　是她！

　　舒墨看着他微讶的表情就知道他想起来了,小时候撒了她一身痒痒粉已经让她记恨。

　　不过舒墨并不打算为难他,他是医师,天大地大,当然是解毒最大！

　　两个人心知肚明,谁也不提,就当掀过。

　　舒墨也只是意味深长地看了他一眼后就十分积极地配合治疗,虽然他们之间有过小小的摩擦,可是对于配合治疗的病人,秦彦还是欣赏的。只见他打开了自己随身的药箱,外表不过是个普普通通的木盒,打开来竟然有五层之多,各色的瓷瓶摆放得密密麻麻,让人眼花缭乱。

　　秦彦诊脉很快,刚刚碰到她的手腕就说已经诊完了,如果不是知道这厮对于女性有严重的洁癖,舒墨一定会怀疑他是在敷衍了事。

　　"如何？"舒墨正了正面色,摆出宠妃的慵懒架势。

　　"三个疗程,分别七日,只要按照微臣的吩咐来就好。"秦彦站起身,身后的药侍已经举着准备好的手帕递到了他的手中。

　　虽说态度不怎么样,但是给出的答案还是很中听的,一想到二十一天后自己的毒就能解了,舒墨的心情就好了不少。

秦彦擦完手就以给染贵人配药为名退下了，带走了一众小宫女仰慕的目光。

舒墨看着那些仰慕的目光，不由得回忆起了自己和秦彦的初遇。

那一年她刚刚当上圣女，师父为此举办了盛大的典礼，邀请武林各大门派前来教中一聚，秦彦所在的神医谷就是受邀的门派之一。

彼时，他乃是刚刚名动天下的神医谷新秀，而她也是万众瞩目的新任圣女，两个并没有什么交集的人就这么狗血地相遇了。

为了能在名门各派中狠狠地露个脸（为日后接单打下基础，教主大人就是这么具有商业头脑），卢鼎铭命令舒墨准备一场盛大的开场表演。

小舒墨的出场计划是从天而降，而卢鼎铭要求她在落下的瞬间变换三张容貌，以达到宣传花容教的目的。

换脸对于小舒墨来说并不是什么难事，唯一麻烦一点儿的就是在短时间内需要让覆盖在上面的面具自动脱落。

为了达到这一效果，小舒墨一个人在后山中苦苦排练，原想着前来参与的宾客必定不会来到这鸟不拉屎的地方，没想到就真的被秦彦这朵奇葩碰见了。

秦彦原本是来寻找茅厕的，奈何因为本次来参加典礼的人实在太多了，花容教中的茅厕有限，每一个外面都是大排长龙，秦彦实在是有些尿急，只好自己寻找可以解决的地方，好不容易来到了荒无人烟的后山，终于解决了三急问题的秦彦刚刚放松地从小树林中走出，一抬头，就看到了从天而降的舒墨。

那画面，在幼小（也就十岁左右）的秦彦心间留下了浓墨重彩的一笔。

只见舒墨俯身而下，正是一张面具脱落到一半的时候，半张面具落下，从秦彦的角度看去，仿佛看到了四眼双鼻的女妖怪一般。

由于从小到大对女生过敏的体质，秦彦见到女性从来都是有多远躲多远，没想到在这荒无人烟的后山之中居然会有女妖埋伏在此暗算于他，十岁的秦彦眼疾手快地从荷包中拿出准备好的药粉，潇洒地往空中一抛。

金光闪闪的粉末洋洋洒洒地弥漫在空中，落在小舒墨红色的衣袍之上绚丽又夺目。

紧接着两声惨叫声响起，将林中鸟群吓得振翅高飞。

舒墨：这些金光闪闪的东西是什么鬼？怎么刺得眼睛痛痛的？

秦彦：嘤嘤嘤，师父救我，被女妖砸会不会直接过敏到死掉？

秦彦闭着眼睛绝望地倒在地上，压根连把身上的人推开的力气都懒得费了。

七岁那年，他不过是被崆峒派的掌门夫人捏了捏脸颊，就引发过敏导致整个脸颊肿得跟馒头一样，而且呼吸不畅，差点儿死掉。

这次他可是被女妖整个砸在了身上……

想到自己即将命不久矣，十岁的小秦彦忧伤地哭出了声来。

就在他哭得正伤心之际，身上的女妖似乎挣扎着站了起来。

"我还没哭呢，你哭什么？"小舒墨皱着眉头，看着哭得上气不接下气的小男孩，只觉得十分莫名其妙。

她好像也不是很重吧，不就是被压了一下吗？男孩子怎么也这么娇气？

"我要死了，要被你害死了。"秦彦躺在地上哭得不大顺畅，于是也跟着坐了起来。

"你不是想说被我压死了吧？你想要讹钱？"舒墨翻了个白眼，看着面前容貌清秀的小男孩，实在是很难把他跟小骗子联系在一起。

今天可是她的"大喜日子"，要是这小子真的冲出去当着全武林豪杰的面说自己把他怎么样了，对自己的名声可是大大的不好！

想到这儿，小舒墨一个箭步冲上前去，把坐在地上哭得伤心欲绝的秦彦拽了起来。

"你看看你，哭得这么响亮，说明脑袋没啥事；站得这么直，说明胳膊腿没啥事。最多也就是衣服脏了点儿，我可以找人帮你拿套干净的，别的你就别想了！"舒墨一脸"你别想从我这儿占到一丢丢便宜"的表情。

秦彦听到舒墨的话，正想反驳"你懂什么"，可是莫名地，他居然发现她说的似乎有点儿道理。

上次被掌门夫人摸完脸颊没过三秒他就晕过去了，这会儿从被砸到现在可是有好一会儿了，似乎……真的没有发现什么异样！

意识到这一事实的秦彦顿时停止了哭泣，开始细细观察自己身体的反应来。

咦，好像真的没有事！——得出这个结论的小秦彦开心了！

虽然没搞清楚为什么这次没有过敏，但是这并不影响小秦彦"大难不死"的喜悦，他看着面前的女妖开始不好意思起来。

"那个……那个我没事，就是被你刚才的样子吓了一下。"秦彦不想让自己的过敏体质天下闻名，于是就扯了个谎。

"你胆子怎么这么小？"舒墨噘了噘嘴，伸手把脸上的面具轻轻扯了下来，露出了自己的本来面貌。

刚才一心怕遇到找碴的，倒还没什么感觉，现在危机解除，舒墨才发现自己的脸蛋上似乎有些痒痒的，她刚想伸手去抓，却被秦彦阻止了。

"哎哎哎，千万别挠！"秦彦紧张地拽住舒墨的胳膊，怕她轻举妄动。

"你刚撒的那是什么？"舒墨皱着眉头，看着身上的金粉不解地问。

"是痒痒粉。"秦彦低下头小声地说。

其实他没敢说是升级版的超级强劲痒痒粉。因为自己长得太过可爱，所以动不动就会诱发各种长辈的亲昵举动，因为是长辈又不太好拒绝，所以为了避免这种行为，秦彦特调制了金版痒痒粉，平时见到女性长辈，只需要偷偷往她们身上撒一点点，她们就会痒得浑身不自在而没有工夫去折腾他了。这种痒痒粉除了痒之外并没有什么毒性，不过如果撒得太多，可能会长一些红疹。

看着面前半张脸洁白无瑕、半张脸满是红点的小姑娘，秦彦突然有些不知该如何开口了。

"你在这儿等着我！"秦彦丢下这么一句话就扬长而去，剩下舒墨一个人站在原地，看着突然狂奔而去的少年不明所以。

片刻后，当舒墨从侍女的尖叫声中看到自己的"小花脸"后，她才终于明白少年为什么要夺命狂奔。

他一定是怕她揍死他，嘤嘤嘤！——舒墨趴在床上，边哭边想。

半个时辰后，气喘吁吁地拿着解药回到后山的秦彦看着空无一人的树林，一股莫名的失落涌上了心头。

"应该先问她叫什么名字才对。"秦彦挠了挠头，后知后觉地想。

如果当年不是因为那些红疹而不得不取消出场表演，导致自己没能一鸣惊人，说不定自己当年在"各教圣女排行榜"上的名次也不会那么靠后。

舒墨一手撑着下巴，对着窗外的月色回忆当年。

"娘娘，差不多该歇息了。"暗香站在舒墨身后，柔声说道。

原本贴身服侍娘娘的素晚听说病了，似乎还挺严重的，有好几天都没见人了，只伺候舒墨洗过一次澡的暗香就这么莫名其妙地被舒墨提拔成了近身伺候的宫女。

这几天接触下来，暗香真是喜欢死自己的这个新主子了。

明明是六宫里面最得宠的，却一点儿也不难伺候，既没有什么架子，也不爱为难她们这些奴婢，暗香觉得自己一定是好人有好报，才突然得了这么一份好差事。

"嗯。"舒墨伸了个懒腰，正想起身，却听到外面传来了简竹的声音："皇上驾到。"

对于谢恒溪这种不事先通知就搞突袭的行为舒墨已经有些习惯了，所以丝毫没有慌张，有条不紊地稍微整理了下衣裳，就站到门口去迎驾了。

谢恒溪一来就挥了挥手，让所有人退下了。舒墨一只手动作轻柔地揉捏着脸蛋，然后就这么取下了一张薄如蝉翼的面具。

她将"染念"的面具捏在手中撑开，对着光线细细看去，果然瞧见额头和下颌的位置有几处已经稀薄到几近破裂，毛孔也有渐渐变大的趋势。

又有一张面具即将寿终正寝，舒墨无奈地想。

"贺鼎派来的人怎么说？"谢恒溪的声音飘来。

"完全解毒大概需要二十一天，那个人是神医谷弟子，盛传老谷主对他十分喜爱，是下一任谷主的大热人选，只是不知道为什么会成了贺鼎的人。"舒墨把面具放入盒中。

听到"神医谷"三个字，谢恒溪剑眉微蹙，骨节如玉的手指有一搭没一搭地敲在桌上，似在思考着什么。

他一直都知道贺鼎对于江湖势力有一定的掌控，从前有拈花秀斋的骆碧璇，现在又来了一个神医谷的秦彦。

此前谢恒溪从江湖上挑选密探入宫，其中就有想要试一试贺鼎反应的意思，贺鼎没有阻止，就说明他极其有自信能够掌控全局，包括这位会被选进宫的密探。

江湖势力对于朝廷而言，其实并不算什么，江湖中人也一直都很有自知之明，不会干扰到朝政。

贺鼎是如何操纵这些江湖力量听命于他的？谢恒溪对于这背后的答案十分好奇。

"今天尚宫局的刘嬷嬷从浣衣局里调了一名宫女过来，说是因为表现优异，所以准其回到原来伺候的地方。"谢恒溪闭上眼睛，声音慵懒又充满磁性。

"云翡？"被发配到浣衣局又跟她有关的宫女，也就只有云翡一个了。

"嗯，约莫明天你就能见到她了。"谢恒溪点了点头。

对于云翡这个人，舒墨其实也谈不上讨厌，大家各为其主，她不怪她，可是明知道对方是派来监视自己的，还要笑脸相迎，舒墨就不开心了。

"你也不用太担心，素晚姑姑马上就回来了，有她照应，云翡翻不起什么风浪。"似是知道舒墨心中在想些什么，怕她担心，谢恒溪徐徐又道，"有的棋子利用得好了，是可以将自己不方便传递的信息告诉想告诉的人的。"

对于谢恒溪的突然说教，舒墨心底莫名地一暖。

舒墨一抬头，才发现门口不知何时站着一白一黄两只毛茸茸的巨兽，圆头圆脑甚是可爱。

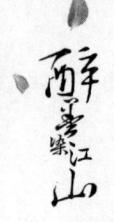

（十四）实验对象

对于大黄和大白这两只意外之喜，舒墨兴奋得不行。

当初在教中的时候她就想要养宠物，却被师父以"动物的毛发容易沾染到面具上，影响花容教的口碑"为由拒绝了。

没想到她不过是跟谢恒溪随口一提，居然还真的梦想成真了。

"皇上，我一定会好好调教大黄和大白，保证让它们的战斗指数比贺鼎的鳄鱼强！"舒墨拍了拍胸膛，自信满满道。

看着她笑得开心，谢恒溪的心情也挺舒畅的，可是当自己的存在感和两只宠物一对比顿时变成零时，皇帝陛下又不高兴了。

"谁说要给你养了？"谢恒溪躺在床上，朝着跟两只老虎玩得十分起劲的舒墨冷冰冰道。

"不是给我养的？"舒墨闻言顿时转移了注意力，她赶忙屁颠屁颠地跑回到床边，目光炯炯地提问，"那是给谁养？"

"给谁养也不能给你养。"谢恒溪正了正面色，无情地给出答案。

舒墨闻言，原本神采奕奕的小脸蛋顿时黯淡了下去。

其实她也知道，以她现在的身份养只小猫小狗或许还可以，养这么两只庞然大物在宫里，可行性几乎为零，别的不说，光是一个"不把皇上龙体安康放在眼里"的帽子就能压得她半死。

大黄和大白大抵是感觉到气氛突然凝固，居然也像是通灵性一般地走到舒墨的身后，一左一右地站着。

"你现在老老实实睡觉，这两只我自会找人处理，要是再这么不知节制，以后看都不让你看它们。"谢恒溪丢下这么一句就转过身去，两道黑影悄无声息地匆匆而来，把依依不舍的大黄和大白带离了念染宫。

不知节制就不让她看到它们？也就是说只要自己老老实实，就还是可以和大黄大白见面的？

经过缜密推理而得出这一结论的舒墨顿时又开心了。

一夜无梦，心愿实现的舒墨睡了个好觉。

等到她醒来的时候，谢恒溪自然是已经去上朝了，"宠妃"的特殊技能之一就是不用伺候皇上早起更衣，这一点舒墨一直谨记于心，并且运用得炉火纯青。

"娘娘，外面有个名叫云翡的宫女已经跪了一个时辰，说是从前就是咱们宫里的，因为犯了错被打发去了浣衣局，现在因为表现良好又让回来了。"暗香站在舒墨的身后，一边仔细地梳理着秀发，一边又道，"奴婢还从来没听说犯了错的宫女被打发去浣衣局，没有主子的恩赦还能自己回来的呢。"

暗香是个直肠子，心底藏不住事，对于云翡的回归她十分不爽，自然说话语气也就有些酸酸的。

"你不喜欢她？"舒墨倒是挺喜欢暗香的性子的，入宫以来九曲心肠见了不少，直来直去的反倒难寻。

"奴婢只是觉得她要么是有背景，要么是有手段，娘娘还是小心些为好。"暗香十分诚恳地说道。

"叫她进来吧。"舒墨笑了笑，脸蛋微侧，阳光从窗外照了进来，折射在那艳光四射的脸蛋之上。

看着下颌上那肉眼可见的毛孔，舒墨知道给云翡的这个下马威也差不多了。

从前对云翡的身份不甚了解，所以也并没有细细观察过，现在大家都对彼此的身份有了新的认知，反倒是能瞧出许多从前没发现的东西来。

比如云翡会武功这件事，舒墨就真的没有看出来。

无论是身形步伐还是呼吸吐纳，云翡都掩藏得极好，让身为武林中人的舒墨都没能看出来她是个练家子，这才是最可怕的地方。

一想到自己曾经大大咧咧地在这么一个高手面前毫无防备，舒墨就觉得自己能活到现在简直是老天保佑。

"奴婢云翡，参见娘娘。"云翡神情恭敬地跪在舒墨面前。

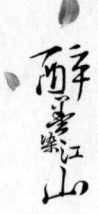

　　暗香站在一旁看着云翡手中的锦盒，恨不得从眼中喷出两道火苗，将那盒子烧化了才好。

　　送礼，一来就送礼，这个云翡果然如她所料很有心计！

　　"奴婢在浣衣局日日思过，为辜负了娘娘的教导日日忧心，没想到今生还能有幸回到娘娘身边伺候，实在是云翡之福。"云翡将手中的锦盒高举过头顶，"这是奴婢在浣衣局中所抄的祈福经，希望娘娘能够收下。"

　　暗香走上前去，不情不愿地把盒子接了过来。

　　她已经打听过了，主子刚入宫的时候云翡就在她身边伺候了，只是后来不知道为什么突然就被打发去了浣衣局，而最开始在主子身边伺候的四名宫女也只剩下了素晚一个人。

　　虽然不知道主子和云翡的情分如何，但是十分有危机意识的暗香已经把素晚当成了自己的头号敌人。

　　舒墨知道那个锦盒里放着的想必就是从她师父那里截来的面具，什么祈福经，不过是个幌子而已。

　　对于贺鼎找自己师父麻烦这件事，舒墨心中一直是憋着一口怨气的，她是不能把贺鼎怎么样的，那就只好难为他手下的人了。

　　于是收完礼的舒墨并没有让云翡起来的意思，而云翡也不知道是心性坚韧还是来之前就想到了这种可能，舒墨没让她起来，她就低眉顺眼地跪在那里，仿佛不存在一般。

　　就当暗香以为云翡就要这么永无止境跪下去之时，变故横生。

　　先是外面尖叫声四起，暗香隐隐还听到小熊那低沉的哀号声，她的第一个反应就是有刺客，在这个体现自己忠诚度的大好时候，暗香毫不犹疑地站在舒墨的身前，然而当她看见一白一黄两只老虎像是饭后散步一样从容不迫地走进殿中之时，她感觉到自己的意识正在一点点地消散。

　　"主……主子，快跑……"暗香两眼一翻，就这么晕倒在了舒墨的身上。

　　你压在我身上我还怎么跑？舒墨看着朝自己慢慢靠近的大黄和大白，突然有种把暗香丢到一边的冲动。

　　尖叫声此起彼伏，念染宫陷入了前所未有的热闹之中，寻找各路救兵的太监宫女们乱成一团，唯独舒墨兴奋得不行：白天看大黄和大白好像更英俊了呢。

跪在地上处变不惊的云翡并没有被各种尖叫声扰乱了心神，相反，她一直在细细观察舒墨的反应。

外面发生了什么她不知道，但是从暗香的昏迷和外面的嘈杂来看，一定不是什么好事，不过瞧着染贵人的表情，怎么好像还挺兴奋的？

什么事情能够让染贵人兴奋、其他人恐慌？

云翡带着这种好奇回过头去，就看到了两只身形庞大的老虎距离自己不过寸许，其中一只看到她回过头去，还伸出舌头满足地舔了一圈嘴巴。

于是国师大人的得力助手、隐藏武功的小能手云翡姑娘，就这么被大黄的一张嘴给吓晕了过去。

舒墨心想：大黄棒棒的。

看到晕过去的云翡，再低头看看倒在自己身上的暗香，舒墨突然觉得谢恒溪不让她养大黄和大白或许是明智的决定。

大黄进殿吓晕了云翡之后就老老实实地来到了舒墨的身边，像是完成了任务一般蹲坐在地上，下巴微扬，吐着舌头，等待着主人的表扬。

大白一路雄赳赳气昂昂地来到舒墨身边，看了一眼倒在舒墨身上的暗香，十分贴心地咬着暗香的裙摆把她拖到了一旁，舒墨原本想要制止它，没想到刚想开口，小熊就慌慌张张地走了进来。

按说小熊平时也是挺老成持重的，不然也不会在短短时间内就成了念染宫的掌事太监，可是无论多老成持重，毕竟也是个小太监，猛地看见两只老虎在宫中横行，没吓得晕过去就已经算是胆识过人了，小熊不但没有晕，还火速地去搬了救兵，就在侍卫们齐刷刷赶到之时，皇上却来了。

老虎不见了，主子还在殿里，小熊的脑子里已经浮现出一幅血淋淋惨不忍睹的画面，主子被两只威风凛凛的老虎撕咬得七零八落……

小熊带着这样绝望的心情走进殿中，进去的一瞬间就看见主子像个没事人一样坐在殿中，左手边蹲着那只黄老虎。"还好还好，主子没事！"小熊的心刚刚落下，眼珠子往右边一扫，就看见那只白老虎拖着暗香往外走。

性格坚忍的小熊在看到这一画面后终于也没能扛过去，两眼一翻，倒在了地上。

谢恒溪带着一行人浩浩荡荡而来，刚一进来就看到战场一样七零八落的院子，宫女太监们见到皇上驾到瑟瑟发抖地跪了一地，还有晕过去的不计算

在内,乱成这样,却没有一个人前来向他禀告到底发生了什么,谢恒溪突然意识到念染宫的人确实是应该换一换了。

"皇、皇、皇上,微臣看着念染宫中似有异样,还望皇上……"柳寒风抬起袖子擦了擦额头上的汗,"三思"两个字还没来得及说出口,皇上已经阔步走进了殿中。

柳寒风就算一万个不想进去,也只好跟着进去了。

果不其然,一进殿就瞧见了一幅让他这辈子都不可能忘怀的画面。

一黄一白两只老虎,温驯得像是两只小猫一般地蹲坐在染贵人的脚边,而在白老虎的脚边,则依次摆放了三具"尸体",从高到矮,井然有序。

柳寒风此时此刻简直悔得肠子都要青了,自从此前骆昭仪一案,他把一个心怀不轨、祸害六宫的女人说成是皇上命中的守护星,他这个钦天监监正就彻底成了朝堂上的笑柄。

那些同僚们虽然没有当着他的面说什么,但是私底下的指指点点简直更让人疯狂。

这段时间柳寒风每天都在思考着如何找回尊严,如何重新夺回皇上(国师大人)的信任,就在昨夜,他终于等到了梦寐以求的机会。

原本已经准备洗洗睡了的柳寒风打着哈欠,居然等来了皇帝陛下。

这是要转运哪!

皇上一进门的第一句话就是:"朕可以给你一个洗心革面重新做人的机会。"

柳寒风心情激动地表示愿为皇上死而后已,然后就接到了新的任务:算卦。

算卦这种事原本就是他的看家本领,就在他兴冲冲地拿出自己的家伙,准备在皇上面前努力表现一番的时候,皇上却冷冰冰地给了他一份卦书,大意是说他夜观天象,发现空中白虎星异动,占卜之后发现此星大吉,乃是有祥瑞之兽要来到宫中,只要找出这瑞兽所在,以皇上龙气养之,来年必定风调雨顺,国泰民安。

于是就有了今天这一幕。

想不到所谓的祥瑞之兽居然真的是两只大老虎,而且看染贵人那淡定的模样,看起来跟两只老虎处得还不错的样子,想到自己曾经背后捅过这位不少刀，柳寒风额头上的汗就冒得更汹涌了。

"皇上怎么来了？"不明就里的舒墨看到谢恒溪赶忙站起身，看到谢恒溪的目光落在躺在地上的三个人身上，舒墨有些不好意思，"它们不知怎么突然来了，暗香他们没有防备，被吓晕了，我已经让人去喊医侍了。"

是皇上让它们来的。柳寒风默默地在心底道。

"一点儿小事就吓成这样，连主子都护不住自己倒先晕了，这样的奴才留在身边有什么用？"谢恒溪看了一眼云翡，淡淡道。

"皇上带着柳大人前来是有什么事吗？"虽说谢恒溪针对的是云翡，但是毕竟暗香和小熊也晕了，她到底是管教不严，舒墨赶忙岔开了话题。

谢恒溪没有答话，只是静静地看向柳寒风，柳寒风收到指令，赶忙"扑通"一声跪了下来，脸色涨红、神情激动地看向两只老虎，两只手高举向空中，然后深深地拜了下去。

"皇上万福，下官能在这有生之年见到此等祥瑞之兽实是万幸，看来这念染宫便是祥瑞福地，只要皇上日后常来于此，便是天下万民之福。"柳寒风的演技向来不错，说演就演了起来。

谢恒溪对他的表现还算满意，只是不清楚事情始末的舒墨看得有些莫名其妙。

不就是两只老虎嘛，他怎么比她还激动？瞧瞧这没见过世面的样子，舒墨默默在心底将柳寒风又鄙视了一番。

"柳大人所言甚是。"谢恒溪闻言，觉得姓柳的总算是说了一句人话。

随即便摆了摆手，示意柳寒风可以退下了，柳寒风退下的同时，负责大黄和大白生活起居的几名太监也赶忙走了进来，把两只可以功成身退的瑞兽以及躺在地上的三具昏迷不醒的"尸体"一起带出了殿。

舒墨看到云翡被人抬着脚一路拖行，在路过门槛的时候后脑勺儿因为起伏还发出"吭吭"两声闷响，不由自主地抬手摸了摸自己的后脑勺儿。

看到内殿的一切都被清理得不着痕迹，舒墨突然觉得有些恍惚起来。

"你看我干吗？"谢恒溪的表情里写满了"朕知道朕很英俊"。

"你不会打击报复我吧？"舒墨没头没脑地蹦出来这么一句。

"你做了什么对不起我的事情了？"谢恒溪眯了眯眼睛，帝王之气顿显。

"当然没有，我可是一名鞠躬尽瘁死而后已的好密探。"舒墨连连摆手

表示清白，并且暗下决心以后一定要对这厮好一点儿。

贺鼎当初如何利用柳寒风制造舆论把她踩进泥里，现下谢恒溪就用同样的方法把她捧上了天，要是从事情的结果来看，他们算是小胜一筹，毕竟贺鼎折了骆碧璇，柳寒风这个监正也算是废了。

"这是什么？"谢恒溪拿起放在桌上的锦盒打了开来，见到里面放着薄薄的一片，好奇地拿了出来。

舒墨原本没有多在意，但是当她看到那一片晶莹透亮还略微透着幽幽的紫光，就这么一瞥，舒墨顿时激动得扑了过去。

"给我给我给我！"舒墨双眼冒光，像是看到了什么稀世珍宝。

"你这么激动干吗？"谢恒溪原本没觉得有什么，可是看到舒墨那副猴急的模样，他却起了逗弄之心，不肯给她了。

"你别弄坏了，这个很难得的！"舒墨见他没轻没重地往空中一扬，顿时心急如焚，要是就这么给甩破了，那她肯定会哭死。

"那你答应我一个条件我就把它给你。"谢恒溪厚着脸皮提要求，好像手中的东西真的是他的一样。

"成交。"舒墨毫不犹豫地答应下来，反正东西拿到了，诺言兑不兑现就是她的事情啦。

于是半个时辰后，念染宫内殿里出现了这样一幅画面。

谢恒溪正襟危坐于梳妆镜前，表情十分严肃，细细看去，才发现他的脸上贴了一层白色透明的胶状物，并且时不时地滑落，顺着他的脖子流向衣襟之上。

谢恒溪嫌弃地想要抬手去弄，却"啪"地被表情更严肃的舒墨给拍了回去。

"别动，一点点细微的表情都会影响皮肤的肌理走向，到时候拓出来的纹理乱七八糟的就没有教学意义了。"舒墨板着脸，一副教书先生的模样。

谢恒溪所谓的要求其实并不过分，就是让舒墨教他"易容"。

这事对于舒墨而言并不难办，只是易容这件事需要极强的细心和耐心，她并不认为日理万机的皇帝陛下能够坚持下去，无非就是心血来潮而已。

随便教一教还能摆摆老师的架子，舒墨还是很愿意的。

制止完谢恒溪乱动的手，舒墨回到了座位上，用银色特质的小捻子小心翼翼地将盒子中那片透着紫光的面具拿了出来，眼中透着一种梦幻的光芒。

　　面具上之所以会透着淡淡的紫光，是因为在其中加了一种名为"莲火"草药的汁液，莲火的药汁能够使面具的抗寒和抗热性大大提升，即便是放在火中燎烧或者是放在冰水中浸泡，只要时间不超过一天都不会对面具造成损害，而此种草药极其难得，舒墨从出生到现在也就见过一次——在师父的小宝库中。

　　谢恒溪百无聊赖地坐在镜子前，既不能说话又不能动，典型地自己给自己挖了个坑。

　　"嗯嗯嗯……"谢恒溪发出声音表示抗议。

　　"别急别急，就快好了。"舒墨恋恋不舍地放下手中的面具，无奈地走到了谢恒溪的身边，伸出食指在谢恒溪的脸颊及额头处轻轻按了几下，随即在脸颊两侧用力地戳了两下。

　　"差不多了，再等一会儿就好了。"舒墨老成持重地说。

　　感受到那柔嫩的指腹在自己的脸庞上温柔轻触，谢恒溪的脸不由自主地红了起来，她居然也有这么温柔的时候，下次可以多来学习学习，正想着，脸上就传来两下痛意，于是方才那点儿小旖旎顿时消散了。

　　作为一名学生，谢恒溪勉强算得上是个"尊师重道"的好学生，即使脸颊上有不少地方被扯得有微微的痛意，也一声不吭地没有找舒墨的麻烦，直到她全部清理干净之后，才伸出手摸了摸有些痛的地方。

　　舒墨看着谢恒溪表情严肃地照着镜子，白皙的脸庞因为她的"粗暴"而微微泛红，原本是想要捉弄一下他的小心思顿时收了起来，为了表现自己的豁达，舒墨清了清嗓子，从袖中拿出一个墨绿色的小瓶子。

　　"皇上的皮肤太娇嫩了，以后还是要定期做一下清理，不然很容易引起过敏之类的。"舒墨一本正经地说完，将瓶中透明的膏体倒在指尖，然后在谢恒溪发红的脸颊处涂抹开来。

　　谢恒溪感觉到有一抹冰凉顺着那指尖在自己的脸部游走，原本有些发烫的部位被这么轻轻一触碰，顿时变得凉爽起来，思绪也开始跟着那抹冰凉扩散开来。

　　努力为皇上降温的舒姑娘郁闷了：这冰雪膏过期了不成？怎么越涂脸反倒还越红了呢？

（十四）实验对象

—149—

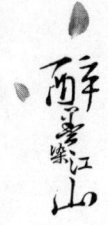

舒墨正纠结着要不要再多涂点儿的当口，暗香就红着眼眶走了进来，见到谢恒溪便"扑通"一声跪了下去，然后"砰砰砰"地磕了三个大响头。

"奴婢该死，还请皇上赐罪！"暗香跪在地上痛哭流涕，没过一会儿小熊也走了进来，跪在了暗香的旁边。

"奴才没能及时保护主子同样罪该万死，奴才也请皇上赐罪。"小熊也坚决地说道。

谢恒溪看着不知道从哪儿冒出来的两个人，剑眉微蹙，他刚刚确实是打算要惩罚一下念染宫的宫女太监们，这两个人在这个时候撞到刀口上来，处置与否反倒变得有些难办起来。

"爱妃的奴才，爱妃自己决定吧。"机智的谢恒溪把问题抛给了舒墨。

舒墨看着哭得仿佛天崩地裂的暗香以及一脸悲壮赴死表情的小熊顿时有些头痛，要说不处置，自己在宫里的威信怕是要受到影响；可是要处置，手边又着实没有可用之人，云翡刚刚到宫里来，要是这个时候处置了他俩，无疑是给了云翡可乘之机。

"咳，怎么好端端的突然有些头疼了？"舒墨抬起手放在太阳穴处，一副弱不禁风的模样。

话音刚落，秦彦就提着药箱走了进来。

"娘娘的念染宫这是遭了强盗了？怎么想找个通传的人都没有？"秦彦皱着眉头走进殿中，一抬头就看见了坐在镜子前的谢恒溪，于是赶忙跪了下去。

"这是新来的秦太医，目前负责娘娘的脉案。"简竹站在谢恒溪的身边小声提示道，"国师大人举荐的。"

"微臣不知皇上在此，言行无状，还望皇上恕罪。"秦彦低着头跪在地上，表情看不真切，虽然说的是请罪的话，语调却不卑不亢，没有半分惶恐。

"不知者无罪，起来吧。"谢恒溪看着这位年轻到有些过分的神医谷才子，神情玩味，"关于爱妃的病，秦卿打算怎么治？"

"方才在殿外似乎听到娘娘在为如何处置这两位奴才心烦，微臣恰好有一个法子。"秦彦走到小熊的身边，伸出一只手抬起小熊的下巴，用一种令人毛骨悚然的眼神盯着他看了半晌，然后徐徐又道，"娘娘的病需要药浴，只是这药浴虽然药效显著，但是药效凶险，所以微臣需要两个试药之人，微臣看这两个人就不错,一男一女,体质不同也更具有参考价值。"

"就按秦卿说的办吧,试药两个人怕是不够,再加上一个吧。"不待舒墨说话,谢恒溪已经做了决定。

就这样,身体棒棒的云翡从昏迷中刚刚醒来,就被人带到了院中成了试药人三号。

于是月朗星疏之时,念染宫的正院中一字排开放了三个大木桶,每个木桶都用白布围起,人影绰绰,热气袅袅,画面有些诡异。

秦彦:"水温如何?"

小熊:"有点儿凉。"

暗香:"有点儿烫。"

云翡:"太烫了。"

秦彦:"感觉如何?"

小熊:"非常好。"

暗香:"有点儿困。"

云翡:"有点儿想吐,哕……"

低头看了看漂浮着的呕吐物以及夹杂着各种各样草药的桶内,云翡隐隐地有种想要杀人的冲动。这个秦彦真的不是皇上放在大人身边的卧底吗?

"一号二号体质不错,可以参与后续测试,试药人三号体质过弱,扶出来吧。"秦彦轻描淡写地扫了三个桶一眼,而后轻飘飘道。

在秦彦的示意下,三名试药人被扶了出来,小熊的脸色十分正常;暗香的脸蛋则有些微微的红晕,像是涂了胭脂一般;最耀眼的当数云翡,只见她整个人像是一颗紫薯一般,从头到脚都透着忧郁的紫色,匆匆一瞥,甚是吓人。

"带下去带下去,体质实在是太差了。"秦彦表情嫌弃地看了一眼云翡,随即摆了摆手。

自此之后,云翡便多了一个外号:紫薯。

月上中天,舒墨看着面前冉冉冒着白气的药桶十分纠结。

"紫薯"的故事她已经听说了,虽然她对自己的体质很有自信,但是万一自己泡出来和云翡一个下场,浑身上下冒着紫光,光是想想舒墨就觉得很崩溃。

"咳,秦太医,三名试药人中就有一名出现不适,咱们是不是应该更谨慎些?"舒墨看着秦彦将一包又一包的草药倒进桶中,表情纠结。

"娘娘这是不相信微臣的判断力?"秦彦挑了挑眉又道,"真是好心当作驴肝肺。"

"什么?"舒墨全神贯注地盯着药桶,猛地听到这么一句,不由得怀疑自己有些幻听。

"我还以为帮娘娘救下心腹,又惩罚了不忠之奴,娘娘应该感谢我。"秦彦拿出一根细细长长的铜针,放在了桶中。

"这么说来,你是跟云翡有仇?"听到秦彦的话,舒墨顿时来了兴趣,她就说好端端的秦彦怎么会提出试药,原来是意在云翡啊!

"有仇谈不上,不过是看不顺眼罢了。"秦彦把铜针抽出,只见铜针已经完全变成银色,在月光下散发着寒光。

两个人同为贺鼎效力,想必争宠也是必然的。

想到这一点,顿时生出一种"敌人的敌人就是朋友"的相惜之感,虽然她跟秦彦也有过不畅快的过往,但江湖是江湖嘛,现在进了宫,表面上是同一阵营,而且有了共同的厌恶对象,舒墨顿时觉得和小秦太医发展友谊很有必要。

"既然秦太医这么有诚意,那本宫也就开门见山了,你我二人虽然为同一个人效力,但是我想要的和你想要的毕竟不同,不如合作?"舒墨压低声音,抛出橄榄枝。

"你怎么知道你想要的不是我想要的?"秦彦抬起头来,看向面前美得惊心的容颜,眸光深邃,颇有探究之意。

听到他的问题,舒墨眼中的笑意便溢了出来。

"我只想要宠冠六宫,难不成秦太医也有这个志向?"舒墨走到秦彦身边,在他耳边说道。

秦彦正专心地数着丢了多少包草药,没想到舒墨突然靠近,几乎是条件反射,手中的药包就这么抛了出去,墨绿色的草药洋洋洒洒地从半空中落下,恍若是在郁郁葱葱的树林之中,一股莫名的熟悉感涌上了秦彦的心头。

这个女人突然靠得这么近是不是想要暗算我?

可是这个场景怎么好像有点儿熟悉?

刚才药材到底丢了多少包来着？

各种纷杂的思绪在秦彦脑中掠过，然后几点水意就这么扑面而来，一同而来的还有一声震天响的：阿嚏！

"什么东西，阿嚏！"舒墨用力地挥舞着双手，企图把面前的粉末挥散开来，却还是没能忍住粉末的侵袭，打了一个猝不及防的"喷嚏"。

于是患有重度洁癖、具有女人靠近就要昏死属性的小秦太医，就这么毫无防备地被舒墨喷了一脸口水。

秦彦崩溃了，情绪一旦濒临崩溃的边缘，就会做出平时绝对不会做的事情，比如此时此刻，秦彦对于被喷口水这件事情的反应竟然是：尖叫。

秦彦正被舒墨捂着嘴巴，表情惊恐地蹲在木桶之中。

"大晚上的你鬼叫什么？咱们现在进行的可是秘密行动，大半夜的和陌生男子共处一院，你是想让我被浸猪笼吗？"舒墨死死地捂住秦彦的嘴，表情紧张地四处张望。

虽然秦彦是她的诊脉太医，但解毒一事原本就是秘密进行的，即便是谢恒溪默许的，也不能正大光明地进行，更何况秦彦还说明药浴必须要在月华最盛时进行，舒墨只好遣散了宫里所有的宫女太监，然后在院子里悄悄地进行治疗。

舒墨一手捂着秦彦的嘴，一手用力地按着他的头，直到确定没有人过来凑热闹，才放开了手。

"你的迷香挺管用呀。"舒墨松了口气，为了避免有人看到不该看的画面，她让秦彦在各房里都稍稍做了点儿手脚，让大家睡得更香，现下看来效果十分不错嘛。

舒墨表扬完毕，等了许久也没听到秦彦的回应，回头望去，只见秦彦清秀的面庞上泛着潮红，一只手来回摩挲着刚才被她触碰过的部位，眼神迷离又恍然。

难道刚才自己太凶猛吓到他了？想到秦彦的重度洁癖，舒墨突然意识到刚才的举动可能对小秦太医造成了心理和生理的双重创伤，在这个提升对方友好度的节骨眼上，舒墨不由得为自己的反应过度有些懊恼。

正想着如何安抚，就听到一个弱弱的声音从耳畔飘来。

"你……你愣（能）再摸我一哈（下）吗？"秦彦声若蚊蚋，咬字含糊

不清,清秀的脸庞上满是红晕,眸中盛着几近梦幻的光芒,像是随时都会晕过去一般。

"啥?"由于声音实在是太小,舒墨不得不往前凑了凑。

秦彦原本就是壮着胆子提出的要求,见到舒墨越来越近,他只觉得自己的心"扑通扑通"地跳得越来越快,也不知道是不是木桶中的药材发挥了功效,腾腾的热气从他的脚底冲向头顶,脸颊上更是火烧火燎一般。

原来被女孩子"摸"是这种感觉。

原来不过敏的感觉这么好。

原来他也可以像正常人一样!

得出这三个结论的秦彦决定为了自己的幸福人生,豁出去了。

"我们达成约定吧!"秦彦抬起头来,用一种满是希冀与期待的光芒看向舒墨,眼底湿漉漉的,"只要你答应成为我的研究对象,我可以答应你的任何要求!

"我可以帮你宠冠六宫,容颜永驻!

"我还可以帮你把关,让你百毒不侵!"

急于证明自己价值的秦彦信誓旦旦道。

"成交!"几乎是下一秒,舒墨就伸手勾住了秦彦的小指,一气呵成地完成了拉钩的动作。

原来和小秦太医交朋友这么简单的,只要答应做试药人就可以了!

早知如此,她还费什么功夫去讨好贺鼎,直接找秦彦不就行了嘛。

舒墨看着面前满脸幸福之色的秦彦,不无惆怅地想。

刚刚回宫,谢恒溪就被一堆国务留在了龙安殿,舒墨倒是优哉游哉地回到了念染宫,正在心底盘算着要不要去御花园散步时,外面就传来了一阵急促的脚步声,抬头看去,只见暗香匆匆忙忙地走了进来。

"主子,一个好消息和一个坏消息,您要先听哪一个?"暗香行完礼,表情纠结地说道。

"好消息。"舒墨拈起一颗剥好的葡萄丢进口中,清甜爽口的汁液在口腔中蔓延开来,心情又跟着好了两分。

"素晚姑姑马上就要到了。"暗香话音刚落,就瞧见一抹淡紫色的身影出现在了视线之中。

"姑姑。"舒墨见到商金金，顿时喜笑颜开地从椅子上蹦了下来，正准备朝商金金扑过去，就接收到了对方警示的眼神，舒墨步伐一顿，刚刚迈出去的右脚又收了回来。

"奴婢参见娘娘，让娘娘惦记这么久，是奴婢的错。"商金金行了完美无缺的请安礼之后，便来到了舒墨的身旁，而后不着痕迹地将她"扶"回了座位之上。

听到商金金的话，舒墨仿佛回到了犯了错被姑姑惩罚的小时候，简直抑制不住想要跪下的冲动。

听姑姑这语气似乎心情很不好啊，她刚才是得意忘形开心得过头了一点儿，可是也不至于这么生气吧？姑姑不是常说心里越生气面上要笑得越开心吗。

"咳，暗香，你刚才说一个好消息一个坏消息，那坏消息是什么？"舒墨端起茶盏抿了一口，想要岔开话题，安抚一下被姑姑吓到的小心脏。

"听闻今天早朝时东凉国的使臣献上了和亲谏书，表示他们唯一的公主将于三日后抵达京城，希望能与我朝联姻。"暗香说完便默默地往后退了一步，把存在感降到最低。

"联姻？皇上又没有皇子，这是联的哪门子姻？"舒墨不解道。

"东凉使臣表示知道陛下登基至今仍未立后，所以希望他们的公主能够成为皇上的妻子。"商金金话音刚落，就听到"咚"的一声闷响，舒墨手中的茶盏掉落在了地上，与厚厚的毛毡碰撞，发出不大的声响，热气腾腾的茶水将毛毡浸湿，白雾冉冉上升。暗香见状赶忙上前收拾茶盏，商金金则仿佛没看到舒墨的失态一般。"礼部尚书沈御沈大人早朝时觐见，皇上妃嫔凋零，没有子嗣，于国于民都是有百害而无一利，故希望皇上能恩准提前进行选秀，充盈后宫，百官附议。"

这么一长串的话说完，舒墨只觉得心里拔凉拔凉的，原本因为和秦彦联盟的那点儿好心情全部消散于无形，也不知道为什么，听到"选秀"这两个字的时候，心里就像是被压上了一块巨石，剩下的只有满满的心塞。

看到舒墨那张瞬间垮下来的小脸，商金金在心底无奈地叹了口气，她是过来人，所以舒墨的那点儿小心思自然是逃不过她的眼睛。

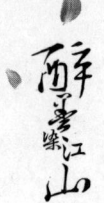

　　龙潭虎穴一般的深宫，哪里是舒墨这种没心没肺的小姑娘能适应得了的？可是现下看她这副模样，明摆着是对谢恒溪动了心而自己却不自知罢了。

　　若是换在平常，舒墨可能还不会这般忧心忡忡，可是这趟出宫回教，一路上打听到的事情和经历，实在是让她不能够再乐观下去。

(十五)新蕾公主

也不知道过了多久，殿外传来轻盈的脚步声。

"都不用伺候了，我想一个人待一会儿。"舒墨恹恹道。

那个人却像是没听到舒墨的话一般，仍旧推门走了进来，舒墨不悦地抬头看去，却瞧见来人是云翡。

自从上次药浴过敏之后，云翡已经有段日子没有在念染宫走动了，就在舒墨都要忘记这么一号人物的时候，她居然又出现了，还是在舒墨心塞的当口。

"我说的话你听不见吗？"舒墨挑了挑眉，语气不悦。

"奴婢不是有意打扰娘娘休息，是国师大人有些话让奴婢转达给娘娘。"云翡恭敬地说。

"你在我念染宫，就是我念染宫的奴婢，替国师大人传话，你这奴婢当得真是不错。"舒墨语气嘲讽，"说吧，什么事？"

看着肤色已经恢复如常、低眉敛目地站在不远处的云翡，舒墨不由得腹诽，下次或许可以找秦彦咨询一下，有没有什么上色的草药是永不褪色的。

"东凉国的公主已经到达京城了，国师大人让娘娘好好准备。"云翡的脑中浮现出贺鼎说这句话时的容颜，那张潋滟的容颜已经很久没有出现过这样的笑容了，就像是沉寂在地底的妖神，终于找到了可以提起一丝兴趣的玩物一般。

对于舒墨向国师投诚一事，云翡一直都觉得太过儿戏，她曾侧面向主子说过自己的想法，主子却置若罔闻。

云翡做事向来极有分寸，知道什么是点到即止，既然主子没有放在心上，她也不好再提。

　　所以此次重回念染宫,云翡给自己定下的目标是一定要监视好这位"新盟友",绝对不能让主子的计划有半分的差池。

　　云翡正低头想着,一抹素色的裙裾就出现在了她的视线之中,她抬头看去,就瞧见舒墨正用一种审视般的眼神看着她。

　　饶是对这张容貌见过许多回,现下这般近距离地观察,云翡仍是被那美丽的容颜震撼得有些心神不宁。

　　丹唇素齿,墨发蛾眉,妩媚的双眸微微流转,便像是含情脉脉般,有着说不出的风情,亮如点漆的双眸恍若黑曜石般明亮,仿佛就这么静静地看着,就能将人的心魂带走一般。

　　"大胆刁奴,竟敢直视主子,自己领罪去吧。"舒墨看了半晌,而后云淡风轻地说道。

　　她心情不好,自然没有让敌人心情好的道理,要怪也只能怪云翡出现的时机不对。

　　"奴婢知罪。"云翡闻言,有片刻的错愕,不过很快就回过神来,退了下去。

　　她刚退下,暗香就火烧眉毛一般地走了进来,像是有什么十万火急的事情需要通知,以至于连跪在殿外掌嘴的云翡都没注意到。

　　"主子,东凉国的使团进宫了,他们的公主也来了,皇上有命,让娘娘您半个时辰后前往南孚苑赴宴。"暗香边说边拍了拍手,宫女们端着各式各样的华服锦衣站在身后,每个人都是一副如临大敌的模样。

　　不怪暗香如此心焦,实在是这位东凉公主刚刚进宫就闹出了不小的动静。

　　听说她的软轿在御花园路过时,微风将轿帘吹得微微浮动,一名正在打扫湖边落叶的小太监就这么看得失了神,直挺挺地落了湖。

　　不消一个时辰的工夫,什么沉鱼落雁、闭月羞花之类的词就开始可劲往这位公主身上招呼起来,那个从湖里被捞起来的小太监更是夸张,醒过来之后就张着大嘴,却怎么也说不出话来了。

　　于是更夸张的传闻就来了,说是公主之美貌能让人口不能言,穷极赞美之词也无法形容其万一。

　　对于这种传闻,暗香真是恨不得冲上去泼对方一脸冷水,没见过世面就不要出来丢人现眼好吗?说话这么肤浅一定是没见过她家娘娘才对!

想到她家娘娘，暗香这才终于想起正事来！

敌人都踩上门了，她家娘娘在干啥呢？

暗香抬头看去，就瞧见自家主子正表情肃杀地一一过目宫女们手中端着的华服。

嗯，很快就进入了战斗状态！不愧是我家主子！——暗香的心声。

这次我出席要好好把握机会，还要打扮得漂漂亮亮地出席，漂亮到闪瞎谢恒溪！至于东凉公主？管她是谁！——舒墨的心声。

南孚苑，先帝在位时所建。

先帝性好奢靡，南孚苑便是他在位期间最大的一次手笔，苑外和苑内连接的路是由数不尽的东珠铺成，苑中的山水乃是模仿先帝微服私访江南之时所看到的风景等比建成，苑中自有银河倒泻、层峦叠翠，一年四季景色不尽相同，云蒸霞蔚，山光明媚，耗费不知多少人力，才将这江南风光尽展于一苑之内。

不过自谢恒溪登基以来，因为不喜欢奢靡，南孚苑也就渐渐地荒废了，招待使臣、群臣也大多在御花园之中，没想到此次东凉国使团入京，皇上却又想起了这南孚苑，原因几何，一时间引来不少猜想。

有的说皇上对于东凉公主入京和亲一事十分看重，所以才将设宴地点改在了这里。

也有人说是因为不喜欢东凉觊觎后位，所以才会选在这么一个早就荒废了的苑子，美则美矣，终究是从前的事了。

无论议论声如何，晚宴终究是热热闹闹地开场了。

除了东凉使臣之外，北丘也派了使团过来，只不过相比东凉带了公主来和亲，北丘只是单纯地觐见而已。

因为有了两国使团，为了彰显国风，规格自然不会低，礼部一改常态，选用了多国舞姬合舞的方式，营造了一支别开生面的开场舞。

舒墨就是此时出现的。

只见她穿着一袭水雾碧青的百褶裙，折纤腰以微步，头上的仁风普扇簪垂下一缕珍珠，随着步伐微动，身后的长裙也跟着散开，腮边两缕发丝随风轻动，为原本出尘若仙的容貌平添了两分诱人风情。

众人原本集中在舞姬身上的目光几乎是顷刻就聚集到了她的身上，伴随

着那异域的乐声，舒墨一步步朝着席中走去。

方才那晃花人眼的蛇腰此时都仿佛失去了诱惑力一般，所有人的眼神都不由自主地跟着那碧青色的身影朝前移动。

舒墨的目光从进入苑中起，就落在了谢恒溪一个人身上。

他穿着一身墨色直裰朝服，腰间扎着同色金丝蛛纹带，坐如弓弦，丰神俊朗的面上并没有什么表情，周身透着一股与生俱来的高贵。

舒墨来到谢恒溪身边坐下，舒墨樱唇微启，想说话，可也不知说什么。挣扎一番后，泄气了。

从前舒墨并没有觉得谢恒溪妃子少，可是今天她却感觉到似乎真的是不多，伸长了脖子看下去，加上她似乎也就两个人而已……

难怪礼部要求谢恒溪提前选秀，无子无后，确实不是什么好事。

舒墨请了安之后就没有再说话，谢恒溪也跟着像是没看到她一般静静地欣赏歌舞，反倒是坐在下面的东凉使臣，在舒墨出现的那一瞬间，眼珠子就像是黏在了她的身上一般，表情惊讶得都让舒墨怀疑自己脸上是不是有什么东西没有擦干净。

大概是没有见过美女吧。舒墨无奈想。

舞步渐歇，充满异域风情的妖娆舞娘们终于退了下去，清丽的丝竹声响起，一抹红色的身影出现在苑门口。

大红色的芙蓉广袖望仙长裙，袖摆上绣着精美的花纹，外罩一件薄纱羽衣，每支羽毛上都缀着细小而浑圆的碎珠流苏，如果说刚才的舒墨像是一抹清泉般流进人们的视线中，那么眼前的这抹红色则像是一束烈火，闪耀着不可直视的光芒。

从东凉使臣的尖叫声和殷切反应来看，眼前这曼妙的身影应当就是东凉公主了。

看着那抹身影越来越近，一股极其强烈的不安感从舒墨的心底升起。

为什么会有一种熟悉之感？舒墨看着面前被薄纱遮去了大半的容貌暗自困惑。

"东凉国新蕾参见皇帝陛下。"新蕾右手覆于左肩之上行礼道。

"公主请起。"谢恒溪微微一笑，端起酒杯朝着在座诸人笑着又道，"东凉国作为我朝友邻，不远千里携新蕾公主而来，朕心甚慰，众卿满饮此杯，以示欢迎。"

宫女端着准备好的酒盏递到了新蕾公主的面前，只见她一手接过酒盏，一手解下面纱，露出了真颜。

落下的面纱像是一道符咒，让在场所有人都陷入了死一般的寂静之中，而后只听"啪"一声，一盏翠绿碧幽的琉璃酒盏从席首滚了几个圈，落到了白色的东珠地面上，四分五裂。

是她，怎么会是她……

舒墨看着那离自己不过一丈有余的容貌，只觉得心头百感交集。

"嫔妾失态，还望皇上恕罪。"舒墨将心头翻滚而起的巨浪按下，垂眸说道。

"哈哈，所谓'不知者无罪'，我方才瞧见这位娘娘的容貌之时，也着实吓了一跳，是以娘娘突然见到我们新蕾公主的容貌，受惊也不足为奇。"东凉国使臣拓跋冀走上前来，拱手笑着说道，"要是换作从前有人跟我说这世间有人跟我们的公主殿下长得一样，我一定会打得那人满地找牙，以惩他亵渎公主之罪，可是今日所见，却让我不得不感叹一句，天下之大，无奇不有啊。"

一模一样的容貌，截然不同的装扮，如果不是亲眼所见，只怕都会以为一定是谁在开这样的玩笑。

站在舒墨身后的暗香，也是惊讶到下巴几乎都要掉下来。

原来御花园那跌入湖中的小太监并不是被美貌所震撼，而是因为看到了这位新蕾公主和娘娘一模一样的容颜吗？

"拓跋使臣说得对，不知者无罪，爱妃请起。"谢恒溪微微侧身，将跪在地上的舒墨扶了起来。

在这搀扶的瞬间，舒墨企图从谢恒溪的脸上寻找答案，他是知道抑或是不知？

只可惜那清俊的容颜一如既往地淡然，深邃的眸子像是无底的深潭，让人压根寻找不到想要的答案。

是了，知或不知，又能如何呢？

这一刻，舒墨突然觉得自己这个"染贵人"就像是一个天大的笑话，她名叫染念，住在念染宫，是宠冠六宫的染贵人，可是那又如何呢？现下正主

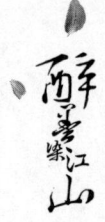

回来了,她这个赝品是不是可以收拾包袱滚蛋了?

在看到那容貌的一瞬间,舒墨就知道,是她回来了。

那个曾经在淮陵楼中被她迷晕藏在床底,最终却失踪的染念。

不会是别人戴着面具伪装的,也不会是人有相似的巧合,眼前的这位"新蕾公主"就是真真切切的染念本人。

只是为什么谢恒溪的眼线会摇身一变成了和亲的东凉公主就不得而知了。

歌舞声再起,染念已经回到了自己的座位之上,小心翼翼的交流声不绝于耳,舒墨却置若罔闻。

"皇上,嫔妾身体不适,想要回宫休息,望皇上恩准。"片刻后,舒墨如是说。

谢恒溪没有说话,只是点了点头,算是应允了。

如果舒墨能够弯下身,她就能看见桌案下谢恒溪那紧攥的拳头,可惜她的心繁杂如麻,并没有心思去观察这些。

得到批准的舒墨匆匆离去,她需要一个安静的地方来整理一下自己的思绪,她需要去找姑姑问一下这件事她是不是早就知道了。

珠缨炫转星宿摇,花鬟斗薮龙蛇斗。

南孚苑中歌舞依旧,似是想要将刚才那一幅印在每个人脑中的画面尽快压下。

贺府。

一只黑色的鸟儿扑棱着翅膀在月色的映衬下飞进了那郁郁葱葱的府邸之中,在假山嶙峋的花园中盘旋了一圈之后,最终落在了河边的六角亭之中。

"哟,如耳回来了。"贺鼎穿着一条雪白的长袍,衣服的垂感极佳,月白祥云纹的腰带系于腰间,头发也用一块白玉束起,明明是一身秀雅至极的装扮,却硬生生地被那妖冶的容貌破坏了这份雅致,依旧觉得像是从天山走出的雪妖一般。

贺鼎站在大理石的圆桌前,从桌上的锦盒中拿出一条血红色的小虫放于掌心,似是心情不错地将掌心摊在了如耳的嘴边,如耳动作迅速地叼住了那只小虫,眨眼的工夫,小虫就进入了如耳的腹中。

"乖,吃了东西就交作业吧。"贺鼎伸出一只手,在如耳的头顶处摸了摸,如耳似是十分受用地扑扇了两下翅膀,而后张开了嘴巴。

"嫔妾失态,还望皇上恕罪。"

"皇上,嫔妾身体不适,想要回宫休息,望皇上恩准。"

舒墨的声音从如耳的口中流泻而出,比起上次在天牢中,声音的维度又像了两分。

等到如耳学完,贺鼎嘴角的笑意再次绽放,他从刚才那锦盒之中拿出两条小虫,往空中一抛,如耳便迅如闪电地追了出去,可惜两条小虫方向不同,终究是追到其中之一,只听一小声"扑通"响起,应当是小虫落入了湖中。

只见原本平静无波的湖面因为刚才那一小声"扑通"而瞬间泛起波澜,白色的水花四溅,几只黑得泛亮的身影渐渐浮出水面,张着大嘴,用尖尖的獠牙撕咬着无形的网。

"别着急,也有你们的。"贺鼎拍了拍手,数名小厮端着托盘,隐约能看出托盘中的东西拼凑在一起应当是匹马,大概是刚宰杀不久,还在滴着鲜血。

小厮们将托盘中的食物倒进湖中,哗啦哗啦的水声传来,血腥味渐渐弥漫开来。

贺鼎站在栏杆旁,看着血色在湖水中弥漫,嘴角的笑意更盛。

"没能亲眼见到那幅画面,真是可惜。"贺鼎抬起头来看向远方,嘴角的笑意像是复苏的毒蟒,华丽又让人心惊,"就当是让它们陪着你参加了这盛宴吧。"

哗啦啦的水声渐渐平息,血色与湖水融为一体,小厮们跪在地上擦拭着刚才滴落在地上的血迹,微风掠过,血腥味渐散,一切都像是没有发生过一般。

舒墨回到宫里之后就"病了",受了风寒,每日闭门不出,也不再见人。

"来,喝药。"商金金端着药盏,看着坐在窗台旁愣愣出神的舒墨,不由得有些无奈。

"姑姑,你别逗我了。"舒墨转过头来,她并未戴"染念"的面具,脂粉未施的脸蛋有些憔悴,不过倒不是病容,瞧着像是没有休息好导致的。

"谁逗你了,娘娘病重,自然是要喝药了。"商金金面色严肃地走到舒墨的身边,把药盏递到了她的手中。

"娘娘?"舒墨的嘴角牵起一抹嘲讽的笑,接过药盏,而后将墨色的药

汁倒入了手边的花盆之中。

明明没病的人，却对外宣称病得不轻。

要说是为什么，只怕就连舒墨自己也说不清楚，只是一想到要见到染念，她就不愿意踏出这宫门一步，或许这就是所谓的"眼不见，心不烦"吧。

"遇到对手不想着如何战胜对方，只知道一味地逃避，我花容教有你这么个圣女，日后还有什么好指望的？"商金金看到舒墨那无精打采的样子，就气不打一处来。

在她的印象里，舒墨从来就不是这么容易受挫的性子，即便是当年因为圣女排行榜而被江湖中人非议，也没有见过她这么"一蹶不振"的模样。

"姑姑，我也不知道我这是怎么了，总觉得这心里空落落的。"舒墨侧目看向商金金，表情寂寥，内殿之中只有她们二人，清浅的声音飘荡在偌大的殿中，分外空荡，"不知道从什么时候开始，就连我自己都有些分不清楚我扮演的到底是谁。我是舒墨，可是同时我也是染贵人，我不喜欢这个身份，可是为了他，我却也并没有很排斥，渐渐地，我甚至已经有种错觉，我就是染念。"

舒墨的目光落在手旁的紫檀盒上，素手微扬，盒盖应声而开，精致的面具安静地躺在盒中，即便是没有戴在人脸上，也依旧能感受到那触目惊心的美。

此时此刻看到这张面具，舒墨百感交集，这几天晚上，她一闭上眼，就仿佛看到染念站在自己的面前，控诉着她这个冒牌货，抢夺了属于她的人生。

她称病三日，谢恒溪始终没有来。

第一日，她希望他能够给她一个答案；第二日，她希望他能够给她一些方向；可是到了第三日，她却希望就在这殿中永永远远地待下去，再也不要见到外面的那些人。

这样的她，懦弱到连自己都觉得失望。

"你爱他？"只听"啪嗒"一声，紫檀盒盖应声而落，将面具重新关回了不见天日的盒中。

"我不知道。"舒墨摇了摇头。

"其实，你爱不爱他都不重要。"商金金坐到舒墨的身旁，抬起手轻轻地抚上她的额头，就像是她小时候那般，"他的身份不会因为你爱他而有任何改变，而你也一样，染贵人这个身份就像是包着纸的灯笼，有心人轻轻一戳，就破了。"

舒墨抬起头来，眼中满是迷茫。

"傻丫头，如果他爱你，自然会告诉你；如果他不爱你，咱们圣女也不稀罕。"商金金莞尔一笑，拍了拍她的头又道，"他选的是你，从一开始就不是染念，即便她现在回来了，也不能改变什么。"

"他选的是你"，这五个字像是一阵大风，将舒墨心头大雾吹散开来，重新见到了阳光。

南孚苑夜宴后，东凉使团和北丘使团并未留宿宫中，不过新蕾公主倒是留了下来，并且被安排住在了宫中。

皇上的这个决定曾遭到了礼部尚书的强烈反对，理由是他朝公主入住原本属于皇后的中宫实在于理不合，不过谢恒溪并没有理睬他，反而批评他思想迂腐，不懂变通。

礼部尚书气得告病三日，新蕾公主就这么入住了自谢恒溪登基以来还没有人住过的宫殿。

檀木为梁，水晶作壁，地铺白玉，金珠嵌莲的宫殿前，站着一名青衣女子，随着莲步轻移，鬓间的芙蓉暖玉步摇跟着晃动，长长的裙摆恍若碧波，像是海之精灵来到了凡间。

"娘娘，皇上有令，没有准许，谁也不能打扰新蕾公主休息。"临时被调来宫殿伺候新蕾公主的小平子为难地说道。

虽然最近宫中谣言四起，都说皇上有意封新蕾公主为后，那位宠极一时的染贵人只怕要就此失宠了，但到了正主跟前，小平子也半分不敢怠慢。

依他看，这染贵人和新蕾公主长得一模一样，皇上心里到底喜欢谁，谁知道呢？

"有事本宫担着。"舒墨原本就是来砸场子的，哪里会被一个小太监拦住去路，冷冰冰地丢下这么一句，就朝着殿内走去。

小平子原本还想再拦，却被小熊挡住了去路，自从上次被大白吓晕过去之后，小熊就立誓要好好保护主子，被老虎吓晕也就算了，眼前这个身无四两肉的小太监也敢拦自家主子，小熊觉得自己这一身横肉遭到了鄙视。

于是小胖手一提，就这么将小平子给拎到了一边。

舒墨畅通无阻地来到殿前，深吸一口气后，伸手推开了殿门。

她曾设想过她和染念见面后会是一幅怎样的画面,是两个人开诚布公地撕破脸皮,还是敞开心扉地回忆往事(当然这个可能几乎为零),然而舒墨却从未想过,她看到的会是这样一幅画面。

只见一男一女两个身影相拥站在殿中,美人泪垂水晶阶,只可惜谢恒溪背对着舒墨,是何表情就不得而知了。

舒墨原本只做好了单挑的准备,突然多了一个人,舒墨突然不知道该是前进还是后退了。

面对两个人惊讶的目光,舒墨立马举了举手中的食盒,笑靥如花地来到了两个人面前。

"这么巧,皇上您也在这儿?"舒墨笑着走上前去,将手中的食盒打了开来,原本满是馨香的宫殿里顿时弥漫着一股难言的臭味,"此前夜宴上嫔妾身体不适先行告退,都没能来得及跟公主殿下好好聊上两句,今天得了空,正好做些拿手玩意儿给公主尝尝。"

"这是我朝著名小吃臭豆腐,公主您在东凉一定没吃过。"舒墨把盘子从食盒中拿出,将盛着金色豆腐块的盘子递到了染念的面前。

看着那美人脸从红到绿,舒墨的心情顿时愉悦了不少。

"朕倒是不知道御膳房还能做这个?"谢恒溪挑眉说道。

"不是御膳房做的,是嫔妾自己做的,皇上您也尝尝吧?"舒墨笑着夹起一块臭豆腐,放到了谢恒溪的嘴边。

毫不意外地,谢恒溪的俊颜也跟着黑了下来。

收获第二张黑脸,舒墨的心情又好了不少:让你不来探病,活该!

"爱妃这般有心,朕就不妨碍你跟公主聊天了。"谢恒溪说完便踏步朝外走去,似乎对面前美人那依依不舍的目光视若无睹。

"都下去吧,本宫和公主好好聊聊。"舒墨摆了摆手,暗香和小熊应声退下,伺候染念的两名宫女忧心忡忡地不肯离开,最后也在染念的示意下退了下去。

当殿内只剩下两个长得一模一样的女人,并且空气中还飘荡着臭豆腐的奇异香气,气氛便开始莫名地诡异起来。

"本公主累了,娘娘若是没事,就请离开吧。"许是终于无法忍受空气中的气味,染念率先打破了沉默。

染念说话的语调听着有些生硬，声音也不像是从前那般的吴侬软语，而是有些沙哑，那天夜宴之时舒墨被她的出现所震惊，是以并没有注意到这些细节，现在细细观察，舒墨只能想到五个字"做戏做全套"。

　　"公主这么冷淡，真是让人伤心。"舒墨对于逐客令置若罔闻，反倒是走到小几前坐了下来，"你我好歹也算是半个故人，公主真的没有什么话想要对我说吗？"

　　"故人？娘娘可真是敢往自己脸上贴金。"染念嗤笑一声，"不过一名小偷，也敢出此狂言。"

　　"我是小偷，那你是什么？冒名顶替的公主？似乎也没高尚到哪儿去。"舒墨看着染念的脸，却生不出半点儿怜香惜玉的心情。

　　其实她对于染念，多多少少是有些愧疚的，可是姑姑告诉她，染念现在只怕是贺鼎的人了。

　　当初姑姑回宫途中遇袭，曾藏匿到山洞躲避追击，当时不少黑衣人四处寻觅，像是在搜索什么，而姑姑后来在山洞中发现一具女尸，女尸穿着东凉的服饰，颈部有月牙印记，如果没有猜错，应当是真正的东凉公主无疑。

　　舒墨正想着，一道凌厉的掌风扑面而来，细细看去，就会发现掌风中泛着寒光。

　　舒墨一个侧身，避过掌风，刚刚站稳，颈间却传来一阵微弱的痛意，伸手去摸，细密的血珠便浸红了指尖。

　　"皇后之位我势在必得，若是你再敢挡路，破的可就不只是脖子了。"染念美艳的脸庞在阳光下散发着妖冶的光芒，漆黑的眸子泛着淬了毒的寒光，像是随时都会出击的妖蟒。

　　"若是还有下次，我要的也不只是头发了。"舒墨素手微扬，几许青丝从空中飘飘荡荡地落下，阳光透过发丝照在地上，乌发如墨，沉入深不见底的沼泽之中。

　　这梁子，大抵没的解了。——舒墨如是想。

（十六）后位之争

近日，宫中谣言不断，从最开始"染贵人与新蕾公主实际上是孪生姊妹"再到"染贵人其实是冒牌货，新蕾公主才是正主儿"再次升级为"皇后之位非新蕾公主莫属，染贵人靠边儿站"，更新终极版为"皇后，我们只服新蕾公主"。

舒墨听着流言一个版本一个版本地变，噘了噘嘴巴，一看就知道是贺鼎的手笔，使的都是背后插刀的手段。

尽管舒墨腹诽，可仍阻挡不了别人看她的笑话，竟然有人提议皇上在御花园设宴，宴请新蕾公主，尽地主之谊，让她感到宾至如归。

谢恒溪也很爽快地满足臣子们的要求，当日午后便在御花园设宴，舒墨也在邀请之列，虽然搞不懂谢恒溪的葫芦里卖的是什么药。

虽说染念是他的旧探子，可现在却已经为贺鼎所用，她的存在十分危险，可是那日他对她的态度暧昧，两个人状若亲昵，难道……

随即舒墨的小脸皱了皱，有内情？

不管怎么样，又要上战场，虽然脸部配置是一样的，但是她要美得别出心裁，美得惊心动魄！

这种时候，还需请出江湖第一美人姑姑出马。

商金金娇柔妩媚，吐气如兰，具体敌人具体分析："正牌染念气质属高冷邪魅，举手投足间潇洒恣意，别具一番风采，再加上罕有的异域装扮，新颖引人注目，也是取分点之一。"简而言之，虽然模样相同，却跟舒墨是两种类型。

赞完染念，轮到她，舒墨笑眼弯弯，娇俏可爱，一双扑闪明亮的星眸期待地望向商金金，满满地写着：赞我、赞我、快点儿赞我！

"她跟皇上是旧识，又主仆多年，感情基础深厚，也占了很大的先机。"言下之意就是，你再不努力奋斗一把，很快就会被取而代之。

舒墨嘟着嘴巴："那又怎么样？她是敌人。"可是脑海里闪过他们两个人相拥的一幕，心猛然一抽，既痛又酸。

敌人才有致命的诱惑，这丫头怎么就不开窍？商金金的纤纤指尖戳了戳舒墨的小脑瓜："你啊，怎么那么笨？"

正因为这场晚宴很有可能是一决胜负，舒墨决定盛装出席，她的头饰衣衫全是商金金负责配搭，元气满满的暗香负责在旁汇报情报。

"娘娘，新蕾公主今日选了一件赤红水纱裙！"

红得惊世，红得绝艳！

为了避免撞色尴尬，商金金为舒墨挑选了一件出尘脱俗如白霜的银白罗纱百褶裙，珍珠银丝细腰带，一双银蝶自裙摆处翻飞，显出玲珑有致的诱人身姿。

对于今次的装束打扮，舒墨十分满意。

门外跑来的小熊着急来报："娘娘，新蕾公主已来到御花园了！正跟皇上二人观赏碧莲。"

这么早到简直犯规。舒墨再次陶醉于镜中的自己后，自信满满地去御花园战斗去了，穿着这件盛衣，这副必胜妆容，谢恒溪有什么理由喜欢染念不喜欢她？

不远处，一池莲花与苍翠的碧叶相映成趣，清丽雅致，袅娜脱俗。

白玉凉亭内，丰神俊朗的男子言笑晏晏地看着前方，在碧绿之间，一抹火红在其中绽放，站在蓝天白云、碧水一泓间，眉间一点朱砂，仿如精灵现世。

舒墨穿着一身雪白，刚好与那抹艳红形成鲜明的对比，两个人的美都是惊心动魄，惊世之美。

虽然到了，可也是迟到。舒墨有些心虚地瞄了眼谢恒溪："参见皇上。"

"平身吧，爱妃今日又美上几分哪。"舒墨这还是少见的盛装打扮，白衣胜雪如谪仙，却又妩媚艳绝如妖，盛装打扮如此，看来被流言伤得不轻。

看着两个人暗暗眉来眼去，染念施施然地横在他们中间，阻挡了他们交流的视线，笑靥如花："皇上，这莲花也赏闷了，不如您带我去别的地方逛

逛？"

谢恒溪对着这一池的荷花看了老半天，也看得枯燥了："御花园还有很多珍奇花卉，到处逛逛吧。"

许是现时的画面太过诡异，一赤一白相貌相同的两大美人将谢恒溪夹在其中，在御花园中成为一道奇特的风景线。

故事源于生活，谢恒溪同样遇到相同的状况，美人难消受，尤其两大美人争宠时。

三个人行至小花园中，其中一种紫色花卉花姿极怪，犹如一张猴面。

舒墨借机发挥，娇滴滴地问："皇上这花相奇特，不知是有些什么来历呢？"

谢恒溪看着风中摇曳的猴面花，回想起当时的情形，不禁会心一笑，正准备讲解时，一道如银铃般清脆悦耳的声音响起："要说这猴面花，当时的情况真是哭笑不得，让人回味。"

什么情况？舒墨的小脸有些茫然，瞬间有种踩中地雷的感觉。

许是新蕾的话将谢恒溪的回忆打开："你还记得？"

染念唇角上扬，轻笑道："当时的情况染念还记得清楚，此花是由商人从番邦千里迢迢带回中土，为的是能送给他的夫人，只因他的夫人喜欢新奇玩意儿，为博夫人一笑。"

"染念"二字，声音念得重，念得掷地有声。

对于舒墨，却十分刺耳。

谢恒溪笑道："的确，当时好奇，本是想出重金求买，可是卖家性格率性，说此花只能赠给有缘之人，我们为了得到它，还特意假扮夫妻，说是被它的故事感染，从而感动卖家，说起来，当时的情形滑稽搞笑，到了现在，还记忆犹新。"

染念笑得娇俏甜蜜："当时皇上的演技简直令人惊叹，就连染念，也差点儿误以为是真的。"

假扮夫妻？还差点儿误以为真？舒墨心中有气，没想到谢恒溪也有这么浪漫的过去，染念的暗示已是十分露骨，谢恒溪只好装作听不懂。

看着两个人聊得完全忘我，舒墨小脸皱起，觉得自己就如一个多余的人一般，这样的僵局，必须要打破。两个人有着共同的回忆很了不起吗？回忆而已，谁没有？

可是看着一园子的花花草草，还真没有几株是她认得的，倒是谢恒溪与新蕾又找到新的话题，两个人聊得兴高采烈，唯有她，闷闷地站在一旁。

若是再这样下去，可真会成为宫中的笑话的。

舒墨眼角灵机一动，看着不远处的闲庭回廊，这下终于轮到她反攻了。

舒墨柔荑抚额，娇滴滴、柔如水地说："皇上，我们走了那么久也累了，不如到前方木亭中稍作休息。"

木亭外繁花似锦，风景旖旎。

说到此处，便是今日设宴款待新蕾公主的地点，更是先前百花宴设宴之地。

舒墨得意，她和谢恒溪也是有回忆的，到时候说出来，可别太羡慕哦。

然而，染念不按剧本走。

"染念刚刚入宫，希望皇上能陪我多到处看看。"低头垂眉间，我见犹怜。

御花园来来去去不就是那几处景色，早就看腻了，谢恒溪本想拒绝时，新蕾脸上闪过一抹忧伤，眸光闪烁，声音颤颤："新蕾只想多陪在皇上身边。"

"那就走吧。"谢恒溪竟然答应了。

喂，有人问过她的意愿吗？舒墨鼓着腮帮子跟在他们身后，染念不停地说着以前的回忆，柔情似水，满心欢喜。

啧啧，真有那么多美好的回忆吗？该不会是捏造出来的吧？

再这样下去，真要被挤到边边儿去了，舒墨决定改变策略。

今日阳光明媚，清风轻拂，一派自然好风光。舒墨觉得这样的天气很适合跳舞。

舒墨快步上前，拉着谢恒溪的手臂，娇柔地眨了下眼睛："皇上，臣妾见御花园中的百花争艳，美不胜收，如此美景下，想为皇上献上一舞。"

拉着谢恒溪手臂的手微微用力，大有"如果不答应，我就不放手"的架势，谢恒溪看着她眸光里好斗的火焰，这妮子真的是跳给他看的吗？只是想找回面子吧！

"好，有劳爱妃了。"

"谢皇上。"

入宫前，姑姑曾经对她进行舞蹈特训，这个难不倒她。

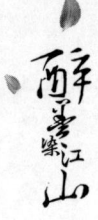

银白如玉的挺秀身躯伫立在百花之中，似谪仙，更似妖神，腰肢微微前倾，玉指如兰如花般绽放，轻移舞步，罗裙飘逸，曼妙的舞姿如仙出尘，墨黑的发丝随风轻扬，轻云般曼舞后，旋风般疾转，顷刻间，天地为之褪色，美艳不可方物。

这妮子跳得还不错呢，谢恒溪的目光都倾注在那一抹白色身影上，唇角微勾，眼中的柔情化水。

染念脸沉如墨，看着翩翩起舞的舒墨，眼中闪着一抹冷光，如若不是她，自己怎会被逼到这般田地，让自己与暗恋多年的人被迫分开，走上两条不可能的平行线。

宽广罗袖下的玉指一动，一块细小石子飞出，正在旋舞的舒墨感到脚踝剧痛，落地时脚使不上力，整个娇躯跌倒在地上，艳绝的小脸更是因为疼痛皱成一团。

舒墨的脚踝一阵剧痛，没想到染念竟然那么幼稚地暗中伤她！

她是该告发还是不告发呢？或是有诈？就在这犹豫的一瞬间，染念也装作关心上前，背对着谢恒溪的时候朝着她冷冷一笑，随即又恢复关心的模样：“刚刚我看到不远处有一抹黑影闪过之后，染贵人就跌倒了，会不会……”

谢恒溪眉头皱起，皇宫守卫森严竟然会有刺客，可是舒墨不可能自己摔倒，而且白皙的脚踝还肿起一块。

舒墨好委屈啊，如果现在她说是遭到了染念的暗算，且不说谢恒溪信不信，还很容易被染念趁机倒打一耙。

谢恒溪看着她跌坐在地上鼓着腮帮子拔小草生闷气，只好软声哄她：“朕先送你回念染宫。”

"嗯。"舒墨呢喃答应。谢恒溪正想将她扶起送回念染宫时，染念却走到谢恒溪身旁，低声耳语了一番，随后谢恒溪便命令暗香送舒墨回去了。

跌坐在地上的舒墨开始生闷气了，现在染念随意说两句悄悄话，皇上竟然就将她丢在这里了！

"爱妃，你先回念染宫，朕稍后再来看你。"谢恒溪将她交给暗香和小熊时，快速地在舒墨耳边低声道，"染念有情报告诉朕，朕先去了解一下。"听到他的解释，舒墨虽然有些生闷气，可还是懂得以大局为重，都怪她太过善解人意了。

可是看着两个人相携而去的背影，心中还是会忍不住泛酸水，酸溜溜的。

暗香和小熊担忧地看着她，娇俏的小脸上满是落寞，可怜的娘娘，一定是新蕾公主使用诡计蒙骗了皇上，皇上才会对她家娘娘不管不顾，若是平日，娘娘受了什么伤，皇上都紧张得很，现在竟然将她一个人撇在这里，太薄情了！

暗香脑内的小剧场已经发展到：染贵人被打入冷宫，遇到另外一位真命天子将她救出，两个人浪迹天涯！

舒墨小手在她面前挥了挥："暗香？"

"娘娘，我来嘞！"暗香立刻应声跟上。

谢恒溪没有送舒墨回去一事，待他们一回到念染宫就已经传遍了整个皇宫，不看好幸灾乐祸的有，惋惜可怜她的也有，看来这染贵人斗赢了骆昭仪后，最后还是栽在新蕾公主的手里，失宠了。

可是一个峰回路转，将那些幸灾乐祸的势利人的脸打得啪啪响，染贵人回到念染宫没多久，皇上就命公公送来了使者进献的珍稀玩意儿，让染贵人挑选。

虽然不是非常贵重的东西，可是在于心意，证明皇上还没有忘记咱家娘娘，小暗香热泪盈眶。

小玩意儿看起来精致可爱，可是舒墨对此十分不感冒，甚至非常嫌弃，他想讨好她不就是不想失去这个机智与美貌并重的"密探"吗？可是也要拿出些诚意不是，没黄金千两、珍珠十斗……

这个念头有些熟悉，舒墨发现一个很重要的问题，每一次她都是这么向谢恒溪要奖励的，谢恒溪答应给她的奖赏，一样都没有兑现过！

演戏斗妃嫔时答应的没有，舍身挡剑时答应的更是毫无踪影，更别提当因贺鼎的要求她变成双面卧底时……舒墨脸色沉重，再这样下去，她可是真的不干了！

看着舒墨脸色越来越凶狠，暗香娇躯一震，难道娘娘已经想好办法怎么夺回皇上的恩宠了？

事实证明，暗香想多了。

谢恒溪仿佛一夜之间就忙了起来，从那日共游御花园之后，舒墨便再没瞧见过他。

　　不过这回舒墨倒是没有再生气,因为以她的观察以及反馈回来的情报来看,谢恒溪虽然没来找她,却也没有找过别人。

　　"今天的药浴是最后一次,泡完之后毒性就解得差不多了,剩下的余毒只要通过一些内服药来调理就可以了。"秦彦边把脉边说。

　　他收回手,一丝不苟地将方帕叠好放入药箱之中,正准备把药箱合上之际,一只纤纤玉手却突然捏住了他的下巴。

　　"老实交代,染念是不是贺鼎的人?"只见舒墨蛾眉微挑,眯着眼睛问道。

　　要是换作别的女人胆敢这么大大咧咧地摸他,秦彦一定会想尽办法让对方求生不能求死不得,不过经过这些天的接触,对于舒墨的触碰,他已经渐渐地习以为常起来。

　　"不可说。"秦彦面色如常地把她的手推到一旁,不着痕迹地吸了口气,按捺下心头的悸动。

　　"哼,没趣。"已经料到会是这么个答案,舒墨也不生气,一只手撑着下巴,一只手把玩着药箱中的小瓷瓶,"你不说我也知道她就是贺鼎的人,昔日战友变敌人,也不知道皇上现在心里是个什么滋味。"

　　"我看你还是操心自己比较好。"看着那骨节分明的玉手将瓷瓶把玩于掌间,再想到刚刚那手还触碰过他的下颌,原以为自己已经免疫触碰的小秦太医再一次脸红了。

　　"贺鼎远比你想象的要聪明。"只听"啪"的一声,药箱被盖了起来,秦彦说完这么一句,就背着药箱朝外走去。

　　"小气鬼,差点儿夹到我的手喂!"舒墨朝着那挺拔的背影嘟囔道。

　　她何尝不知道贺鼎聪明,走了一个骆碧璇,来了一个染念。

　　论起杀伤力,染念可比骆碧璇强多了,有什么比自己昔日的战友背叛更让人失落的呢?

　　"你去告诉你主子,今晚我要见他。"舒墨抬起头来,朝着窗外说道。

　　"是。"片刻后,云翡的声音从窗外传了进来。

　　窗外乌云骤起,方才还高悬于空的太阳不知何时已悄悄地藏进了乌云之中,云层滚滚而至,空气静谧得让人害怕,一如暴风雨来临前的宁静。

是夜。

舒墨穿着一袭黑斗篷站在亭中，等待着贺鼎的到来。

倾盆大雨簌簌落下，雨滴拍打着湖面，发出让人心焦的滴答之声，黑色的湖面荡起层层涟漪，让人无法想象湖面之下潜藏着的是怎样的汹涌暗流。

也不知道等了多久，贺鼎终于来了。

他最近或许是换了口味，似是爱上了白色的衣服，银色的狐皮大氅配着锦白色宝相纹长袍，旁边持伞的黑衣人恍若已经和夜色合为一体，远远瞧去就像是一柄月白色的水墨伞悬浮在空中。随着他的步伐缓缓向前，他姗姗而来，雨滴落在地上激起的水花似乎并未对他造成任何影响，反倒是步伐所至之地，像是有朵朵白莲盛开又渐渐枯萎消失，他就像是画中之人，缓缓走入尘世。

妖孽就是妖孽，走个路也要搞这么多幺蛾子。

世间之大无奇不有，辟水珠和莲步移就是两样神奇的物件。

辟水珠，顾名思义，据悉只要将其带在身上的某一部位，便可保证此部位不被水打湿，但是覆盖面积却仅限于某一部位而已，并且只是在下雨时有点儿作用，要是把人丢进湖里，辟水珠也就没什么作用了。

莲步移则是由银子打造而出的小珠子，利用巧妙的手艺在珠体上刻满莲花图形，将此珠嵌于鞋后，再利用光线的折射，即刻制造出步步生莲的错觉。

曾经有人将这两样东西作为谢礼送给舒墨，不过最终都因实用性太低而被她束之高阁。

原以为只有美人儿才会为了在下雨天也能漂亮地出行而费尽心思，没想到第一次见到的使用者竟然是贺鼎……

"难怪这么几步距离大人走了这么久，原来是在房中梳妆打扮。"舒墨瞥了他的鞋底一眼，意味深长地说。

"女孩子这般没耐心可不是好事。"面对嘲讽，贺鼎也不生气。

"瞎说，师父常夸我坐得住呢。"舒墨扬了扬下巴，似是十分得意，"大人把染念送进宫来是什么意思？"

"为官多年，我总结了一个经验，有竞争才有动力。"贺鼎将大氅解下，递给了影中之人，"染念才进宫没多久，圣女就来找我了，看来我的法子还是很奏效的。"

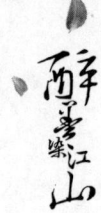

"你想让我们争什么?皇后之位?"舒墨的目光落向湖面,脑中突然掠过了上次看到的那些鳄鱼争食的画面。

嗯,有几天没见到大黄和大白了,也不知道它们过得怎么样了。

"谁先拿到皇后之位,谁就将成为我唯一的盟友。"贺鼎突然倾身向前,在舒墨耳畔说道。

舒墨将心头泛起的恶心压下,侧目看向贺鼎。

"我以为我早就是大人的盟友了。"她冷笑着说道。

"是唯一的盟友。"贺鼎纠正她不够精准的措辞。

"酬劳呢?"舒墨眨了眨眼,一派天真地问。

"我有的,都可以给你。"贺鼎袖摆微动,白色的宽摆从扶栏上掠过,即便是没有辟水珠,也依旧滴雨未沾。

不知道他丢了些什么到湖中,原本一直安静着的鳄鱼们突然躁动起来,泛着黑色光芒的巨尾互相拍打,发出让人心颤的声音。

就这么一挥手,舒墨对贺鼎的武功便有了一个新的认知。

"什么都可以给我?"看着湖面,舒墨的眼睛突然亮了起来。

贺鼎没有说话,只是点了点头。

"那我就要它们。"舒墨伸手指向湖面,大大的眼睛里似有晶莹闪烁。

听到她的话,贺鼎的眼中掠过一抹诧异,不过转瞬便又恢复如常,嘴角的笑意渐盛,似乎被这个有趣的提议逗笑了。

"好。"他的答案在夜色中响起,甚至泛着些许的宠溺。

"大黄大白应该还没机会吃鳄鱼肉,可以让它们锻炼一下,留下一只给我肢解,说不定还能创作个鳄鱼皮面具出来。"舒墨越说眼睛越亮,笑容甜美得就像是一个不谙世事的小姑娘。

湖里的鳄鱼也不知道是不是听懂了舒墨的话,原本一只蹦跶得比一只欢腾,在她说完没多久后就全部消停下来,努力降低自己的存在感。

这次面谈后舒墨的心情不错,比起上次那些大话空话的承诺,这次的鳄鱼显然要有吸引力得多。

心情一好舒墨就想找人倾诉,可惜秦彦说了姑姑最需要的是静养,舒墨肯定不能半夜三更地去打扰她,思来想去,舒墨发现自己在这宫里就只剩下一个倾诉对象:谢恒溪。

向来秉持着"成功属于行动派的"的舒墨就这么行动了。

月黑风高，狂风暴雨，她穿着一身夜行衣来到了龙安殿中。

原以为这个时辰龙安殿应该是漆黑一片，没想到主殿之中竟然还有光线，舒墨蹑手蹑脚地走进殿中，就瞧见谢恒溪闭着眼睛趴在书案上，应当是睡着了。

厚厚的奏章杂乱无章地散落在桌上，看到砚台旁的毛笔，以及谢恒溪那张清俊的脸庞，舒墨咧嘴一笑，将蘸满了墨的毛笔往谢恒溪脸上画去。

先画两笔胡子，再在额头上写个王字，眼见着王字差最后一笔就要完成，舒墨的手腕却突然传来一阵痛意，手中毛笔一抖，就这么朝着她的面门飞来，舒墨躲闪不及，毛笔从她的额头中间一笔画下，还夹杂着不少喷溅的墨汁，不均匀地分布在脸颊四周。

谢恒溪原本就没有睡得太沉，猛地从梦中惊醒，还以为是有刺客来袭，没想到一睁眼，看到的就是舒墨那张惊慌失措的小脸，再然后小脸就变成大花脸。

"你偷袭！"舒墨去见贺鼎的时候都不会戴面具，怕的是被其他人看见带来不必要的麻烦，所以这些墨汁都是直接画在她的脸蛋上，光是想想就有些崩溃。

"小狗偷袭。"谢恒溪看着面前的小花脸，连日来因为朝事而极其压抑的心情顿时好了不少。

"哼，我看你这龙安殿的守卫要加强一些，幸亏来的是我，要真是刺客什么的……"舒墨故作深沉地摸了摸下巴，然后朝着谢恒溪一阵挤眉弄眼，"不如你聘请我做护卫，我收费也不是很贵。"

"如果不是你，敢闯龙安殿的人只怕已经变成尸体了。"谢恒溪话音刚落，简竹已经端着净面盆走了进来，也不知道是不是为了配合谢恒溪刚才的话，简竹还意味深长地看了舒墨一眼。

不是我放你一马，你能进来？——简竹的眼神被舒墨自动翻译成这句话。

遭受挑衅的舒墨心情却异常地愉快起来。

他的意思是：能够在这龙安殿中随意出入的人，只有她一个人呢。

思及此，舒墨的嘴角就不由自主地翘了起来。

几日不见，这小花猫怎么感觉越来越傻了？——看着不明所以傻笑起来

的舒墨，谢恒溪突然觉得自己找回来的密探智商有些堪忧。

"新蕾公主就是染念。"舒墨一边用湿手帕擦着脸上墨汁，一边拿眼睛偷瞄谢恒溪。

谢恒溪已经处理完了脸上的墨汁，继续坐在桌案前看起了奏折，对于舒墨的夜访似乎并没有什么疑问，听到舒墨的话，他的目光终于从奏章上移了开来。

"那你还让她住到宫殿。"舒墨噘着嘴，小声嘟囔了一句。

看到舒墨皱着眉头心有不甘的模样，谢恒溪的心情又跟着好了两分。

"自从那日被你在淮陵楼迷晕后，贺鼎的人就找到了她，在她身上喂了毒，要求她为他所用。"谢恒溪修长的手指轻轻敲击在桌面上，发出"嗒嗒"的声音，他的眸光渐渐变得深邃，像是在回忆那天在宫殿中的情形。

昏暗的光线中，染念掀起自己的袖子，原本白皙无瑕的手腕上密布着数不清的红色丝线，像是血管一样埋在皮肤的下方，随时都有可能冲破皮肤一般。

"每过七天，贺鼎就会喂一种新的毒药给我，新的毒药既能抑制旧毒药的药性，又能滋生出新的毒素。"染念低着头，妙目中的水雾渐渐堆积，像是回忆起了那段痛苦不堪的日子。

身为谢恒溪安插在城中的眼线，染念除了姿容绝色、身怀武功之外，还曾在毒医坊学过一段时间制毒，贺鼎会这么做，想必是已经打探清楚了这一点。

"那他现在让你入宫做什么？"谢恒溪震惊地看了一眼那些红痕。

"当皇后，如果十五天内我不能成为皇后。"染念咬住下唇，红着眼眶又道，"就只有死路一条。"

"皇上，被舒墨迷晕再到后来不得不被贺鼎利用，都是染念学艺不精与人无尤，我不敢祈求皇上的原谅，如果不是奢望着还能入宫见皇上一面，这条命染念早就已经不想要了。"眼泪像是断了线的珠子般落到了地上，还不待谢恒溪做出回应，染念已经伸出手抱住了他的颈项，"可是如果那个人可以是她，那么是不是也可以是我呢？"

春如旧，人空瘦，泪痕红浥鲛绡透。

换作任何一个男人见到眼前的这幅画面，只怕都会安慰一下，可是这幅画面看在谢恒溪的眼中,脑中浮现出的却是另外一人的容貌,那容貌不似面前人儿这般精致无瑕、美艳动人,却娇憨天真,让人看着便能卸下心头所有的防备。

如果那个人可以是她,那么是不是也可以是我?

谢恒溪知道答案是否定的,可是此时此刻,他却不知道该如何回答了。

染念喜欢他,他一直都知道。

从前她的感情还没有这般肆无忌惮,而他也就选择性地忽视了,可是当她选择公开自己情感的时候,谢恒溪却有些头痛了。

就在他想着该如何回答的时候,宫殿的殿门却被人"吱呀"一声推开来。

谢恒溪这辈子都不会忘记自己回头时看到的是一幅怎样的画面,她穿着一袭碧衫逆光站在殿门口,阳光从她的身后照来,仿佛将她嵌在金光之中,尽管看不到她脸上的表情,谢恒溪却仍然一下子就雀跃起来,并且有一种被拯救的感觉。

"然后呢?"舒墨等了半晌没有等到下文,伸着手在谢恒溪面前晃了起来。

"没有然后了。"谢恒溪回过神来,将在面前挥舞的小猫爪握在了掌中。

舒墨被悬到半空中的好奇心摔回了地面,原本还想继续追问,却因为谢恒溪突然袭手而大脑顿时有些不灵光起来。

"我刚才去见贺鼎了。"为了表现出自己的从容,舒墨决定转移话题。

"嗯?"她去找贺鼎的事简竹已经汇报过了,不过对于舒墨的主动交代,谢恒溪的嘴角又往上翘了翘。

"他说如果我能当上皇后,就能成为他唯一的盟友。"舒墨看着桌上的苹果突然有点儿饿,拿起最红的一个咬了一大口,然后又像是想起来什么一般凑到了谢恒溪的跟前,笑容满面地说,"我觉得这事挺容易的,你让我当皇后,我成了贺鼎的盟友,咱们就能搞清楚他到底是想做什么了。"

舒墨忽闪忽闪的大眼睛朝着谢恒溪眨了又眨,像是寻求表扬的小朋友。

"你是在质疑我的智商还是质疑贺鼎的?"谢恒溪毫不留情道。

染念和舒墨同时竞争皇后之位于贺鼎而言有什么好处,是谢恒溪考虑的问题。

依贺鼎狡猾透顶的性子来看,是绝对不会做无用之事的,可是到底所图

的是什么，谢恒溪一时间却也想不太明白。

"皇后乃是天下之母，即便是朕，也不能够随随便便立废，我朝立后自古便有例可循，只有通过'手铸凤冠'的测试，才具有登上后位的资格。"谢恒溪表情严肃地解释。

"手铸凤冠？"这个词舒墨还是第一回听到，好奇宝宝的眼睛顿时就亮了起来。

见到舒墨起了好奇心，谢恒溪的目光却落在了她手中的苹果上，想要打探消息的舒墨向来最会察言观色，马上就福至心灵，拿了一个苹果递到了谢恒溪的面前。

"皇上您也吃一个。"舒墨甜笑着说。

"我要吃那个。"谢恒溪无视了面前的苹果，而是把目光落在了舒墨手中被啃了一大口的那只上。

"你吃你吃。"舒墨急着打探消息，十分自然地就把自己吃过的苹果递了过去，并没有想到堂堂天子居然肯吃自己吃剩的水果这是一件多么可怕的事情。

"我朝建立以来便喜欢用铸金来占卜吉凶，无论是登基为帝，还是问鼎后位，这都是必不可少的过程，皇后候选人在工匠的协助下将金水灌入模具，如果凤冠能够成型并且能够佩戴，才算是铸金成功。"谢恒溪边吃苹果边说。

"听起来似乎没什么难度啊？"舒墨摸了摸下巴，若有所思道。

"听起来简单，做起来难，铸金的过程中，每个参与的人都需要聚精会神，而且参与人数众多，不可控的因素太多。"谢恒溪盯着舒墨，像是循循善诱的老师。

"你刚才说皇上、皇后都需要铸金，那皇上一定有经验可以传授的吧？"一计不成，舒墨再生一计。

谢恒溪：我爹死了，就剩下了我这么一个儿子，哪里还需要铸金？铸不铸得成也就只有我能当皇帝了！

可是这番话他却不想对舒墨说，要是这妮子知道了，不就不巴结他了？他可还想多看看她谄媚的模样呢。

"经验自然是有的，不过朕的奏折还没处理完，等哪天有空了再跟你细说吧。"谢恒溪一本正经道。

"那您别熬夜太晚，保重龙体，嫔妾就先告退了。"舒墨的大眼睛滴溜溜地转了一圈，莞尔一笑，丢下这么一句，而后从窗户翻了出去。

看着舒墨的身影消失在月色中，谢恒溪什么也没说，只是嘴角上扬，对着窗外的月色一直笑，一直笑。

月凉如水。

一抹黑色的身影在月色的映衬下，不着痕迹地溜进了太医院的值班房中。

漆黑的房间中弥漫着浓郁的药香，黑影渐渐靠近床幔，随着距离越来越近，一只在黑暗中泛着荧光的手也伸向了床铺。

"哎哟哟，是我是我是我。"

只听一声惨叫声响起，漆黑的房间顿时恢复了光亮，黑衣人舒墨正被一只形状奇怪的银色钳子钳着手，而躺在床上的秦彦则是一脸的莫名其妙。

"大半夜的你不睡觉跑到我这里来干啥？"语气虽然无奈，手上的动作却是行云流水，眨眼的工夫就把那银色的钳子给取了下来。

"这东西挺好使，改天送我一个？"舒墨发现了新玩具，眼睛亮晶晶地看着那银色的钳子，像是恨不得用眼神就给它分解了算了。

"说吧，来干吗？"秦彦无视了舒墨的提议。

"你这个人怎么这么无趣？作为好朋友的我来看看你也不行吗？"舒墨走到茶几前，自顾自地倒了杯茶。

"有谁是三更半夜做贼一样拜访好朋友的？"秦彦特地加重了"好朋友"三个字的发音。

"好了好了，说正事吧。"舒墨将手中的茶水一饮而尽，然后把胳膊递到了秦彦的面前，"你给我把把脉，认真地把！"

难道是出了什么变数？看着舒墨严肃的神色，秦彦心底"咯噔"一声，无数种可能性在他的心间滋长，以至于动作都有些慌乱。

秦彦深吸一口气，告诉自己一定要冷静，而后把手放在了舒墨的手腕上。

这段时间以来，他每天都要为她诊脉，一次、两次，或者更多，却从未有一次诊得像这次这么认真，为了避免呼吸影响手感，他几乎是屏住气息完成了诊脉。

"怎么样？有什么问题吗？"舒墨盯着他，大大的眼睛像是想要从他的眼神中寻找些什么。

"你是觉得有哪里不舒服？"秦彦没有回答她的问题。

"告诉我，我体内的毒清除干净了吗？"舒墨的表情前所未有地凝重。

莫名地，秦彦的心底竟然生出一种慌乱，仿佛这个问题回答完毕后，他们就……

"只要你按时服用我开的药，余毒一定能清除干净。"他定了定心神，如是说。

只是话音刚落，舒墨却笑了起来，这样的笑容秦彦是第一次见。

没有半分开心，也没有半分舒怀，那笑意从嘴角升起，却并没有进入眼底，反而是泛着淡淡的凄凉。

"秦彦，我以为我们是朋友。"那双眸子里曾经有过灼热似岩浆的情绪，也曾有过神采奕奕的光芒，然而此刻剩下的，却只有极致如寒冰的冷漠。

"依贺鼎的性子，怎么可能让一个傀儡完全脱离自己的掌控？你终究还是骗了我。"

她站起身来，眸光中的寒意像是天山上的寒冰，将人心都冻在了其中。

（十七）真假凤凰

　　她几乎没有给他说话的机会，就已经消失在了他的视线之中。

　　不是没有想过真相终有一天会被她知道，也不是没有想过要主动告诉她一些事情，奈何每每话到嘴边最终却又被咽了回去，始终不知从何说起。

　　桌上摆着他平日从不离身的药箱，秦彦伸手在药箱侧面轻轻一按，只听"啪嗒"一声，一个小小的抽屉就弹了出来，里面静静地躺着一张巴掌大小的纸片，纸头已经有些泛黄，可以看得出有些时日了。

　　他动作轻柔地将纸片拿出，修长如玉的手指小心翼翼地在纸上摩挲，像是对待最珍贵的宝物。

　　纸上画着一名少女的肖像，正是当年他与她偶遇之后根据记忆画下来的。

　　是从什么时候开始发现是她的呢？秦彦自己也说不清楚。

　　明明是两张完全不一样的容貌，可是眼角眉梢间却总是有些熟悉的感觉，年少时的那些回忆接踵而至，想到眼前的人可能就是她，秦彦的心情像是一只雀跃的小鸟，随时都有飞上天空的可能。

　　为了得到准确的答案，他去找了贺鼎，贺鼎告诉他，她就是花容教圣女舒墨的时候，一切似乎都变得顺理成章起来。

　　难怪容颜不同却总有熟悉之感，换张脸对她来说应当是最容易的事情了吧。

　　得知真相后的秦彦也陷入了小小的纠结之中，依照贺鼎所说，她入宫只是为了完成任务，如果只是这样，等到她完成任务后，师父当年所做的承诺是不是可以……

就在他思索着是否应该把这件事告知师父的时候，她就来了。

以那样决绝的姿态，甚至连解释的机会都没有给他。

可是即便给了他机会又怎么样呢？他有所隐瞒这是事实。

秦彦低下头，手中泛黄的画像在灯火的照耀下散发出温暖人心的光芒。

"小墨，我不会让他伤害你的。"他看着画中之人，喃喃低语道。

寂静的深宫之中，三处宫殿灯火如豆，亦有三个人心思浮动，是喜是悲是忧是惧，无人可知。

不知道是不是最近百官上奏请皇上封后的折子太多，已经被皇上拒绝出惯性的百官们原本都已经做好再次被拒的心理准备了，没想到皇上居然松口了。

看着自己折子上那大大的朱批，礼部尚书简直开心得要飞起来：皇上终于答应立后了！

不仅答应了立后，还答应了提前选秀，作为工作狂人的礼部尚书仿佛看到了自己未来一段时间里忙得脚不沾地的画面，一种难以言喻的满足感就涌上了心头。

立后之事兹事体大，选秀自然就排在了后面，不过说起这皇后的人选，礼部尚书就头痛了。

皇上的妃嫔屈指可数，除了死了的骆昭仪和罗婕妤，就只剩下秦美人和染贵人了，但是这两个人之间压根就没有任何的可比性，自从罗婕妤死了之后，秦美人就跟受了刺激一般，一改往日张扬泼辣的作风，甚少出宫，所以这么盘算下来，能坐上皇后之位的就剩下一个人了：染贵人。

让一名青楼出身的女子坐上皇后之位，礼部尚书觉得自己的职业操守在遭受前所未有的挑战。

不过所幸染贵人还有一个"国师义女"的身份，这身份倒是上得了台面，可是如此一来，国师大人岂不是成了国舅爷？

而且一直住在宫殿的那位新蕾公主也是奔着皇后之位来的，礼部尚书虽然不喜欢染贵人，却更不喜欢邻国的公主，虽说东凉奉上了只要公主能当上皇后，他们愿意称臣的承诺书，但是礼部尚书还是觉得很不靠谱。

于是礼部尚书的头更大了。

百官们因为立后一事争论不休，礼部尚书头痛得想要去找皇上给些指示，没想到却被拒之门外，理由是皇上最近批阅奏折过多，需要静养一日。

礼部尚书：……

此时，明明应该在卧床休养的皇帝陛下却一脸严肃地站在西街闹市之中，面对着时不时就递到唇边的各色小吃，陷入纠结之中。

舒墨："真的不吃吗？这家的丁香馄饨很好吃的！"

舒墨："油煎白肠吃不吃？"

舒墨："啊啊，笋泼肉面还是我记忆中的味道啊！"

看着面前女扮男装、从街头吃到街尾的舒墨，谢恒溪突然觉得自己因为一时好奇而答应陪她回教是一个错误的决定。

而乔装打扮成路人的影卫也在崩溃的边缘。

"娘娘您不知道在这种鱼龙混杂的街道上防卫工作很难做吗？"

"还有那些特色小吃随时都可能被人下毒啊！"

"能一个人从街头吃到街尾，在下也是佩服。"

以上是跟在两个人身后的影卫们的心声。

就这样，舒墨吃饱喝足还不忘记每样小吃打包一份，当她把热气腾腾散发着诱人香味的小吃放到影卫们手中的时候，影卫们差点儿流下感动的泪水。

"娘娘还是很体贴的，自己吃饱了还没忘记咱们。"

"虽然形势复杂了点儿，但是有我们在是绝对不会出什么大问题的！"

"突然有点儿能理解娘娘为什么这么能吃了，这味道闻起来太香了！"

就在影卫们被舒墨此举感动的时候，下一秒幻想就被冰冷的现实击碎了。

"师父的、护法叔叔们的、姑父的……"舒墨一边数，一边将手中的小吃递到影卫们的手中，还不忘认真地交代，"都稍微捂着点儿，凉了拿回去就不好吃了。"

影卫们：……

原本想静悄悄地回教，在谢恒溪和众影卫的跟随下，倒颇有两分新姑爷陪着娘子回娘家的架势，特别是在看到影卫们手里拿着的大大小小各式各样的东西之后，教中的侍女们顿时朝舒墨露出了艳羡的目光。

"圣女消失了这么长时间，原来是嫁人了？亏我还担心了好久，生怕她

因为之前失恋的事情想不开。"侍女甲看着浩大的队伍,擦了擦眼泪道。

"看到圣女嫁得这么好我就放心了,连小厮看起来都那么有素质!"侍女乙也跟着擦了擦眼角的泪花。

话音刚落,走在送小吃大队最末尾的"小厮"就不小心扭了下脚。

"连扭脚的样子都很帅啊。"侍女乙贼心不死地继续表扬。

扭脚影卫闻言,顿时觉得自己的影卫生涯大概是走到尽头了。

早在舒墨一行人到山脚下的时候,卢鼎铭就已经收到了放风守卫传回来的消息,说是圣女带着一行人浩浩荡荡地朝着教中来了。

一想到马上要见到大半年没见的宝贝徒弟,卢鼎铭赶忙洗个澡,换上了最新买的衣裳,还特地梳了一个京城里现下十分流行的美男子发型,然后才欢欢喜喜地从房中来到了主殿,没想到刚一进殿,就瞧见了另外三个打扮得几乎一模一样的男人。

左右护法,武林盟主韩成千。

四个穿着大红色衣服的男人并排站在一起,主殿顿时变成了喜堂的感觉。

四个人互相对望一眼,气氛顿时变得有些尴尬起来。

"咳,小左,你是不是考虑去换件衣服?"身为教主的卢鼎铭率先开口。

"不行,这料子是小墨送我的。"左护法一口回绝。

"那个……那个小右,要不你去?"卢鼎铭再次尝试着开口。

"那可不行,这衣服可是我找金剪刀裁的,这么久没见小墨,一定要穿给她看。"右护法不假思索地回绝。

接连两次被拒的卢鼎铭看了一眼韩成千,面对武林盟主,卢鼎铭觉得穿一样的就一样的吧,也没什么大不了的……

正想着,舒墨的声音就从殿外飘了进来,刚才还在纠结自己的服装不够突出的四个大男人顿时齐刷刷地朝着门口看去。

"师父,姑父,左叔叔右叔叔!"舒墨蹦蹦跳跳地走了进来,行云流水地给了四个人一人一个拥抱。

"我给你们带了丁香馄饨、笋泼肉面、油煎白肠,还有好多糕点。"舒墨指了指那些被陆陆续续摆到桌上的小吃,开心地介绍道。

"回来就回来,还带这么多没用的,教里难道缺你吃的吗?"卢鼎铭虽然努力摆出严肃的模样,可惜上扬的音调却出卖了他的情绪。

"师父,我可不光带了吃的。"舒墨走到卢鼎铭身边,朝着他一阵挤眉弄眼,想要告诉他除了吃的外,她可还搬了不少金银珠宝回来,包括平时谢恒溪赏她的那些首饰,她通通都带回来了,虽说没有银子方便,但是拿出去应该也能卖不少钱嘛。

不光带了吃的?

没有领悟自己徒儿意思的卢鼎铭顺着她的视线往后望去,就瞧见谢恒溪穿着一袭紫色便服,昂首挺胸地朝他们走来。

我的宝贝徒弟真厉害,这可真的是不光带了吃的,还把皇帝陛下给带回来了啊!

"徒弟,怎么皇上也来了?是不是你的工作做得不好?"在场诸人除了舒墨之外,就只有卢鼎铭知道谢恒溪的真实身份,看着谢恒溪顶着一张俊颜面无表情地站在殿中,卢鼎铭压力山大。

"就是因为工作做得太好了,所以皇上才主动陪同的!"舒墨扬了扬下巴,大言不惭地说。

"那就好那就好。"耳语过后,卢鼎铭顿时松了口气。

相对于他的放松,另外三个人则是一副如临大敌的模样。

舒墨进宫一事在教中一直都是秘密,就连左右护法都不清楚,韩成千虽然是商金金的丈夫,但是对于宝贝娘子的事情他从不过问,所以也压根不知道舒墨进宫为皇帝做事去了,是以现下这三个人都用一种审视的目光看向谢恒溪,那眼神,活脱脱就像是恨不得把谢恒溪当场从里到外检查一遍。

小舒墨的男朋友、心上人、未来相公,当然要好好审问一番!

不然小舒墨心地这么纯良,为人又这么单纯(三位大叔眼神似乎并不太友好),要是被小白脸骗了可怎么办?

"公子贵姓?"左护法走到谢恒溪身边,率先开口。

"莫。"谢恒溪不假思索道。

莫?

三个大老爷们闻言对望一眼,还是右护法率先回过神来。

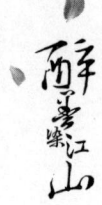

他就说怎么这小子看着有点儿眼熟，原来是跟小舒墨的宝贝"莫眠"长得一样！

自从教主把"莫眠"卖了之后，小舒墨伤心欲绝，还离教出走闹出了不少么蛾子，两位护法虽然心疼舒墨，但是也不能违背教主的命令，是以只好对这件事睁一只眼闭一只眼，没想到现下舒墨居然自己找了个跟"莫眠"一模一样的男人回来，果然不愧是我教圣女！——左右护法骄傲地点了点头。

"姓莫好，姓莫好。"右护法点了点头，一脸欣慰。

左护法见到盟友突然就妥协了，不由得有些莫名其妙，就在他准备继续开火的时候，右护法却扯了扯他的袖子，而后跟着一阵挤眉弄眼，左护法看得云里雾里，不过最终也没说什么。

卢鼎铭生怕谢恒溪的身份暴露，于是用"要对舒墨训话"的借口，把两个人请到了内室之中。

"草民参见皇上。"待到室内只剩下他们三个人之后，卢鼎铭赶忙跪了下来。

"卢教主请起，朕微服出巡，不用在意这些虚礼。"谢恒溪端起茶杯，慢条斯理地喝了一口。

"不知孽徒在宫中表现如何，可有让皇上忧心？"卢鼎铭擦了擦额头上的汗，小心翼翼地说，身为一教之主，卢鼎铭已经很久没感受到这种压力了。

"贵徒表现很好。"谢恒溪抬起头来，意味深长地看了舒墨一眼，随后淡淡道。

"那就好，那就好。"卢鼎铭一脸欣慰。

"咳，师父，其实我今天回来是找你拿东西的啦。"为了避免话痨师父继续问下去，舒墨赶忙走上去道明来意，"我要洗金水。"

"洗金水？你要那个干什么？"听到"洗金水"三个字，卢鼎铭的眉头顿时皱了起来，如果不是谢恒溪在场，他肯定要说上一句"胡闹"。

"你别管我啦，我有用就是了。"舒墨似乎早就料到了自家师父会是这么个反应。

洗金水，乃是花容教只传教主的圣水，是以就算舒墨是圣女，也并没有得到过。

此物十分罕见，即便是教主也只有一瓶，每一代教主临死前会将自己的洗金水销毁，只留下一滴传于下一任教主，至于下一任能否研制出配方，就是他自己的事情了。

传闻将此水运用得当，即刻令人直接改头换面，易皮换颜。

跟佩戴面具不同，它则是可以直接重塑面部，通过溶解肌肤再通过易容师的妙手，来塑造一张新的容颜。

不过因为具有溶解性，所以自然也具有一定的危险性。

看着自家师父那纠结无比的表情，舒墨只好走上前去，在卢鼎铭耳边小声地将"手铸凤冠"的事情说了。

根据谢恒溪所说，铸冠最大的难点就在于金水的不可控性，炽热的金水遇到容器，很有可能导致容器碎裂，这也是失败的最大可能之一。

而洗金水却能够很好地解决这一问题，洗金水的溶解性能够让肌肤的温度迅速从冷变热，再从热变冷，所以舒墨才想试试洗金水对于金水是否有效。

在听到舒墨说到"皇后"两个字的时候，卢鼎铭的痛苦终于得到了缓解，他看了一眼稳如泰山的谢恒溪，终于还是痛下决心地对着舒墨说了三个字：跟我来。

于是半个时辰后，浩浩荡荡的"送礼大队"就这么离开了花容教。

对于舒墨来去匆匆，不少人都有些不舍，其中要数教主大人最伤心了，不少人都看见教主大人偷偷地抬起袖子悄悄抹眼泪呢。

卢鼎铭（心痛）：女大不中留啊，我辛辛苦苦就攒了那么一小瓶，全被这丫头弄走了！

坐在马车中，舒墨看着手中的小金瓶，眼底亮晶晶的，谢恒溪看着她那副全神贯注盯着瓶子看的模样，不由得有种被忽视的不爽感。

难道他的吸引力还不如一个瓶子吗？

"这东西真有那么神奇？"谢恒溪决定拉回她的注意力。

"当然了！有了它，西街卖西瓜的大妈都能变西施！"舒墨得意地解释完就将小金瓶放到了怀中，随后看向谢恒溪，"皇上不说说今天出宫是为了什么？"

她原本去找谢恒溪说洗金水的事情，不过是想他能兑现之前每个月让她出宫一次的承诺，没想到他答应了，还陪着她一起出宫了。舒墨可不觉得洗

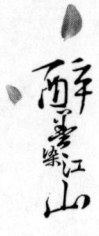

金水有这么大的吸引力,能让皇帝陛下陪着她跑一趟,那么就只有一个理由:谢恒溪出宫是还有其他事要做,陪着她一起,无非是想找个挡箭牌而已。

"待会儿你就知道了。"谢恒溪说完就闭上了眼睛,不给舒墨追问的机会。

"看你能卖多久的关子。"舒墨噘着嘴小声嘟囔。

马车徐徐前行,就在舒墨也即将进入梦乡的时候,马车终于停了下来。

舒墨打着哈欠下了马车,才发现面前的是一间十分简陋的酒馆,名叫"胡言乱语"。

"这名字倒是有趣。"舒墨打量着牌匾,不由得好奇。

说话的工夫已经有几名男子匆匆从身边掠过,走了进去,像是生怕晚一秒就进不去一般,其中一名身材特别壮硕的还撞到了舒墨。

"喂喂喂,你撞到人怎么连句对不起都没有?"舒墨一个箭步拦在了那个男人的身前。

"快给我让开,耽误了我看戏,把你揍成肉泥。"男人看着面前俊美却瘦弱的男子,大手一挥,随即就火急火燎地走进了酒肆中。

舒墨没想到居然遇到这么没有礼貌的人,顿时想要上去给他点儿教训,没想到却被谢恒溪拽住了胳膊。

"走吧,再晚好戏就要开场了。"谢恒溪牵着她,朝着里面走去。

谢恒溪带着她径直来到了二楼,走进了一间充满异域风情的包间,跟酒馆外面的普通装修不同,包间里的装修风格十分鲜明,墙壁上涂绘着鲜艳的花纹,地上铺着厚厚的波斯毡,散发着浓郁的香味,见到谢恒溪和舒墨进来,蒙着面纱的胡姬便走上前来,为两个人倒好了酒水。

"这是什么地方?"包间的视野非常好,能够将一楼大厅里的情况一览无余,却又听不到半点儿吵闹之声,看着下面人头攒动,舒墨忽然理解刚才那名大汉为什么火急火燎了,这进来晚了,恐怕真的就连站着的位置都没有了。

"一个唱戏的地方,原本籍籍无名,却因为最近新出了个剧本,而突然声名大噪起来。"谢恒溪端起面前的美酒饮了一口,"根据每场戏不同的主题,这里会更改不同的风格,咱们所坐的这间据说就是为了配合今天这场戏的主题。"

新出的剧本？

舒墨原本还想追问，方才负责倒酒的胡姬便走上前来，将一本小册子递到了舒墨的手中，舒墨低头看去，发现上面写着的正是酒馆最近出的几部戏。

第一部：飞上枝头变凤凰。

内容很简单，大抵就是说一名烟花女子容颜绝色，引起了一位身份不凡的公子的注意，公子力排众议，将这名烟花女子娶回家中做了妾，并且宠爱至极。

第二部：美人原是蛇蝎妇。

说的是烟花女子的独宠导致公子此前的几名妾室遭到了冷落，其中一名心有不甘的妾室为了报复，于是伙同另外一名妾室想要陷害她，没想到最终被公子发现，将两个人双双逐出了家门。

看第一部的时候，舒墨还颇为淡定，即便内容影射的是她，她也并没觉得有什么。

淮陵楼都把她当初住过的房间改名为"有凤来仪"了，街头巷尾的客栈中也不乏有说书人津津乐道地讲这个故事，现在衍生出了戏剧，舒墨也并不觉得新奇。

不过第二部就有些耐人寻味了，看起来虽然是普普通通的报仇，但是细细想来，不难和骆碧璇、罗婕妤的故事画上等号，相较于她当初名扬天下的入宫，骆碧璇所做的事情就属于宫闱秘闻了，这两部戏连在一起，不免让人深思。

舒墨端起酒盏喝了一大口，随即翻开了第三页，然后在看到第三部的名字之后，一口酒就这么喷了出来。

第三部：真假凤凰落谁家。

只有标题，没有具体的内容，开演日期写的则是今日。

原本因为隔音效果好而隔绝了绝大部分杂音的包间内却突然传来了一阵如雷的掌声，许是鼓掌的人太多，引得包间的地板都有些微微地震动起来，舒墨不由自主地往谢恒溪身边挪了挪，想着待会儿房子要是真塌了也好找个垫背的。

光线充足的大厅不知为何瞬间陷入了黑暗之中，细细看去，就发现四面的窗户被厚厚的黑色丝绒遮挡住，不透一丝光线。

原本嘈杂的气氛没有因为黑暗而变得更加躁动,反而是渐渐地安静下来。

舞台两侧的灯笼渐渐亮起,几名穿着异国服饰的男子跟在一名女子身后,女子纱巾覆面,身材婀娜,只是眉头高高皱起,像是心思忧虑。

一行人往前走了数步,最后在一座宅子前停下脚步。

"公主,怎么不走了?"跟在女子身后的那名男子走上前去。

女子没有说话,不远处的宅子的后门被打开来,一名婆子和两名抬着担架的汉子走了出来。

"这大罗氏和小罗氏心思歹毒,惹怒了主子,你们抬去乱葬岗找个地方埋了就是。"婆子厌恶地看了担架一眼,随即转身走回了宅子。

被唤作公主的女子看着那草席包裹着的尸体若有所思。

"他为了她连曾经伺候过他的妾都能不管不顾,何况是我呢?"女子泫然欲泣道。

"公主这话说得不对,那个女人不过是仗着跟您长得相似冒充您,公子若是知道了真相,一定不会再对她有半分情谊的!"男子急匆匆地上前说道。

"当年我与他心意相通,原本定下三日后成亲,谁承想她为了能嫁给他,竟然用迷药弄晕了我李代桃僵,等到我醒来之后,两个人生米煮成熟饭……"女子说着说着便哭了起来,琵琶声跟着响起,场面十分催泪。

"所以你更要找公子说清楚才对,我听闻公子有意把那女人抬为正妻,一个烟花女子,何德何能竟能蛊惑人心至此?"男子用力一拍,手边的栏杆便发出了碎裂的声音。

男子的表演情绪十分到位,女子嘤嘤的哭声配着幽怨的琴声,这样的渲染顿时调动起现场观众的气氛,传说中的烟花女子还没出现,就已经被勾画成了一个活灵活现的恶毒女子。

而恶毒烟花女子的原型舒墨则一脸坦然地嗑着瓜子,伸着脖子看得津津有味,像是十分期待接下来的剧情。

台上的公主在宅门外踌躇不前之际,大门却"吱呀"一声打开来,一名气宇轩昂的白衣男子打着伞从门里走了出来,而在他身边站着一名小鸟依人的紫衣女子。

"相公,咱们这是去哪儿?"紫衣女子巧笑嫣然地说。

"前两日你不是嚷嚷着想去百宝阁挑首饰？今天正好有空，就陪你去吧。"白衣男子宠溺地说。

"相公你真好。"紫衣女子踮起脚尖在男子的脸颊上亲了一口，大厅里的观众们传来一阵嘘声。

大庭广众之下亲吻男子的脸颊，虽说是自己的丈夫，却也未免有些不知羞耻。

"到底是烟花女子，不知廉耻！"站在公主身后的男子看到这一幕，恶狠狠地开口。

话音刚落，一阵疾驰的马蹄声响起，朝着站在路边的公主奔去，身边的男子想要去拉她，却被马车撞飞，眼见公主就要被撞落桥下，白衣男子足尖一点，来到了公主的身边，将她带到了自己的怀中，红色的面纱被风吹开，飘飘荡荡地落在了地上，露出了真实容貌。

看清楚那容貌的瞬间，紫衣女子的惊叫声响起。

白衣男子低下头去，在看清女子容貌的瞬间，表情也跟着变得极为惊讶起来。

就在这两个人即将相认的精彩时刻，舞台两旁的灯笼却暗了下去，大厅内再次陷入一片漆黑之中，片刻后，四周窗户上的黑布被取了下来，大厅重新回归了光明之中，几名端着托盘的舞姬出现在众人之间，讨要着赏钱。

"这么快就演完了，真没意思。"舒墨扁着嘴，意犹未尽。

"你倒看上瘾了。"谢恒溪站起身来，牵着舒墨的手朝外走去，包间有直接通向外街的门，不过一门之隔，却仿佛是两个世界，这道门连接着的并不是他们方才进来的那条主街，而是一条小巷。

巷中十分幽静，只有一名彪形大汉被打成了馒头一般地晕倒在地。

那个人舒墨认得，正是不久前跟她在店外起了冲突的那个人。

"影卫们下手还蛮狠的嘛。"舒墨走上前去，在那个人的屁股上又恶狠狠地踹了一脚。

谢恒溪没说话，只是朝着暗处的影卫使了个眼色，一抹黑色的身影一闪而过，方才还在脚边的大汉已经没了踪迹，取而代之的是一个麻布袋，里面鼓鼓囊囊的，还在不停地扭动着。

舒墨蹲下身子好奇地解开了绳子，只见淮陵楼的老鸨眼睛蒙着黑布，嘴

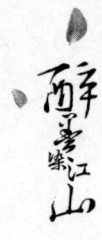

巴也被塞着黑布,鼻涕眼泪"唰唰"地落下,表情惊恐万分。

影卫走上前去,将老鸨口中塞着的布拿掉。

"好汉饶命,好汉饶命,关于染念姑娘的事,老身知道的真的已经全部说了,绝对没有半句隐瞒!"老鸨一边扭动着磕头,一边说道。

"不老实。"谢恒溪看着老鸨,冷冰冰地说。

一名影卫闻言便走上前去,锋利的刀架在老鸨的脖子上。

"十五年前,你从人贩子手里买下的是谁?"谢恒溪对那个叫声置若罔闻。

"我不知道,我真的不知道!我不过是瞧着那个丫头长得漂亮,就留了下来,后来有一次她失踪了,就在我以为丢了一棵摇钱树的时候,她却自己找了回来,那丫头也说自己是染念,容貌却比从前的那个更加漂亮,我想着这个更能赚钱,就没有想那么多把人留了下来,别的我真的不知道了!"老鸨哀号着说道。

话音一落,口中就又被塞上了黑布,在一阵呜咽声中被带离了两个人的视线,如果不是看到地上的鲜血,舒墨都要忍不住怀疑自己是不是入戏太深出现了幻觉。

"失踪了之后再回来就变得比从前更漂亮了?"舒墨挑着眉说出自己的疑问。

"上车吧。"谢恒溪像是没有听到她的疑惑一般,牵着她的手走进了马车。

他的手一如从前温暖,只是不知为何,舒墨却总觉得哪里凉凉的,仿佛刚才的那一幕让他不开心了。

谢恒溪坐在马车中,车帘随着马车的前进而时不时地掀起,外面竟然飘起了雪花,漫天的雪花让谢恒溪的思绪飘得很远。

初见那天,大雪纷飞,她瘦得皮包骨一般坐在墙角,已经是进气多出气少了。

他起初并没有想救她,可是没想到她竟然有那么大的力气,明明已经瘦成了那样,却不知道从哪儿来的力气,那样死死地抓住他的袍摆,像是抓住了最后一根救命稻草。

"放开。"他冷冰冰地说。

"救救我，我可以为你做任何事，只要不把我卖进青楼。"她气若游丝地说。

直到现在谢恒溪都不知道自己为什么会救下她，没有可怜，没有同情，要是真的说有什么，大概就是那张漂亮的脸蛋能带给他什么。

彼时他刚刚登基，前有贺鼎权倾朝野，后有百官不肯臣服，她说她愿意为他做任何事，所以他最终还是把她送进了淮陵楼，除了不需要真的接客外，其余的跟一名青楼女子无异。

他需要一名能够帮他打探消息的眼线，而染念就是最好的人选。

不知道是从什么时候开始，她看他的眼神开始变了，温柔似是含情脉脉情真意切，他假装什么也没有发现，一切一如既往。

他对她没有半分多余的情感，可是为了能让她死心塌地，他没有亲手戳破她的幻想。

直到她失踪，他也曾派人去找过，当派去的人都无功而返的时候，他曾有过一抹怅然，她毕竟是他培养的一把刀，却从未出刃过。

再然后，她就回来了，以东凉国公主的身份回到了他的视线之中。

要说是什么时候开始起疑的，大概就是那句"如果那个人可以是她，那是不是也可以是我"。

谢恒溪第一次意识到，这个女人或许从一开始就没有他想的那么纯粹。

"这个人，只能是她。"这是谢恒溪藏在心里没有说出来的那句话。

"皇上，如果我能帮你个忙，下个月我的假期可不可以变成两天？"舒墨的声音将他从回忆里拽回了现实，她今天没有戴那张面具，娇俏的脸蛋上泛着绯红，洋溢着天真美好。

鬼使神差地，他的手抚上了她的脸蛋，如羊脂玉一般的触感从他的指尖传来，让人碰到了就不想再挪开。

"什么忙？"谢恒溪回过神来，随后便把手收了回来，佯装镇定地问。

"你想不想知道染念和贺鼎之间到底有什么秘密？"舒墨大大的眼睛忽闪忽闪地眨了又眨，像是从天而降的狡黠精灵，"嘿嘿，对着新蕾公主，贺鼎一定会说实话的吧。"

（十八）百密一疏

回宫之后的舒墨就开始研究起如何能更好地模仿染念来。

虽说她已经用染念的身份当了很久的染贵人，可是要真是说到模仿她，舒墨却并没有做过。

模仿一个人需要细化的细节太多，从不着痕迹的小动作，到眼角眉梢的细微表情，一个不注意都有穿帮的可能，特别是面对像贺鼎这种心细如发的人，单单是容貌一样，其实是并没有什么作用的。

可惜她跟染念的接触着实算不上多，最近距离的接触加起来也就两次，还都是在打斗中，就在舒墨琢磨着要怎么样才能够观察染念生活中的小习惯之时，朝堂上却传来了一则有趣的消息。

就在谢恒溪和舒墨从"胡言乱语"回来的第二天，御史台赵大夫就在上早朝的路上被人砸了鸡蛋，说是身为谏臣却不阻止皇上立烟花女子为后，着实可恶，那鸡蛋也不知道是什么做的，砸得赵大夫脸都青了，于是就这么鼻青脸肿地上了朝，最悲催的是还没看清楚砸他的人是谁。

有了赵大夫这个前车之鉴，不少身子弱的朝臣开始担忧，对于皇后候选人只有染贵人一个人这件事，也纷纷表示起不满来。

毕竟立一个烟花女子毫无助力，而要是立了新蕾公主，好歹还能换来东凉五十年称臣不是，况且现在国力昌盛，这一朝称臣易，东凉想要翻身可就难了嘛。

一旦有了不同的声音，大臣们也就有事干了，畅所欲言地吵架向来是他们最拿手的事情，朝堂之上顿时就站成了两队，一边是赞成新蕾公主加入皇后人选的，一边是坚决反对东凉国成为外戚，也就是变相支持舒墨的。

礼部尚书原本就没消下去的头大在经过百官的洗礼之后顿时变得更大了。

大臣们吵得不可开交，礼部尚书没有办法，只好在早朝的时候向皇帝陛下寻求帮助，没想到皇上干脆利落地把皮球踢给了贺鼎。

"皇后人选事关社稷，贺卿怎么看？"谢恒溪把目光投向贺鼎，像是十分期待他的答案。

"微臣以为东凉近年来虽然未曾与我国发生过战事，但是并不代表以后也不会有，一旦发生战事，如果新蕾公主贵为我朝皇后，我国便处于被动之中，不仅如此，我朝虽然没有立嫡立长的规矩，但是皇后所出终究要高贵两分，是以微臣以为新蕾公主作为皇后人选实属不妥。"贺鼎跪在地上，声音清浅地说了一长串，"微臣以为，臣的义女方是皇后最佳人选。"

他的声音并不大，却让嘈杂的朝堂进入了落针可闻的静谧之中。

明明就是怎么听都像是推荐自己人的话，可是从贺鼎的口中说出，却莫名地有种说服力。

光是"皇后所出高贵两分"这一条，就几乎让新蕾公主失去了候选人的资格，相比之下，舒墨是烟花女子就显得无足轻重起来，人家好歹还有个名号是国师义女不是。

"贺卿所言甚是，就依贺卿说的办。"谢恒溪的嘴角勾起笑意，似是对贺鼎的答案十分满意。

就这样，困扰了礼部尚书数日的难题被国师大人寥寥数语解决了，原本还在研究着"如何完美地模仿染念"的舒墨顿时迎来了新的课题：如何能够万无一失地完成手铸凤冠。

念染宫内，舒墨看着面前各式各样的容器一阵头痛。

"姑姑，我觉得贺鼎在朝堂上这么卖力地帮我说话，此中必有蹊跷。"舒墨摸着下巴，十分认真地分析，却换来了商金金无情的鄙视。

"无论有没有蹊跷，你都要好好练习，保证铸冠仪式万无一失。"商金金给了她一个警告的眼神，"我听你师父说他可是把他的看家老本全都给你了，你要是失败了，你就等着被逐出教吧。"

商金金戳了戳舒墨的鼻子，虽是警告的话，却泛着几许宠溺的意味。

"知道了知道了。"舒墨看着面前各式各样的容器，知道今天的练习是

跑不了了，面前摆着长短粗细各不一样的容器，让她挑选用得最顺手的一款。

舒墨表情认真地拿起每一样容器放在手中感受手感，当她看到最后一个形状跟尿壶极其相似的容器，终于忍不住开了口。

"姑姑，尿壶也拿来充数，真的好吗？"舒墨举着尿壶转过身去，就瞧见商金金憋着笑，以及站在她身旁的谢恒溪。

早朝解决了皇后人选的事情不是应该心情很好吗？怎么他看起来反倒不太开心的样子？

"咳，那个是皇上专门让人连夜赶工，根据你的手掌尺寸打造出来的容器。"商金金正了正面色解释道。

舒墨闻言顿时尴尬了，她看了看手里的尿壶，想要说些赞美之词，却偏偏大脑一片空白，舌头跟打了结一样，憋了半天，总算是憋出来了一句。

"我说怎么拿着特别顺手呢，皇上果然好眼光，哈哈，哈哈哈！"为了表示诚恳，舒墨皮笑肉不笑地笑了几声。

"朕是来看你练习得如何了，你示范下吧。"虽然马屁拍得很臭，谢恒溪还是面色稍霁地接受了。

舒墨得到指令，便走到了模具旁边，将金水倒入"尿壶"之中，然后顺着模具光滑的内壁倒了下去，流光溢彩的金水顺着内壁流下，潋滟的金光渐渐消失不见，随后就听见了"咔嚓"一声，模具裂了。

看到失败了的舒墨一脸不可置信地回过头来，仿佛沉浸在失败的打击中无法自拔。

"不能顺着内壁倒入，模具的底部最厚，一定要均匀地覆盖底部，这样才不那么容易碎裂。"谢恒溪坐在椅子上，对于这个结果一点儿也不意外。

舒墨闻言拿出第二个模具，继续练习。

然后念染宫里的主旋律就变成了：咔嚓、咔嚓、咔嚓……

在经过不知道多少声"咔嚓"之后，谢恒溪终于忍无可忍地走到了舒墨的身边，握住了她的手。

"先对准中间，然后均匀地倒入，等到感觉模具底部差不多被覆盖之后，再顺着内壁倒入。"谢恒溪从舒墨的身后握住她的右手，温热宽厚的掌心传来烫人的温度，低沉迷人的嗓音顿时都变成了嗡嗡声，舒墨只觉得脑袋里一片糨糊，压根分辨不出他在说些什么。

商金金早就识相地退了下去，偌大的殿中只剩她和谢恒溪两个人，气氛暧昧得让人心跳加速。

谢恒溪原本真的只是在传授铸冠的技巧，可是当他一低头，看到舒墨两只白白的小耳朵不知何时红得像是苹果一般，他的心跳也跟着莫名地加速起来。

心律不齐，大手一抖，"咔嚓"之声再次响起。

"咳，差不多是这个节奏，你再试试。""咔嚓"声像是魔咒，让谢恒溪条件反射地松开了舒墨的手，仿佛晚一秒都会被烫伤一般。

反倒是舒墨，很快就变得淡定起来。

"皇上，你说如果我失败了会怎么样？我失败了你会赶我出宫吗？"舒墨转过身去看向谢恒溪，一双黑眸如星光般闪亮。

"不会。"谢恒溪没想到她突然问这个问题，神色一愣。

"嗯，我想也是，一国之君嘛，不该这么小气。"得到答案的舒墨像是松了口气般转过头去，喃喃又道，"即便我当不成皇后，也会有别人来当……"

她的声音很小，轻到几不可闻，只是不知为何，在说到"别人"两个字的时候，却又带着浅浅的寂寥。

"即便不是你，也不会有别人了。"

谢恒溪的声音从身后传来，低低的，略带沙哑，却异常坚定。

听到这句话舒墨回头看去，就瞧见谢恒溪背对着她朝着殿外走去，充沛的阳光从殿外照进来，他的周身仿佛镀上了一层金光，一如她当日在宫殿时谢恒溪所见的那般。

舒墨感觉到自己的心因为那一句话而变得无比充盈，仿佛被插上了一双翅膀，可以在天空中翱翔。

真帅——舒墨看着谢恒溪的背影，面红耳赤地想。

明日当空，花影浅风，今天是钦天监推算出来的近一年内最适合铸冠的日子。

舒墨穿着一袭暗青色的衣裙，三千青丝盘成芙蓉髻束在脑后，发丝间嵌着一枚宝蓝玉簪，一改往日妩媚妖娆的模样，反而有种庄重之美，而她的身旁站着的谢恒溪眉目清俊，五爪金龙袍加身，更显灵秀韵致，尊贵非凡。

两个人并肩而立,便是一道最美的风景。

"去吧,我在外面等你。"谢恒溪转过头来柔声说,包裹着她手掌的大手微微用力,似是在给她鼓励。

舒墨抬起头朝他看去,那双狭长的眸中满是坚定,清亮如辉,堪比日月光华。

"等着我凯旋。"舒墨朝他用力地点了点头,然后昂首挺胸地朝着铸金殿走去,眉宇间满是胸有成竹的坚定。

金碧辉煌的宫殿两侧各有一座雕像,舒墨深吸一口气推开门,才发现殿内并没有殿外装饰得这般奢华非凡,反倒是十分空灵。

殿内的中央是清可见底的池塘,池底镶嵌着各色各样的鹅卵石,池中立着一座白玉的仙女雕像,源源不断的池水从她手中的白玉瓶中流出,"哗啦啦"的水声像是一支小曲,涤荡着来客的心神。

待她走到中间,殿门便"吱呀"一声关了起来,待到完全关闭,殿内便陷入了昏暗的光线之中。

五彩斑斓的鹅卵石在水光的折射下散发出五颜六色的光芒,那些光束在暗沉的大殿中就像是一道通往异世的道路般晶莹夺目。

"也不知道谁规定的铸冠模具必须要自己找到。"舒墨嘟囔了一句,开始环顾殿内各个角落,寻找有可能摆放铸凤冠的模具的地方。

她仔仔细细地将殿内的各个角落扫视了一遍,除了眼前的池子之外,再也没有其他任何家具装饰物,舒墨若有所思地围着池子转了两圈,总算是看出了些许端倪。

她俯下身,将池中的五彩卵石拿出数颗,而后一颗颗地丢入了白玉仙女手中的白玉瓶中,在丢到第五颗的时候,雕像果然缓缓下沉,与此同时,一座巨大的镏金台则从水底升了起来。

水台就在池边升起,凤冠形状的模具璀璨夺目地摆放在水台的正中央,只要一伸手就能够轻而易举地拿到。

就在舒墨的手即将碰到模具的时候,一抹黑色的身影却不知从何处闪了出来,拽住了她的手腕。

"跟我走。"秦彦的声音蓦地在殿内响起,昏暗的光线将他的脸掩藏在黑暗中,明暗难辨。

舒墨被突如其来的身影吓了一跳，手刀几乎已经要劈到秦彦的脖子上，所幸及时听出他的声音，才没就这么硬生生地劈下去。

自从那天晚上在太医院跟他闹得不欢而散之后，舒墨就再也没有见过秦彦，听姑姑说他每日仍是照常去给她看伤，从抓药、煎药到方子核对，事无巨细都是由他亲自去办，舒墨听完之后心里虽然有些松动，最终却也没有再去找过他。

其实从太医院回来之后，舒墨的气就已经消得差不多了。

他俩原本就是敌对阵营，他帮着贺鼎监视她原本就是分内之事，既然奉了贺鼎的命令来帮她解毒，那么奉命再往她身体里放别的毒素便于操控也是无可厚非的事。

说白了，舒墨也明白自己没有立场生秦彦的气，可是她就是控制不住自己的脾气。

她是真心把他当作朋友的。

许是因为两个人都来自江湖，从前又闹过乌龙，这些小误会以前没觉得有什么，但是到了宫里之后就显得有些难能可贵起来。

曾几何时，她以为终有一天两个人可以成为无话不谈的知己，可惜这一切终究犹如镜花水月，脆弱得不堪一击。

是敌是友，终要面对。

所以她没有再找过他，这样大家都不用为难，只是没想到秦彦今天却主动找上她了。

"你来干什么？"舒墨不明所以地看向秦彦。

"你是不是带了洗金水，打算拿到模具之后就涂抹于模具之中，这样待会儿注入金水的时候就能够确保万无一失？"秦彦站在原地，知道如果不和她说清楚，她是不会跟他走的。

"是又如何？"舒墨冷冰冰地反问。

"如果你真的这么做了，待会儿从这里出去的就是染念，而这世上再也不会有舒墨。"许是站得太久，秦彦感觉气息一阵紊乱，近日来为了研究解药，没日没夜地炼丹制药，实在是透支了太多体力。

舒墨一头雾水地听着秦彦的话，脸上写满"你在说些什么"。

"我现在没有时间跟你解释，等出去了我再把一切都告诉你。"秦彦再

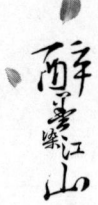

次伸出手想要去牵舒墨的手,眼见就要触碰到她的手腕,只听"铮"的一声破空而来,一枚万字镖迅如流星地朝着秦彦的面门刺去,舒墨眼明手快地将秦彦推开,他却仍然被暗器划伤了脸颊。

"没事吧?"舒墨一个箭步走到秦彦的身边,只见原本白玉无瑕的脸颊上沁出丝丝血色。

"就知道你不会老老实实听从主人的吩咐。"染念的声音像是从天而降的咒语,听得人心间一阵发凉。

舒墨抬起头来,就瞧见水池中的白玉雕像缓缓地从中间打开,染念穿着一身墨绿色朝服,步伐轻盈地从水中而来,彩波荡漾,五彩斑斓的光芒照在她的身上,恍若是从九天之上踩着宝石之路而来的仙女,璀璨耀人到不可方物。

看着和自己穿得一模一样的染念,再想到秦彦刚才那句"这世上再也不会有舒墨",一股极其不妙的感觉从她的心底冉冉升起,就好像原本不过是不小心踩入了一个水洼之中,在想要抽身离开之时却发现踩入的原来是深不见底的沼泽,在一点点地侵蚀着入侵者的灵魂。

"为了她,不惜放弃自己的性命,不惜放弃明明已经看到曙光的未来,想到原本还在谷中满怀期待地等着你回去继承衣钵的老谷主,最后等来的却是白发人送黑发人,我真是替他惋惜。"染念的声音像是催魂的符咒,她步步生莲地朝着二人走来,手中像是拿着无形的勾魂锁链。

明明每日都会见到的容颜,舒墨却明白,面前的染念已经不是当初在淮陵楼见到的那个她了,现下的她已经入道成魔,只怕再也回不了头了。

眼见着染念就要走到二人面前,那张美丽的容颜却突然扭曲了,婀娜的身姿也变得扭捏异常,仿佛手脚突然不听使唤了一般。

"你做了什么?"染念尖锐的声音响起,刺耳得仿佛是来自地狱的呻吟,不过很快就连这些呻吟也听不到了,舒墨看着她美丽的脸上爬满了惊恐,努力地张大嘴巴却发不出一丝一毫的声响,墨绿色的裙裾不知为何升起了袅袅白烟,空气中弥漫着一种腐尸水的味道。

"我原本想要带你走,可惜……"秦彦半倚靠在墙壁上,只有借助身后的力量,他才能够勉强站住,他不想就这么狼狈地倒在她的面前,想到竟然连站着都会成为一种奢侈的愿望，他无奈地摇了摇头，"终究是做不到了。"

"白玉雕塑上被抹了解筋散，五彩池中被我洒了腐尸水，再加上这殿内的驱魂香，她活不成了，在你出去之前，她便会化成一堆粉末，待到殿外的风吹进来时，这世上便再也不会有她这个人了。"秦彦苍白俊雅的脸上浮起一抹淡淡的笑意，他抬起手来，缓缓地覆上了她的脸庞。

能这样光明正大、不以实验为名地触碰她，真好。

秦彦脸上的笑容像是一泓静止的泉水，无波无澜，安静得让人心惊。

"其实我早就知道你了，小时候砸伤我的那个你，可是我认出来得到底还是太晚，不然我应该早早就带你出宫才对。"秦彦的身子顺着墙壁一点点地滑下去，声音也仿佛比刚才弱了两分。

看着这样的秦彦，舒墨的心一片冰凉。

"这镖上有毒是不是？走，我带你出去！"明明是一条小小的伤口，可是鲜血却仿佛决堤的湖水一般，汹涌地往外冒着，无论舒墨如何按压，都始终没有停下的意思。

"镖上没毒，毒是我身体里的，没的解的。"秦彦拽住她的手，努力地挤出一抹笑容，"从我懂事的那年起，我就知道自己活不过二十五岁，我师父每每看到我就要偷偷抹眼泪，说天妒英才，为什么像我这么出色的继承人，却偏偏先天不足，是早夭之命。"

"一开始我不相信，我想我天纵奇才，就连我师父都说神医谷往前数一百年都没有出过我这么聪慧的弟子，我难道还能治不好自己的病？于是我不断奋发努力地学习医术，积极地炼丹制药，终于在十二岁那年，我翻遍了世上所有的医书，终于得出一个事实：我真的只能活到二十五岁。我悲恸欲绝，不能接受这个事实，却不得不陪着师父去你们教中参加圣女宴，也就是在那天，我遇到了你，遇到了一个不会让我过敏的人。"秦彦嘴角的苦笑愈发明艳，苍白的脸上被鲜血涂抹上了一层妖艳的凄美。

"不会的，是毒就有解药，怎么可能没的解呢？"舒墨慌乱地扶着坐在地上的秦彦，想要带着他离开，却被秦彦用力地握住了手。

"不要浪费时间，仔细听我说。"他握住她的手，清亮的眸子里浮上了些许乞求，大口大口的鲜血开始从身体里往外涌，他用尽力气，将一口口涌上喉头的鲜血咽了回去。

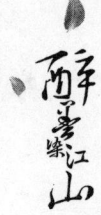

"染念其实一早就是贺鼎安插在谢恒溪身边的人,唯一的一个意外,是你,贺鼎没有料到染念会被你打晕,而你会被谢恒溪带回宫中,这是他的第一个疏漏,所以此后发生的种种,都是围绕着这个疏漏去弥补的。

"他给你下毒,让你每日低烧不退,这样你的面具就无法长久保持,所以你只能去找他。

"他让我给你解毒是真,毒解了之后,我在你体内发现了一种奇怪的现象,好像有两种毒素在相互压制,让你的身体保持正常运转,我苦思冥想不得其解,最终才发现原来毒素藏在面具之中,只要你戴着这张面具一天,毒素就会从面具渗透到你的皮肤之中,两种毒素相互压制,单单从表面来看,不会有任何问题。

"而能让毒性失衡的东西一共有两样,一是上次你去'胡言乱语'时闻到的异香,另外一个就是洗金水……"

大口大口的鲜血从秦彦的口中涌出,年轻俊秀的脸庞苍白如纸,这样的秦彦,舒墨从未见过。

"别说了,别再说了,我带你去找你师父,他能救你,一定可以救你。"舒墨泪如雨下,汹涌而出的泪花几乎模糊了她的视线,她抱着秦彦想要带他离开,却被他死死地握住了双手,许是太过用力的缘故,更多的鲜血从他的口中涌出,舒墨赶忙伸手去堵住他的嘴巴,奈何终究是徒劳无功。

"贺鼎这些年来给我取之不尽、用之不竭的草药让我研究如何续命,我能活到今日,那些奇珍异草功不可没,也正因如此,他才最清楚我的弱点在哪里,就像是在纸人外面糊了一层锦衣,只需用刀片轻轻一割,锦衣破,纸人灭。"秦彦的眼神渐渐地开始涣散,像是冬日里最后的一抹雪,迎来了春日的阳光,"我命数如此,不要难过。"

他伸出手想要轻轻地摸一摸舒墨的头,却又怕手上的血弄脏了她的头发,最终还是收了回来。

"乖,不要难过,天太冷了,我想睡一会儿。"秦彦像是襁褓中的小孩儿,往舒墨的怀中钻了钻。

舒墨转过头去,在感受到怀中之人失去所有力气倒在她的怀里之时,她终于忍不住号啕大哭起来。

"睡吧,睡醒了就暖和了。"她抬手擦干眼泪,摸着他的头,声音是前所未有的温柔，像是哄着孩子入睡的母亲一般。

她抱起秦彦朝着五彩池中走去，殿内已经没有染念的身体，有的只是一捧粉末，孤零零地撒在地上，连"红颜枯骨"四个字都算不上。

舒墨抱着秦彦缓缓地走到那白玉雕像旁，将就像是睡着了一般的秦彦放入了其中。

白玉雕像缓缓闭合，那抹身影被掩藏在一片波光潋滟中，一点点一寸寸，最终全部消失不见。

舒墨弯下腰，将地上的白色粉末一点点地收起，撒入了放置在一旁的模具之中，她仔仔细细地将粉末一点点沾在指尖放入模具中，像是生怕遗留下一点点。

"他太善良，给了你一个痛快，那么就由你来看着我，完成后面原本属于你该做的事情吧。"

舒墨捧着模具，一步步朝着殿外走去，殿门"吱呀"一声打了开来，远处的台阶下，站着翘首以待的文武百官，看着那一抹青色手中的金光，他们知道：她拿到了。

没人看到她身后那一片潋滟的五彩池中的水已是血红一片。

殿门缓缓阖上，似是将所有发生过的一切都锁在尘封的记忆中。

众人仰首，看着她一步步地走下石级，不由自主地想要低下头去，不敢与她四目相接。

一样的容貌、一样的服饰，明明没有任何改变，却偏偏让人觉得似乎有哪里不同了，步步生莲，竟像是潋滟着凤光。

天空中点点白霭飘落，抬头一看，竟是雪花坠下。

"下雪了。"她伸出一只手接住一片雪花，喃喃低语。

零零散散的白色斑点渐渐变成鹅毛大雪，就连钦天监都没想到这场雪会来得这么突然，监正小心翼翼地抬眼去看谢恒溪，生怕皇上因为这件事怪罪下来。

所幸皇上的目光正全神贯注地看着铸金台前的染贵人，对于簌簌落下的大雪视若无睹。

要说起来，这染贵人也是时运不济。

原本铸金就是听天由命的事情，可是这天降大雪，金水遇雪，变数无疑

又大了些。

待会儿这染贵人要是铸金失败，皇上龙颜不悦，也不知道会不会降罪于他们钦天监……

铸金台上，一名童子将一早准备好的盛放着金水的镏金细桶递到舒墨的手中，而后便退在一旁。

只见舒墨拿起细桶，几乎没有丝毫的迟疑，就这么将金水倒入了之前练习用的"夜壶"容器中，接着又毫不停歇地倒入了模具之中，漫天的飞雪中一抹金光乍泄，恍若此刻不是寒冬，而是盛夏。

台下的大臣看着她那一气呵成的动作，不由得暗暗地在心里摇头，这么一股脑地倒进去，一点儿手法和技巧都不讲，哪里有成功的可能？

就在百官窃窃私语暗自摇头之际，铸金童子的声音却从高高的台上飘了下来，那声音清脆软糯，像是观音座下的金童之言，清亮又干脆，却只有一个字："成！"

成？

那些原以为铁定会失败的大臣抬起头来，张大了嘴巴朝着台上看去，就瞧见大雪纷飞的铸金台上，那抹墨绿色手中捧着一盏华光流转的凤冠，璀璨夺目到让人不可直视。

冷风呼啸而至，将震惊中的大臣拽回了现实，他们赶忙闭上了嘴巴，齐刷刷地跪了下去。

天佑大祁、祥雪昭瑞等的吉祥话不绝于耳，再也没有人像刚才心里所想的那般认为染贵人时运不济，在场的所有人都觉得她运气太好了，烟花女子变凤凰，从今往后她可就是大祁的皇后娘娘了。

手铸凤冠成功，一早等候在一旁的童女走上前来，将凤冠戴在舒墨的头上，象征着仪式的圆满完成，虽然现在还不是正式的封后大典，不过在所有人的眼中，舒墨也已经与皇后无异了，差的无非就是一纸诏书而已。

"走吧。"谢恒溪牵起舒墨的手，一步步地走下阶梯，百官臣服在他们脚下，这一刻，谢恒溪的心底滋生出许许多多的念想来。

第一次，他有了想要为了别人守住这片江山的想法，而这个人，正是此刻与他并肩、携手共进的女人。

自舒墨从殿内走出来的那一刻，谢恒溪就感觉到她的异样了，他什么也没问，只是将掌心那冰凉的小手握得更紧了一些。

在大雪纷飞中，谢恒溪屏退了上前想要为他们撑伞的宫人，就这样牵着她的手，不急不缓地前行，乌发渐渐被白雪覆盖，直到很多年以后，简竹回忆起这一段往事，脑中浮现的都只有四个字：白头偕老。

再也找不出比这个更合适的形容词，他们就像是一对从年少时并肩，到年迈时仍牵着手的老人，就这样走完了漫长又短暂的一生。

"没有什么想问的？"舒墨任由他牵着自己的手，巍巍前行，她原以为自己的心因为秦彦的死已经开始变得坚硬麻木，可是在他牵住她的一刹那，她的心却仍然还能感觉到温度。

"想说的时候你自然会说。"谢恒溪淡淡道。

"染念死了，从今往后我就是染念。"舒墨驻足，转过身来，静静地望着谢恒溪，似是想要望进他的心中。

"总有一天你会做回你自己的。"谢恒溪抬起手来，宠溺地摸了摸她的头，为她把披风上的雪粒掸去，动作温柔无比。

这一天不会太久了——谢恒溪在心底默默道。

舒墨转过身来，想要伸手抱抱他，胳膊却突然悬在了半空。

"怎么了？"谢恒溪看着她呆呆的模样，不由得发笑。

"没什么，肩上有片落叶。"舒墨将他肩头的枯叶拿下。

不知不觉，两个人已经走到了念染宫外。

"你今日铸金成功，想必上奏的折子不会少，朕今天估计要在龙安殿熬通宵了，你辛苦了几天，好好休息，不要胡思乱想。"谢恒溪盯着她，像是在教导小孩儿。

也不知道沉默了多久，她终是开了口，说了一个"好"字。

得到答案的谢恒溪心满意足地离开，他的步伐有些匆忙，所以并未看到身后的舒墨久久没有离去，而是一直站在原地静静地看着他的背影，能多看一眼就多看一眼，仿佛此时不看，此生就再也没有机会了一般。

子时，贺府。

黑色的身影犹如鬼魅般掠过假山湖景，来到后院的一隅。

下了一天的雪方停，周遭的草木房屋已经被白色覆盖，唯独中间的一汪池水冒着冉冉的热气，烟波缭绕，贺鼎正躺在池中，闭目养神。

　　听到动静的贺鼎睁开眼睛，妖冶的眸中难得地泛着明显的不悦，他今天心情很好，难得想要放松，没想到下了令任何人不得打扰，却还是有人前来。

　　不过当他看清来人，眼底的不悦却尽数退散，眨眼的工夫就已经被溢于言表的喜悦取而代之，仿佛对于这位访客的到来无比欢迎。

　　"你怎么来了？"贺鼎微笑着看着她，白雾冉冉，将他那妖艳的容貌熏染得更加迷离，"皇后娘娘。"

　　他大手一挥，只听"扑通"一声，来人就被他拽入了池中。

　　透过缭绕的白雾看美人儿，贺鼎不得不承认面前的这张脸是他见过的最漂亮的脸蛋，其余的颜色放到这张容颜前都顿时显得相形见绌起来，这也正是他敢把她放到谢恒溪身边的原因之一。

　　"她死了？"见到美人儿没有回应，贺鼎也不生气，反倒是拿起她的一缕青丝在指尖把玩起来。

　　虽然他说的只是一个"她"字，但是她知道，他口中的这个"她"，指的必然是"自己"。

　　"死了。"她点了点头，神情有些漠然，"秦彦也死了。"

　　听到后面的半句，贺鼎的表情终于有了些许变化，一抹诧异从他的眼底一闪而过，不过只是转瞬的工夫，就已经又变成了那副浅笑的模样。

　　"又是一个为情所困的。"贺鼎垂着眼睛，将面前的人揽入怀中，他微微低头，湿热的气息贴着她的耳畔，"怎么一副不高兴的模样？马上就要当皇后了，得偿所愿，难道不值得庆祝吗？"

　　他拿起放在池畔的酒杯一饮而尽，就在此时，一道粼粼波光从池面上一闪而过。

　　贺鼎脸色猛地一变，想要去躲，已是太迟。

　　随着一阵剧痛从腹部传来，鲜红色从水中渐渐翻滚而上，像是一朵朵血色的浪花。

　　"你是谁？"他迅如闪电地伸出手去想要擒住那个人的脖子，却因为腹部的伤口而行动变得缓慢，终究是没能抓住。

　　"我是来送你去地狱的人。"面前的美人往后退了数步，声音早已不似方才那般婉转妩媚，冷冰冰的嗓音中像是有着无限的恨意，纤纤玉指拿着薄如蝉翼的刀刃，朝着贺鼎的心窝扎去。

白雾渐渐散去，美人越靠越近，容貌仍是那倾国之色，只是人却已经不同了。

这不是染念，是舒墨！贺鼎咬紧牙关，眸色微敛。

眼见刀刃就要扎入他的胸腔，舒墨眼睛一眯，正打算给予致命一击，却在最后关头，手腕竟然开始变得软绵绵的毫无力气。

血腥味从温泉中蒸腾而上，变数来得太快，让她几乎来不及思考。

"到底是我小瞧了你。"贺鼎看着面前艳如桃花的人，心底居然涌出一丝浅浅的开心，就像看到蓄养已久的小猫终于露出了它的利爪。

舒墨深吸一口气，再次想要提气，却只觉得心口一阵翻腾，喉头一甜，一口血就这么喷了出来。

贺鼎微微偏头，却仍然被溅到了不少，一滴鲜血落在他的嘴角，只见他伸出舌头轻轻一舔，将那抹红色裹入腹中。

"这个时机挑得不错，差一点点，差一点点你就能杀了我。"贺鼎往前一步，伸手将舒墨拉向自己的怀中，舒墨想要反抗，奈何四肢绵软无力，眼皮也仿佛有千斤重一般。

蒙蒙眬眬间，她似乎听到了一阵窸窸窣窣的脚步声，而后身体一轻，再然后，她便陷入无边的黑暗之中。

沉睡仿佛永无尽头，舒墨只觉得自己像是陷入了一个又一个无边的梦魇之中，就在她以为这辈子可能就要这么睡过去的时候，她却醒了。

一睁眼，看见的便是贺鼎那健硕的身体，他上半身未着寸缕，白色的纱布从左肩胛处缠绕到腰间，隐隐约约似乎还能看到纱布下的点点猩红。

"醒了？"贺鼎看到她睁开眼睛，唇角略为勾起，看起来似乎心情还不错的样子。

"渴。"舒墨哑着嗓子，艰难地从嗓子眼里挤出一个字。

似乎早就料到她会有这个需求，一旁的侍女走上前来，手中的托盘上放着三个茶杯，舒墨颤颤巍巍地撑着身子坐了起来，然后毫不客气地把茶水喝了个精光。

"不怕我下毒？"见到她牛饮，贺鼎笑着开口。

"你这么费尽心思地想要让染念当皇后，现在染念死了，能当皇后的就只有我了。"不知道是不是睡了一觉的缘故，舒墨的头脑反倒异常清晰起来，

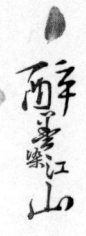

刺杀失败她不是没有考虑过，之所以还是敢来，倒不是完全不怕死，而是她笃定贺鼎不会杀她。

"染念虽然死了，但是你能用她的脸，难道别人就不行了？"贺鼎似乎被她的话吸引了注意力，表情愈发专注。

"别人当然可以，但是我和谢恒溪之间的秘密，除了我，再也不会有人知道了。"舒墨莞尔一笑，竟然好似心情也跟着好起来了一般，"我已经昏迷了一夜，或许现在还没有人发现，但是再过一夜，可就不一定了，你说是吗？"

贺鼎笑了，他走到她的身前，想要揉揉她的头，却被她躲开了。

有趣，太有趣了，他看向她的眼神开始变得意味深长，像是锁定了猎物的豹子，却并不急于进攻。

他就这般细细地看了许久，直到舒墨被他看得快要发怒的时候，他才终于动作优雅地轻轻拍了拍手掌。

两道黑影来到面前，细细看去，才发现他们的身后还躺着一个人，那个人穿着一身浅紫色宫装，面容安详地闭着眼睛，就像是睡着了一般。

"姑姑？"几乎是瞬间，舒墨的脸上血色尽失，像是被人扼住了喉咙一般哑然失色。

（十九）凤临天下

接二连三的黑衣人走了进来，每两个人抬着一副担架，每副担架上躺了一个人，从最开始的商金金，到左右护法，再到师父身边的侍女甲，贺鼎似乎有把花容教搬到贺府的意思。

"你到底想干吗？"舒墨看着面前熟睡的人们，咬牙道。

贺鼎闻言笑了起来，他走到舒墨的身前想要去揉她的额头，却被她躲了开来。

"想要你乖乖听话。"摸了个空的贺鼎并不生气，他低下头，低垂的眸中竟然滋生出了些许的怜惜。

"要我做什么？"舒墨抬起头，毫无畏惧地迎上他的目光，她知道，现在的她只能听贺鼎的，姑姑、叔叔，他们都在他的手上，如果她不听话，那么师父的安危只怕也要难测，既然如此，不如先弄清楚他想要什么。

"要你安安稳稳地坐上皇后之位，把凤印交给我，你就可以带着他们回到教中，从此与这深宫朝堂再无联系，当然，如果你愿意留在宫里当这皇后娘娘，也是可以的。"贺鼎的眼中噙着笑意，声音中满满的都是宠溺，就像是只要她点点头，他愿意把全天下都捧到她的面前给她一般。

"好。"舒墨几乎没有片刻迟疑地点了点头。

"三日后的子时，把凤印带到我的面前。"贺鼎朝着身后的黑衣人点了点头，熟睡中的人质们被抬了下去。

舒墨见状没有说话，只是站起身来朝着门外走去，她足尖一点踏风而去，猎猎风声在耳畔呼啸而过，隐约之间仿佛还夹杂着贺鼎轻描淡写的声音。

"乖一点儿，不要再企图做一些徒劳无功的事情，如果你珍惜他们的

话。"

约莫一炷香的工夫，舒墨回到了宫中。

她虽然在贺府昏迷了一晚上，但是好在谢恒溪昨晚并没有过来，她临出发之前交代过暗香任何人不要来打扰她，是以虽然失踪了一夜，却也并无人发现。

她梳洗完毕，坐在窗棂前看向外面的冰天雪地，心中情绪难以言喻。

经过一夜，外面的雪早已凝固成冰，一片白雪皑皑中，一抹金色的身影徐徐前行，只见谢恒溪身披金貂大氅，形如傲松地朝着念染宫走来，每一步都走得不急不徐，似乎并没有被雪色影响分毫，在他的身后不远处跟着一抹鸦青色，应当是简竹无疑。

两个人一前一后，就像是一幅风雪山水画，雅逸悠远。

舒墨低下头，漂亮的眼睛里愁雾缭绕，她眨了眨眼睛，再次抬起头时，神色已经恢复如常，她活动了下嘴角，摆出一副心情不错的模样。

只听"吱呀"一声，殿门被人推开来，谢恒溪昂首阔步地走了进来，看着只有舒墨一个人的内殿，好看的眉头便不由自主地皱了起来。

"伺候的人呢？"谢恒溪的声音透着浓浓的威严，似乎下一句就是"全都拖出去斩了"。

"我让他们歇着了，反正也没什么事情。"舒墨挤出一抹讨好的笑容，走到谢恒溪身边，为他把大氅取了下来。

"钦天监选了个好日子，三日后举行封后大典。"谢恒溪牵起舒墨的手坐在窗棂边的软榻上，定定地看着她，像是想要从她的眼中得到一些信息，"你没有什么话要对我说？"

他的语调跟平日里并没有什么不同，只是不知为何，却让舒墨有种欲盖弥彰的感觉。

"我昨晚去了贺鼎府中偷袭他，失败了。"舒墨用言简意赅的一句话就交代清楚了整件事情，明明并不想哭的，可是不知道为什么，当着谢恒溪的面说出这句话之后，她心底压抑着的委屈和失落突然排山倒海地侵袭而来，她眨了眨酸涨的眼睛，努力不让自己哭出来。

谢恒溪闻言，方才那副芝兰玉树的模样顿时消失无踪，他伸出一只手攥住了舒墨的手腕，亮若星辰的眸中似有暴风雪堆积。

"你怎么敢?"他的手十分用力,像是生怕一不留神,她就再次从他眼前消失一般。

"染念想要杀我,秦彦为了救我死了。"面对谢恒溪的质疑,舒墨终于隐忍不住,"哇"的一声哭了出来,大颗大颗晶莹的泪珠顺着她的脸颊滑落到谢恒溪的手背上,像是带着烫人的温度,将谢恒溪眼中的暴风雪轻而易举地融化了。

"有没有受伤?"谢恒溪几不可闻地叹了口气,随后将舒墨拽入怀中,仔仔细细地检查起她的胳膊、颈项来。

原本只是十分单纯地想要看看有没有受伤,可是两人虽然常常牵手,但是像这样被"动手动脚",舒墨也是第一回遇到。于是,没一会儿的工夫,舒墨整个人就跟一只蒸熟的虾一般,从头红到了脚。

谢恒溪关心则乱,着急地检查了胳膊、腿无恙之后就去看她的颈项,然后就看到了白里透红的颜色从脖子一直蔓延到了耳朵根。

"没……没有受伤,我还刺伤了他呢。"舒墨红着脸蛋声如蚊蚋地又道,"不过他的血很奇怪,流到温泉里我闻了一会儿就犯晕了,然后我就赶忙跑回来了。"

她说完之后便一直低着头,不敢去看谢恒溪的眼睛,她怕被他看出什么破绽,湿热的气息从上方袭来,舒墨觉得自己从来没有这么紧张过。

也不知道等了多久,一声几不可闻的叹息声终于从头顶飘了过来。

"温泉?"谢恒溪话锋一转,眼睛一眯,看向舒墨。

谢恒溪一手按住她的后脑勺儿,一边倾身向前,他的鼻尖几乎是瞬间就触碰到了她的鼻尖,眼见那张薄唇越来越近,舒墨终于忍不住再一次哭了起来。

"欺负人……"原本刚才的哭还能算得上梨花带雨,这会儿哭起来就只能称得上倾盆大雨了,也不知道是不是找到了情绪的宣泄口,舒墨一把鼻涕一把泪,时不时地还抹一把鼻涕在谢恒溪的龙袍之上。

古往今来,用龙袍擦鼻涕的,谢恒溪也是想不出来还有谁了。

他也不生气,就这样静静地任由她哭个不停,也不知道过了多久,那哭声终于渐渐地歇了下来。

"哭够了?"谢恒溪看了一眼自己胸前已经湿了一大片的龙袍,想着待

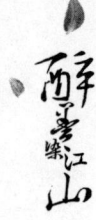

会儿要怎么跟简竹解释。

"呃,呃,嗯。"舒墨一边抽气一边点头。

两只眼睛又红又肿,小脑袋随着抽噎不停地点啊点,看起来分外可怜。

"为了朋友的死伤心难过,不是什么见不得人的事情,没必要压抑自己的情绪。"谢恒溪抬起手,在她的鼻尖上轻轻一刮,"你能为了他去杀贺鼎,已经有很大的勇气了。"

舒墨听到这话,刚刚停下来的眼泪又跟断了线的珠子般簌簌地落了下来。

"你干吗突然对我这么好?"舒墨边哭边问。

"突然?真是没良心,我以为我一直对你很好。"谢恒溪佯装无奈地摇了摇头。

舒墨被他这副模样逗得哭笑不得,想要笑却又觉得挂着鼻涕眼泪不大合适,一时竟陷入了纠结之中。

"死的人应该得到安息,而我们活着的人还有很多事情要做。"谢恒溪不知道从哪儿拿出一方手帕,将挂在舒墨脸蛋上的泪珠轻轻擦掉。

"你打算怎么做?"舒墨仰起头,好奇地问。

"那是我的事,你现在要操心的,就是如何在三日后的大典上扮演好一名皇后娘娘。"谢恒溪没有正面回答舒墨的问题。

"难道没有什么我可以做的吗?"舒墨急切地再次追问。

"你觉得你做的还不够多?"谢恒溪垂下眼帘,轻声反问。

舒墨却听出来另外一层意思。

难道他知道了些什么?她一边暗自在心底揣测自己方才的话有没有哪里有漏洞,一边赶忙伸出手握住了他的手。

"我只是想帮你。"她急切地解释。

"全心全意地相信我就是对我最大的回报。"谢恒溪扫了一眼那双紧张到手心出汗,却依旧牢牢地拽着自己不肯撒手的小手,有种膨胀的心绪在心底炸裂开来。

"哦。"舒墨轻声应允,不再多言。

"秦彦的尸体我已经命人送回神医谷交给他的师父了,落叶归根,那儿是他最好的归宿。"谢恒溪抬头看向窗外,缓缓说道。

舒墨没有接话，也只是静静地抬起头来看向窗外，帝都的西侧，神医谷的方向。

谢恒溪说得对，那儿是他最好的归宿。

"皇上，早朝的时辰到了。"

简竹的声音从殿外传来，冷冷清清的，没有一丝情感，把两个人的思绪拽回了现实。

"你去吧，我会好好休息，准备三日后的大典。"舒墨难得乖巧又自觉地说完，像是怕他不信，还用力地点了点头。

"你乖乖的。"谢恒溪摸了摸她的头，看着她那双被泪水洗刷过的清澈无痕的眸子，似乎还有什么话想要说，然而最终他还是什么也没说，转身离去。

简竹在殿外将已烘暖的狐皮大氅递上，两个人便如来时一般缓缓离去。

舒墨站在殿内，殿外不知何时又开始飘雪，眼见那抹明黄色渐行渐远，她才缓缓低下头来。

"我相信你，却不能把他们的命托付给你。"

她低头看了一眼手中的金貂大氅，嘴角一撇，似是又要落下泪来，她赶忙深吸了一口气，终究没让眼泪再掉下来。

三日后，百官们迎来了自皇上登基以来最大的盛事，封后大典。

先是由钦天监在殿外进行祭天祷告，掌礼官一声令下，太监们便抬着祭品走上前来，香气四溢的乳鸽、烤鸭装置在不同大小的鸦青色礼盒中，礼盒前放着一个圆形的骨盆，只听掌礼官尖着嗓子喊了一句："礼成！"随后将手中的火把扔入骨盆之中，火红的烈焰蓦地冲起，代表着祭天仪式的结束，封后大典的开始。

谢恒溪穿着一袭明黄色的龙袍，玄色绲金边外衫将耀眼的明黄敛于其中，仅仅是坐于龙椅之上，便是一副君临天下之势。

文武百官整整齐齐地位于两侧，没有一个人昂首，包括贺鼎在内全都恭敬地低头敛目，大殿之上一片静谧。

片刻后，另外一抹明黄色的身影在璀璨的阳光中缓步而来，珠翠步摇随着步伐而发出"叮咚"之声，像是一曲悦耳的敲击乐，击打在每一个人的心上。

舒墨抬首向前，目不斜视地朝着谢恒溪走去，朝服的凤纹羽尾上镶嵌着

一颗颗东珠，金色镶红宝石的凤冠散发着璀璨夺目的光芒，有的官员偷偷用余光去看，却发现皇后娘娘整个人仿佛被包裹在一层金色之中，让人几乎不敢直视。

而此时此刻缓步前行的皇后娘娘，也与那位记忆中艳色倾城的染贵人相去甚远。

平日里的柳叶弯眉被平缓狭长的平眉取代，黑白分明的眸光仿佛能穿透人心，烈焰般的红唇像是一团烈火，从前的妩媚可人通通都被压在了这一份张扬霸气的美艳之下。

待她正准备走上阶梯之时，一只骨节分明的手却伸在了她的面前，她几乎没有迟疑地把手放入那只手掌之中，随后两个人携手朝龙椅走去。

阶梯只有五阶，感受到那温热宽厚的手掌带领着自己一步步前行，舒墨突然滋生出一个希望时间永远停留在这一刻的愿望，就这样任由他牵着她，去到哪儿都好。

"吾皇万岁万岁万万岁，皇后娘娘千岁千岁千千岁。"

百官的朝拜声飘荡在大殿内，将舒墨的思绪拽回现实，看着贺鼎、程茂，那些曾经对她嗤之以鼻抑或笑脸相迎的人此刻却都跪在她的脚下，舒墨突然明白这世上为什么有这么多的人对权力趋之若鹜了。

光是这一份看着众人对自己俯首的满足感，就足够令人削尖了脑袋往这个位子上爬了。

接下来的事情就没舒墨什么事儿了，她顶着脑袋上那些险些把脖子压断的凤冠回到宫中之后，便不顾形象地扑到了床上。

"娘娘，您现在是皇后娘娘了，可不能再这般没规矩了。"暗香看着躺在床上昏昏欲睡的舒墨，恨铁不成钢地开口，"待会儿简竹公公还要过来送宝印、宝册，您这样……"

暗香话音未落，舒墨已经一个鲤鱼打挺从床上坐了起来，暗香以为是自己的唠叨起了作用，于是更加卖力地说教，舒墨听着她的声音，却陷入了沉思中。

宝印，这才是她最迫切需要的东西。

原以为简竹很快就会把东西送来，没想到一直等到日暮西山都没把人等来，就在舒墨等得都快失去耐心之际，谢恒溪却来了。

不仅来了，他还提着一壶好酒。

谢恒溪看起来心情不错，一路哼着小曲，就这么走到了舒墨的面前，二话不说，牵起舒墨就朝外走去。

"去把面具取下，带你去个好地方。"

就这样，约莫半炷香后，帝后二人出现在了皇宫一隅的一片竹林前。

看着面前的紫竹林，以及竹林中的"遗失屋"，舒墨顿时有种穿越了的错觉：这不是她当初接受密探任务的考核地点吗？

"这片竹林是朕命人新移植的，别看这区区一片小林子，可费了朕不少心思。"谢恒溪牵起舒墨的手，朝着"遗失屋"走去。

越往里走，一股让人食指大动的香气混着竹子的清香飘进了舒墨的鼻子里。

"什么味道？好香！"她今天一整天都处于等待简竹"颁奖"的状态中，也没心思吃东西，这会儿闻到香味，肚子顿时诚实地叫了起来。

谢恒溪看到她那雀跃的模样，不由得一笑。

"好歹你也是皇后，别一副没见过世面的样子。"谢恒溪笑着说完，便带她走进了竹棚之中。

只见全是由竹子搭建而成的屋子中央，放置着一个烤架，一整只羊在烤架上被烤得金黄，在火光中发出"吱吱"的声音，看得舒墨眼冒绿光。

"下去吧。"谢恒溪一声令下，负责烤羊的太监便退了下去。

谢恒溪走到烤架前的蒲团上盘腿而坐，动作熟练地从羊身上片下一片肉，喂到了舒墨的唇边。

舒墨张嘴去接，却因为太过着急而咬到了谢恒溪的手指，不过她很快就松开来，而后一脸满足地品尝起羊肉来。

"好好吃！"被烤得软硬适中的羊肉入口即化，好吃到舒墨有种扑上去开啃的冲动。

看到她吃得这么开心，谢恒溪突然觉得自己耗费了将近三个月的时间才还原的这片紫竹林是相当值得的，果然能做一些让爱的人开心的事情自己也会跟着开心起来。

得出这个结论的谢恒溪心里"咯噔"一声，爱的人……

他转头看向已经十分自觉挥刀向羊的舒墨，只觉得心底一片柔软。

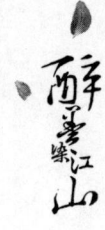

或许吧,在不知不觉间,她已经成了他爱的人。

"皇上,你带过来的那是什么酒?"舒墨吃得小嘴上满是油光,随即把目光落在了谢恒溪带来的酒瓶之上。

"程阁老送的,说是他珍藏了五十年的女儿红,今日是你的封后大典,算是他给你的赔罪礼。"谢恒溪的声音泛着自己都没有察觉的温柔。

"给我的?"舒墨愣了一下,随即将酒瓶拿在手中看了两圈,嘬嘴又道,"这程阁老倒是精打细算,当初差点儿被他堵得进不了门,现在一瓶酒就想收买我。"

嘴上虽然这么说,手上却已经把酒瓶打开来,随着瓶盖的开启,一阵四溢的酒香在竹屋中弥漫开来。

"果然是好酒!"舒墨倒了一碗一饮而尽,随后给出十分满意的评价,"皇上你也尝尝?"

"阿溪。"谢恒溪接过酒碗,突然说了这么一句。

"啊?"舒墨不明就里地看着他,像是没听懂他在说什么一般。

"阿恒,阿溪,恒溪,你挑吧。"谢恒溪神色淡淡,像是在评价今晚的羊肉,只是在舒墨看不到的地方,他的耳根子也泛着可疑的红色。

听到他的解释,舒墨这才反应过来他原来说的是他的名字,没观察到谢恒溪耳朵泛红的舒墨倒是先红了脸。

"那就阿……阿溪。"舒墨声若蚊蚋地说。

得到满意答案的谢恒溪端起酒碗一饮而尽,嘴角勾着的笑意怎么也收敛不住。

程茂说五十年珍藏果然不是随口说说,这么小小的一碗喝下去,谢恒溪竟然觉得眼前的画面有些渐渐地模糊起来,不过他晃了晃脑袋,撑着桌子站起身来。

"我小时候的梦想就是要在这宫里建一片这样的竹林,是只属于我一个人的地方,在这里可以没有人束缚,不用步步为营处心积虑,只要做自己就好。"他摇摇晃晃地走到舒墨身边,而后盘腿坐了下来。

"这天下都是你的,何况这一片小小的竹林?"听到他的话,舒墨原本正在倒酒的手微微一顿,莫名的一股晦涩情绪涌上心头。

"天下是朕的,也是天下人的,而这里,是我的。"谢恒溪凑到舒墨面前晃了晃脑袋，然后又点了点头，像是发现了什么好玩的事物一般，朝着她扬起了一抹澄澈的笑容，"就像你一样，是我的。"

"你要乖乖的，相信我，所有的事情都交给我就好。"谢恒溪依在她的肩头，说完这么一句，便整个人歪倒在了她的身上。

"皇上？"舒墨伸出手推了推，没有回应。

"阿溪？"她扶住他的脑袋晃了晃，依旧没有回应。

听到那均匀的呼吸声，以及因为喝酒而泛红的俊颜，舒墨的心总算是放了下来。

秦彦调制的迷药果然药效不错，她只是趁着刚才晃酒瓶的工夫放了那么一点点，居然真的就有效，就是药效发挥的时间慢了点儿——舒墨动作轻柔地将谢恒溪放在一旁的软垫之上，而后长长地舒了口气。

看着那张陷入沉睡中的俊颜，舒墨心情复杂，愧疚与无奈充斥在她的心间，有许多话想说，却找不到开口的机会。

"你也相信我一回，好不好？"她伸出手在谢恒溪的脸庞上摸了摸，语气无奈又惆怅。

舒墨说完便站起身来准备离去，刚刚走到门口，却又像是想起了什么一般地走了回来，跪在谢恒溪的身边，顶着一张红彤彤的脸蛋把手伸进了谢恒溪的衣服之中，在从上到下地探索了一番之后，终于在亵衣的那一层摸索到了凤印。

竹棚的窗户发出"吱呀"的声响，白幔轻动，美人无踪。

片刻后，原本躺在地上紧闭着双眸的谢恒溪却蓦地睁开了眼睛。

方才满是柔情蜜意的眸中无波无澜，似有些许失望，又似有些许无奈和惆怅，竟和方才舒墨的表情有八分相像。

月色寥寥，舒墨站在贺府的牌匾前，表情凝重。

云翡一直守在门外，看到舒墨的身影一出现，便做了一个恭请的手势。

"主人命奴婢在此等候多时，娘娘请。"云翡低眉敛目，语气恭敬之至，仿佛十分敬畏她这位皇后娘娘。

舒墨明白她这副尊敬的样子到底是尊敬的谁，不过她也不介意，既然云翡喜欢演，就让她演下去吧。

"见到本宫不行礼，你的规矩都喂了狗了，跪着吧，没有本宫的允许不

许起来。"舒墨最终还是走进了贺府的大门，冷冰冰的命令声徘徊在朱门之外，云翡微微一愣，随后却不得不跪了下去。

不同于以往的阴暗，今日的贺府灯火通明，像是为了迎接她这位皇后娘娘，远远地，舒墨便瞧见在客厅之中，贺鼎悠然自得地喝着茶，姑姑和护法叔叔们目不斜视地坐在两旁，气氛安静又和谐。

"喏，你要的东西。"舒墨快步走进厅中，将手中的凤印轻轻一抛，只听"咣当"一声，金色的凤印落在了贺鼎的茶杯托盘中。

"皇后怎么看起来心情不大好？"贺鼎慢条斯理地放下茶杯，看了一眼凤印，笑着说道。

"放人。"舒墨原本就因为瞒着谢恒溪而心烦意乱，更加没有心思跟贺鼎废话。

对于她恶劣的态度，贺鼎也不生气，只是面带笑容地微微动了动手指，左右护法和侍女甲乙四个人便神色一松，侍女二人跑到舒墨身边，顿时红了眼睛。

四个人神色各有不同，却唯独商金金依旧坐在远处面无表情。

"你想出尔反尔？"舒墨向前走了一步，一双妙目中仿佛泛着岩浆，炙热到让人不敢直视。

"皇后此言差矣，虽说一手交钱一手交货，但是好歹也得给我点儿时间验货才对，素晚姑姑就当作是最后的尾款，三日后若是我没有发现异常，自当将姑姑完完整整地送回宫中。"贺鼎眸光微动，诚恳地说道。

"你……"左护法双拳紧握，关节处泛着青白，显然是对贺鼎多有不满，就在他想要冲上前去之时，却被舒墨拦在了原地。

"三日后若是我见不到姑姑，我便血洗贺府。"舒墨抬高下巴，背脊挺得笔直，一袭明黄色的朝服在月色下熠熠生辉，当真有股母仪天下的架势。

"无论付出什么样的代价。"她徐徐又道。

站在她身后的侍女甲乙看到她的这般阵仗，都不由得有种想要下跪的冲动，便是连左右护法也对这样的舒墨感到陌生。

不过更多的却是感动。

圣女长大了，这股凤临天下的架势让人从心底感到踏实。

原本一直云淡风轻地坐于前方的贺鼎也被她这副姿态吸引得放下了茶

盏，妖孽的容颜上终于浮上了一抹认真，看着面前的小姑娘不再娇憨天真，贺鼎突然有些惋惜起来。

如果当初他选中的不是染念而是她，哪里还需要费上这么多功夫？

"不知国师当日的许诺可还算数？"舒墨话锋一转，语调突然又变得单纯起来，大大的眼睛转了两圈，像是想到了什么有趣的事情。

贺鼎回忆了一下，便知道她所说的是那一池鳄鱼。

"当然算数。"他笑着回答，似乎对于她怎么把这些鳄鱼弄走十分好奇，如果她找他求助，他自然会说当初只答应了给她，却并未答应帮她运送。

守卫们得到贺鼎的命令，便将限制鳄鱼行动的鳕棱丝揭去，只见波光粼粼的湖面之上，十余只鳄鱼张着血盆大口，似是在等待属于它们的食物，几许湖风掠过，夹杂着些许腥味，飘入人们的鼻中。

贺鼎好整以暇地等着她的求助，没想到舒墨莞尔一笑，足尖一点，便飞身将他挂于墙上的宝剑取了下来，而后便朝着湖畔疾驰而去。

只见她姿态灵动婉约，像是在池中嬉戏的湖中仙子般掠于湖面之上，锋利的宝剑在月光和湖面的映衬下反射出耀眼的光芒，被巨大摆尾带起的水花发出"乌隆隆"的声响，夹杂着鳄鱼的嘶吼声，就这样持续了约莫半炷香的工夫，一切才终于又回归寂静。

声音静止了，空气却没有。

浓重到让人几欲作呕的血腥气顺着夜风一点点地飘进贺鼎的鼻息中，他脸上的笑容也终于全都消失不见，冷凝的目光落在那明黄色的身影上，只见她动作轻灵地回到厅中，素手一扬，宝剑便稳稳地挂回了原处。

"这朝服穿着真是不利于行动。"她不满地说道。

原本一直守在门外的云翡闻到血腥味后疾步赶来，看到的便是被血水染得透红的湖水以及舒墨那不屑一顾的笑容。

看着那些主人费了无数心血培养的血鳄居然在顷刻间变成了一堆碎块，云翡一直努力抑制的怒火终于喷薄而出，她飞身跃起，手中长剑朝着舒墨的后背刺去。

眼见长剑就要刺进那明黄色的身影当中，她的手腕却突然传来一阵剧痛，只听"叮"的一声，长剑落地，一柄薄如蝉翼的袖刀贴着她的手腕而过，皮肉翻起，鲜血汩汩而出。

"本宫什么时候让你起来了？"舒墨回过头去，美眸中的寒意冷若玄冰，剧烈的痛意让云翡的额头上满是细细密密的汗珠，面对这样冷厉的眼神，她竟然滋生出浓烈的恐惧来。

"主子让你跪。"侍女甲十分恰到好处地上前朝着云翡的膝盖窝踹了一脚，只听"扑通"一声，云翡就这么毫无预警地跪了下去。

"三日后，我等着国师大人把姑姑送回来。"舒墨莞尔一笑，表情天真无邪，仿佛刚才那般惊世骇俗的人并不是她一般。

五道身影纵身一跃，顷刻间便消失不见。

"主人！"云翡跪在地上，表情因为痛意而扭曲，想要去追却又伤得不轻，便只好回头等待着贺鼎的指示。

贺鼎安静地坐在椅子上，拿起一直放于杯托中的凤印细细地把玩起来，对于云翡的话充耳不闻，像是什么也没有发生过一样。

那妖艳绝伦的眸中平静无波，是喜是怒，晦暗难猜。

舒墨回到教中之后，便顿时跟换了一个人一样，在贺府的气场全部消失于无形不说，还把自己关在房间中，谁也不肯搭理。

侍女甲原本已经下定决心，一定要好好抱着圣女大腿，学习如何从小天真变成大御姐，没想到目标人物居然就这么萎靡了。

舒墨沐浴完毕，一个人趴在思念了千百回的闺床上，心里惦记的却是宫里的那个人。

他醒过来之后一定会很生气很生气。

不过等到他知道了真相之后，气应该就消了吧？

舒墨趴在床上，闷闷地想。

她用鳕棱丝缠绕在银针之上，在凤印的底部扎了一个小孔，然后将洗金水灌入凤印之中，最后用一层薄薄的银蜡包裹在凤印的外部，这样既能够保证洗金水不会流失，而贺鼎也不会过早地发现异样。

她当初就是考虑到了依照贺鼎多疑的性格一定不会就这么老老实实地把所有的人质都放了，才想出了这么个瞒天过海的办法。

虽然她不知道贺鼎要凤印到底是要做些什么，但是凤印要是残缺了或者是熔毁了，想必就什么也做不成了吧——舒墨很傻很天真地想。

就在这种无限的自我反省、自我安慰、自我愧疚之中，舒墨进入了梦乡。

经过一晚上在梦中的思考，舒墨决定还是主动向谢恒溪招供，就在她拿着纸笔写了撕、撕了写到第一百封的时候，侍女甲走了进来。

"圣女，吃饭吧。"侍女甲笑着说道，只是不知为何，圆圆的脸蛋上却仿佛有一丝慌乱。

低着头专心致志写信的舒墨并未发现，心不在焉地应了一声，随后继续全神贯注地投入到她的检讨信中，就在侍女甲松了一口气准备离开之时，舒墨的声音却飘了过来。

"师父呢？"舒墨写着写着，突然想到自己回到教中好像还没见过师父他老人家，昨天回来的时候说是太晚了不要打扰他老人家休息，今天早上都没收到召唤，舒墨觉得这实在太不符合他那个徒控师父的性格了。

"教主他……他……他还没起床。"侍女甲舌头打战地说了半天，挤出了一个见鬼的答案。

舒墨一听就知道有问题。

师父每天都要早起练拳，起得比鸡都早，怎么可能睡懒觉？

"说。"舒墨放下手中的笔，抬头看向侍女甲。

皇后的朝服已经被她脱下，她身上穿着的不过是从前在教里常穿的红色衣衫，仅仅是这么轻描淡写的一句话，侍女甲顿时有种想哭的冲动。

嘤嘤嘤，果然那个可爱的圣女已经一去不复返了，现在的圣女有种分分钟就让人想跪下的可怕。

此时此刻的侍女甲终于将护法、教主的那些教导全部抛诸脑后，一股脑儿地说了出来。

"今天一大早教主就和护法匆匆离开，说是去找盟主大人商量事情，奴婢听说昨天夜里东凉大军竟然像是从地下钻出来一般兵临城下，原本应该紧闭城门御敌的禁军居然打开了城门，东凉大军不费吹灰之力进了城，直取皇宫，现在城中到处都是东凉的军队。"侍女甲跪在地上，把自己打听到的所有信息全部说了出来。

话音刚落，就听到"啪嗒"一声，她抬头看去，只见圣女手中的狼毫硬生生地折成了两段，而那张往日里总是神采奕奕的娇俏脸庞也苍白如纸，仿佛被人抽空了灵魂一般。

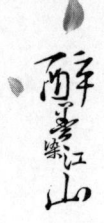

（二十）以身相许

看着那些拿着长枪出现在皇宫各个角落里的东凉士兵，舒墨真真切切地体会到了四个字：恍如隔世。

明明不过一夜之间的工夫，眼前这个熟悉的皇宫却仿佛已经换了一个主人。

冷冽的北风呼啸而过，舒墨告诉自己一定要冷静，当务之急只有一个：找到谢恒溪。

舒墨深吸一口气，而后开始仔仔细细地思考谢恒溪可能会在哪里。

眼前一队东凉士兵押解着一队禁军走过，那些平日里背脊挺直尽忠职守的禁军们此时却像是失去了反抗的能力一般，软绵绵地任由东凉士兵押解着，朝着天牢走去。

舒墨悄悄地跟在最后面，把队伍最后一名禁军拖到了拐角处。那名软绵绵的禁军突然被人捂着嘴带离，瞪大了眼睛想要挣扎，扭动了两下最终还是放弃了，他有些惶恐地看着面前的陌生少女。

"你们为什么不反抗？怎么能任由这些人宰割？"舒墨压低了声音，愤怒地发问。

"皇上有令，不许做任何抵抗。"禁军有些哽咽地说，他也想不明白，皇上为什么会做出如此愚蠢的决定。

舒墨怎么也没有想到，得到的会是这样的答案。

谢恒溪不可能做这样的决定，那么……

一个看似不可思议却又能够解释一切的答案在舒墨的脑中一闪而过。

"知不知道皇上在哪儿？"舒墨继续追问。

"应该在祭天台吧，听那些东凉士兵说皇上待会儿会举行退位大典，将皇位禅让给东凉国君。"禁军话音刚落，面前的少女已经消失不见。

要快，一定要快。

猎猎风声在舒墨的耳边呼啸而过，她感觉自己似乎从未这般用力地奔跑过，仿佛迟一秒，就会失去她最重要的东西。

终于在片刻后，她来到了祭天台，而那高高的祭台上果然站着一抹明黄色的身影，坠着明珠绣着五爪金龙的龙袍在阳光下熠熠生辉，礼部尚书跪在祭天台下，身旁站着几名东凉士兵。

"皇上，此举万万不可啊。我大祁百年基业，怎可拱手让与他人？"礼部尚书一边说一边磕头，鼻涕眼泪鲜血混在一起，看起来十分恐怖。

舒墨站在角落里看着，却觉得这位礼部尚书前所未有地可爱。

"你不愿意准备这祭礼，那便当祭品吧。"站在台上的那抹明黄色大手一挥，东凉士兵手中的刀便高高地扬了起来，眼见着就要砍到礼部尚书那纤细的脖子上，却只听"铮"的一声，那即将落下的刀突然从中间断成了两半，一柄长剑从那东凉士兵的胸前透胸而出，鲜血顺着剑锋，一滴滴地落到了礼部尚书的脸上。

"别拜了，他不是你的皇上。"

礼部尚书愣愣地看着那不知从何而来的少女，表情万分惊恐，以至于压根没听清她在说些什么，待到他反应过来的时候，少女已经足尖一点，飞上了祭台。

变故发生得太快，以至于当所有人反应过来时，少女已经拿着剑横在了祭台上的皇上颈间。

皇上要杀我，她要杀皇上！——得出这个结论的礼部尚书终于无力思考地晕了过去。

东凉士兵看着在祭台上被一名不知道从哪儿钻出来的少女劫持的大祁皇帝，一时间竟然有些不知道该怎么办，国主的命令是听从大祁皇帝的命令镇压不听话的人，可是这皇帝遇袭，似乎超出他们的管辖范围了。

而在祭天台看不到的另一侧，一名玄衣男子在看到少女的身影时，也是微微一愣，他愤怒地回过头看向身边的中年男子。

"她怎么会在这儿？"玄衣男子压低声音问道。

"老夫……老夫也不知道啊！"中年男子抬起袖子擦了擦额头上的汗，

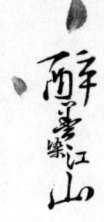

颤颤巍巍地解释。

平日里这个时辰,这丫头应该还在睡懒觉才对呀!

说实话,贺鼎没想到第一个出现的,会是舒墨。

"你怎么知道是我?"贺鼎伸出手,将舒墨的剑推开来。

"狼披着人皮也终究是狼,即使是戴着我的'莫眠'。"舒墨看了他一眼,冷冰冰地说。

贺鼎闻言,回以嗤笑。

"说来,我还要谢谢你的凤印,如果没有你,东凉大军不可能这么顺利地进城,兵不血刃,你也算是造福了一方百姓。"贺鼎嘲讽地说,"杀了我,你的素晚姑姑怎么办?"

他的话让舒墨一愣,不过她很快就反应过来。

"国之将覆,姑姑想必会懂的。"舒墨莞尔一笑,将手中的剑丢在了一旁。

"这么快就放弃了?"贺鼎以为她想清楚了,咧嘴一笑,然而下一秒,他就笑不出来了。

"以身养毒,以求百毒不侵,只是不知遇到了洗金水又当如何?"舒墨扬起脸蛋,满脸娇憨,像是学生向老师提出了一个最简单的问题,而后等待着老师的回答。

"秦彦告诉你的?"贺鼎眯了眯眼睛,眼中出现了杀意。

秦彦并没有告诉她,是她在他的笔记中发现的。

他害怕她得知了秘密以卵击石地去找贺鼎报仇,又怕她被贺鼎威胁而无法逃离,所以将一切都写在了笔记之中。

她在温泉行刺贺鼎之时,之所以会突然浑身无力,就是因为贺鼎的血被温泉的热水挥发导致,贺鼎性狡,从不信任何人,他只信自己。

所以以身养毒,想要杀他的人,必被他的血所伤,唯一的解法,便是洗金水。

洗金水虽然不能解除他的毒性,却能够腐蚀他的内力,让他无法运功,届时只要不让他流血便可。

"谢恒溪在哪儿?"舒墨收敛了笑容,认真问道。

话音刚落,一阵震耳欲聋的呐喊声却从四面八方涌了过来,只见数不清的禁军仿佛从地下钻出来的一般,顷刻间便将祭天台围了起来。

不再需要贺鼎的答案，她已经找到了他的身影。

饶是他穿的也是一袭再普通不过的黑衣，她也仍旧一眼就看到了他，当看到他也在看向自己的时候，舒墨突然觉得眼眶酸涩无比，有种想哭的冲动。

"束手就擒吧。"谢恒溪清亮的声音从台下传来，只见他将一颗鲜血淋漓的人头高举过头顶，看清楚那人头的东凉士兵们顿时停止了反抗，国君都死了，还反抗什么呢？

"你是什么时候发现这一切的？"看着那个人头，贺鼎知道，这一局他多半是输了。

"从染念用东凉公主的身份进宫的那一刻起。"谢恒溪看了一眼手中的人头——这位贺鼎找来的傀儡国君。

染念是贺鼎摆在他身边的一步棋，也是货真价实的东凉公主。

贺鼎在染念的身上下了毒，让东凉国君不得不跟他建立了某种合作关系，当然，这种关系在染念死了之后就破裂了，所以贺鼎杀了那位真国君，找来了这位假国君。

他要的从来都不是大祁，而是颠覆整个天下。

身为南朗族唯一的血脉，想要复国，只有天下大乱。

他步步为营，把持朝政，奈何大祁国力太盛，周遭小国的战力完全无可比拟，想要颠覆，只能从内里一点点腐蚀大祁的国力。

他的计划是先让东凉进入并把持大祁帝都，届时各地臣子必定搬兵回朝勤王，这时北丘等国必然也想分一杯羹，只要山河破碎、天下大乱，便是他南朗重整河山之时。

"我到底还是小瞧了你。"贺鼎抬起手来，将脸上的面具撕下，露出了原本的容貌。

原本他还在想谢恒溪的垂死挣扎会是怎么样的，没想到，竟是这样的反转。

想必让东凉大军兵不血刃地进城也在他的计划中，没有增加无辜的杀戮，就连禁军都全部放弃抵抗，他也曾怀疑过一切是不是进展得太过顺利，然而最终，他还是被过度的自信和即将到来的胜利冲昏了头脑。

而刚刚从昏迷中幽幽转醒的礼部尚书看到这惊悚的一幕，顿时又昏了过去。

贺鼎说完这一句，便转过头看向舒墨，妖异邪魅的脸上露出一抹无辜的笑容，仿佛面前这天翻地覆的一切都与他无关。

"我输了。"他朝着舒墨说道。

"铮"的一声响破空而来,在他话音落下的瞬间,一支羽箭精准无比地刺入了他的胸膛,舒墨看向那羽箭射来的方向,便瞧见了谢恒溪手持弓羽的英姿。

真帅——舒墨暗暗在心底赞美。

"哦不,我还没有全输。"贺鼎的声音再次响起,那样优雅婉转,像是蛊惑人心的靡靡琴音。

下一秒,舒墨就感觉到一股极大的力量牵扯着她,朝后仰去。

变故来得太快,她几乎来不及反抗,就这样被拽下了祭台,呼呼的风声从耳边刮过,她回过头去,发现贺鼎也在看她,妖艳的脸上挂着浅浅的笑容,仿佛在说:陪我一起死吧。

她伸手想要去抓什么,然而空空的祭台根本没有可以借力的地方,她的绝世轻功连施展的机会都没有。

摔死的死相一定很难看。

让谢恒溪看到那么丑的模样,真是死都不甘心。

她居然到死都没能对他说上一句:我喜欢你。

没有戴染念的面具,怕是连跟他合葬的机会都没有了。

不知道她的墓志铭上会写些什么呢?

舒墨闭上眼,一滴眼泪从眼角溢出,等待着即将到来的死亡,也在心中描绘出了自己墓碑的模样,上面写着五个大字——谢恒溪之妻。

这或许算是她能想到的,最后的圆满吧。

再睁眼,看到的便是师父那张老泪纵横的大脸。

"我的宝贝徒弟,你总算是醒了!"卢鼎铭看着终于睁开眼睛的舒墨,哭相十分难看。

师父、姑姑、左护法、右护法、侍女甲、侍女乙,一张张熟悉的面庞映入眼帘,却唯独没有那个人。

她是怎么活下来的?舒墨努力地想要回忆,记忆却在她落下祭台的那一刻戛然而止。

"没有摔死,反倒是吓得晕过去了三天,传出去我们花容教的脸都被你

—228—

丢光了。"商金金终于不用再戴着素晚那张平凡无奇的面具,而是显露出了自己原本的容貌,明明是略带苛责的话,却说出了万种风情。

这样的姑姑已经许久没见过了,还能再见到,真好。舒墨握住商金金那点在她额间的手,像只小兽般在她的掌心蹭了又蹭。

韩成千看着那在自己媳妇手中蹭来蹭去的小脸,顿时有些不高兴了。

要是让他知道媳妇神神秘秘地忙活了这么长时间的事情竟然是在宫里帮助小墨当密探,他死也不会放人的!

不行不行,这花容教不是久留之地,还是早点儿回盟主府才是正途,就在韩成千思索着用什么借口把商金金从"娘家"带走之际,一抹淡青色的身影悄然出现在门外。

看到来人,韩成千喜上眉梢。

"咳!"韩成千轻咳一声,然后拽着商金金一溜烟地消失在房内。

卢鼎铭原本还想再多看一会儿宝贝徒弟,却也被左右护法一左一右夹带着出了门。

眨眼的工夫,房间内就只剩下了舒墨和那个淡青色的身影。

看清来人,舒墨的脸莫名其妙地就有些发烫。

"药还没吃?"谢恒溪大步流星地走进房中,目光落在了小几上的药碗之上。

"还没来得及。"舒墨小声解释完,就赶忙伸手端起药碗,咕咚咕咚几口喝尽,表情十分英勇。

"没什么想对救命恩人说的?"谢恒溪看她那副视死如归的模样,不由得想笑,但是一想到这妮子差点儿就一命呜呼,他又板起了面孔。

"谢谢。"舒墨低着头,小脸皱成一团道。

"就这么轻描淡写的两个字,差点儿毁了我的全部计划,要是大白和大黄没有接住你,你可想过后果会如何?"谢恒溪回想起她从高台坠落的画面,心脏仍像是被攥住了一般,他大手一揽,将舒墨抱入了怀中,仿佛只有这样切实地感受,才能让他从那天的噩梦中脱离出来。

"原来是大黄和大白接住的我!"听到两只小可爱的名字,舒墨的眼睛顿时亮了起来,原本想要问它们现在在哪儿,奈何被谢恒溪抱个满怀,舒墨觉得还是有必要先安抚一下这位皇帝陛下,"你一早就知道贺鼎的计划了

吗？"

听到舒墨软糯的声音响起,谢恒溪总算是放开了她。

"我跟你说的话,你是不是从来都不放在心上?"谢恒溪眉头微蹙,似是有些生气。

"死的人应该得到安息,而我们活着的人还有很多事情要做。"

"你要乖乖的,相信我,所有的事情都交给我就好。"

是啊!他曾经许多次告诉过她,让她相信他。

"可是你为什么不能坦白地告诉我你的计划呢?这样我可以更好地配合你呀。"舒墨仰起头,小脸上满是费解。

"如果你知道一切,又怎么能骗得过贺鼎?"谢恒溪伸出手戳了戳她的额头,无奈地解释。

那日在紫竹林中,他就知道她必定会想办法瞒着他去见贺鼎,所以他才会佯装被她迷倒,让她成功地拿到凤印。

只有她以为自己真的成功了,贺鼎才会相信,才会轻敌,才会中计。

他原本跟卢鼎铭交代过,什么都不要告诉舒墨,让她在教中待上三天,届时他处理完贺鼎的事情,自然会跟她把一切和盘托出。

没想到由于侍女甲的心理素质过差,导致舒墨知道了一部分计划,然后就这么"英勇无畏"地进宫了。

对于她想要舍身救他(当然也可能是报国)的信念,谢恒溪简直是又感动又生气。

"那你在紫竹林也是装晕的?"想到自己在"遗失屋"中在他身上上下其手,舒墨的脸简直红得要滴出血来。

见舒墨仍然呆呆地愣在床角,谢恒溪终于无奈地叹了口气,喜欢上了这么个傻媳妇,也不知道是不是上天对他太过优秀的惩罚。

"司服坊的人马上就要过来量喜服的尺寸了,你确定要这样呆呆地缩在床角当一名傻皇后?"谢恒溪笑着打趣。

皇后?喜服?他要娶她?

强烈的喜悦席卷心头,然而舒墨却突然福至心灵,想起了姑姑的教诲来。

姑姑说了,女孩子家要矜持,就算是开心得要死了,表面上也一定不能显露出来。

"谁说要嫁给你了？"舒墨仰起下巴，一副高冷的模样。

"那你要嫁给谁？"话音刚落，谢恒溪已经走到了她的跟前，伸出一只手轻轻地捏住了她的下巴。

感受到谢恒溪那俊逸面庞下可能掩藏的怒火，舒墨顿时偃旗息鼓了。

"可是你都没有给聘礼，师父不会让我嫁的！"舒墨决定祸水引至师父他老人家。

（卢鼎铭：孽徒！孽徒啊……）

"谁说没给？"谢恒溪眸光幽幽地看向门外，只见一黄一白两具巨大的身躯不知何时出现在了门口，正吐着舌头看向两个人。

大黄大白是聘礼？舒墨的矜持心瞬间下降。

"可是、可是……"舒墨低下头来，声音小到几不可闻地说，"你都还没有表白。"

"你说什么？"谢恒溪仿佛没听清般凑了上来。

一个好听却又含糊不清的声音响起。

"我爱你。"

那声音如是说。

意林精品图书推荐

《那个神秘的宣愉小姐》
简介：心理分析小说，一次亲情伤痛造成的人格分裂，一场守护爱情的计划……
定价：32.80元

《对方正在输入中》
简介：你是否能从他涨红的脸颊看到他比阿尔卑斯山还强大的内心，让他的病只为你发作。
定价：29.80元

《你是年少的欢喜，喜欢的少年是你》
简介：古风作家吾玉打造都市清风之作，告诉你，如何学着去爱一个人。
定价：29.80元

《余生请对我好一点》
简介：时光回望，今日的纠葛，竟好似还了往日的债。
定价：32.80元

《比心》
简介：暗恋被冷酷拒绝，离开却突然收到女孩的短信，只有一行字，却让他笑了……
定价：32.80元

《从此晚安我自己》
简介：95后作家何家豪青春成人礼童话，将16个故事，说给长成大人的你！
定价：29.80元

《我不愿让你一个人走过青春的荒芜》
简介：写给你深情的告白书，15篇故事，有作者的亲身经历，也有勾勒的世间温暖。
定价：29.80元

《你是久爱，亦是心欢》
简介：青春与梦想，爱和守护的故事，孤冷少女和霸道阔少相爱相杀深情开演。
定价：32.80元

《胭脂将》
简介：魔幻江湖的纷乱，胭脂女将的传奇！
定价：32.80元

《一两江湖之望星记》
简介：古风作家一两打造全新江湖，一醉江湖三十春，尽在《望星记》！
定价：29.80元

《一两江湖之琵琶误》
简介：家仇国恨，爱上不该爱的敌国先锋，如何面对这生死纠缠的爱情。
定价：29.80元

《月光蒲苇①·夜阑时》
简介：阴谋、友情、爱情，上古四神的恩怨，今生能否化解？
定价：32.80元

《世界的另一个你》
简介：18岁少女的奇幻冒险，唯美魔幻的童话世界，寻找属于你的另一个你！
定价：32.80元

《绯色黎明》
简介：人类并不孤单，在黑暗种族的环伺下，被掩盖的真相等着你去探寻。
定价：32.80元

《这一杯，我敬的是年少无知》
简介：悬疑作家何慕精心打造的都市心理悬疑成长小说集。
定价：32.80元

《我的人生无须证明给你看》
简介：是选择梦想，还是安于现状？马叛用这些故事告诉你答案。
定价：32.80元

多味之恋
简介：七彩青春，多味之恋，寻找身边错过的小美好。
定价：29.80元/册

十八而志
简介：十八岁之前的远大志向，决定了十八岁之后的梦想人生。
定价：29.80元/册

深夜暖心
简介：青春絮语，灯下最好的陪伴，马叛、张芸欣、冷亦蓝深夜暖心之作。
定价：29.80元/册

初心讲义
简介：初心故事讲给你听，拥有一个又一个的小温暖。
定价：29.80元/册

意林精品图书推荐

《我不成仙 一 断尘绝念》
简介：不想成仙却毅然修仙，她见愁只想有朝一日对那人说："纵你成仙，亦不可逃！"
定价：28.80元

《我不成仙 二 杀红小界》
简介：血衣作战袍，刻骨为利刃。她的通天坦途，便是他的穷途末路！
定价：28.80元

《我不成仙 三 流星赶月》
简介：敏锐与直觉，无一欠缺；缜密与果决，兼而有之。力敌群雄者，舍她其谁！
定价：28.80元

《我不成仙 四 尘战空海》
简介：为成大道，葬痴情、斩尘缘者有之，可若寻仙问道是这般模样，她宁愿永不成仙！
定价：28.80元

《我不成仙 五 舍我其谁》
简介：见愁者，无限潜力，无战力！斩断过去，分割今昔。她的世界，只有未来！
定价：28.80元

《禁域①墓地神婴》
简介：皇者重现世间，只为触底反击，再创传奇！踏破乾坤纵横时空，禁域绝密即将揭晓！
定价：28.80元

《禁域②宗门斗者》
简介：扶桑谷内迷雾重重，时间长河、神秘女子……时空彼端，究竟有着怎样的秘密？
定价：28.80元

《禁域③王者遗风》
简介：阳魄界，一个神奇的虚拟世界，浮生为赤钻来到这里，却发现了更惊人的秘密！
定价：28.80元

《符神传说①斩焰少年行》
简介：接通元灵符界，交易、对战、派单……现实与虚拟之间，体味什么叫酣畅淋漓！
定价：28.80元

《符神传说②东川起风云》
简介：逆转鬼煞岭、入蛮荒探迷城，跨越空间界限，开启度奇幻热血征程！
定价：28.80元

《符神传说③刀芒惊天下》
简介：巧进黑狱识海，烈焱龙雀惊天下。勇探天符浩土，领略异闻传奇！
定价：28.80元

《符神传说④地下悬赏令》
简介：识妖族斗南洲，符驱四方奇谋。游历异界空间，探索奥妙人生！
定价：28.80元

《雪鹰领主1》
简介：我吃西红柿全新力作！少年骑士惊世崛起，铸就为人类荣誉而战的英雄传说！
定价：29.80元

《雪鹰领主2》
简介：圣级超凡，初露峥嵘，打造热血沸腾的传奇武侠世界！
定价：29.80元

《决战星座学院1》
简介：为00后读者量身定制的校园星座魔法书，超反转、超疯狂的校园大作战，开始！
定价：29.80元

《浮玉仙魔》（全一册）
简介：跨越六界的情仇离合，仙家养成，爆笑开演！看一代魔尊，如何搅翻浮玉仙山！
定价：29.80元

《倾世萌狐》（全三册）
简介：任他天道严酷，你始终是我无法断的"情"，难以绝的"爱"。
定价：29.80元

《我的画风不太对》（全二册）
简介：一不小心成了外星玩家的目标对象！千回百转的拼图游戏，谁是最终赢家？
定价：29.80元

《灵犀》（全二册）
简介：取《山海经》之精髓，谱一曲荡气回肠、龙狐相随的深情恋歌！
定价：29.80元

《仙萌奇缘》（全二册）
简介：迷糊弟子"约架"冷傲少主，无厘头话本奇葩玄天剑宗，非正统仙侠大戏反转上演！
定价：29.80元